W0181125

Manitoba

LINUS REICHLIN

Manitoba

Roman

Galiani Berlin

Verlag Kiepenheuer & Witsch, FSC® N001512

1. Auflage 2016

Verlag Galiani Berlin
© 2016 Verlag Kiepenheuer & Witsch, Köln
Alle Rechte vorbehalten. Kein Teil des Werkes darf in
irgendeiner Form (durch Fotografie, Mikrofilm oder
ein anderes Verfahren) ohne schriftliche Genehmigung
des Verlages reproduziert oder unter Verwendung
elektronischer Systeme verarbeitet, vervielfältigt oder
verbreitet werden.
Umschlaggestaltung Manja Hellpap und Lisa Neuhalfen, Berlin
Umschlagmotiv © plainpicture/Fagstack
Lektorat Esther Kormann
Gesetzt aus der Karmina
Satz Buch-Werkstatt GmbH, Bad Aibling
Druck und Bindung CPI books GmbH, Leck
ISBN 978-3-86971-131-7

Weitere Informationen zu unserem Programm finden Sie unter
www.galiani.de

MONTAGNAIS

Es ist eigentlich merkwürdig, dass ich erst jetzt nach
Fort Washakie fuhr und nicht schon vor dreißig Jahren. Ich war mit dem Namen dieses Ortes aufgewachsen, zum ersten Mal hatte ich ihn mit sechs Jahren
gehört, von meiner Mutter, als sie mich für alt genug hielt, um in die Familiengeschichte eingeweiht
zu werden. An einem Winterabend, an dem vor dem
Fenster meines Zimmers große Flocken fielen und es
im ganzen Haus sonderbar still war, saß sie an meinem Bett und erzählte mir mit leiser Stimme von
ihrem Großvater, der ein Indianer gewesen sei. Ich
hörte ihr zu, wie wenn sie mir vor dem Schlafenge-
hen aus einem Märchenbuch vorlas, das heißt, ich
glaubte die Geschichte im Moment, in dem sie sie mir
erzählte, doch nachdem sie das Licht ausgeknipst
hatte und gegangen war, drehte ich mich auf die Seite

und schlief ein, und am nächsten Morgen erwachte ich keineswegs mit dem Gedanken, dass mein Urgroßvater tatsächlich ein Indianer gewesen war. Da meine Mutter danach lange Zeit nicht mehr davon sprach, wurde es für mich erst mit zwölf zur Gewissheit, als mein Vater am Mittagstisch eine scherzhafte Bemerkung machte, *Was habe ich nur für eine hübsche Squaw!* oder etwas Ähnliches – an den genauen Wortlaut erinnere ich mich nicht mehr, nur daran, dass meine Mutter sich den Ausdruck *Squaw* verbat und über die damals gerade populären *Winnetou*-Filme herzog, die sie unrealistisch fand. Es sei in Wirklichkeit alles ganz anders gewesen als in diesen Filmen. Auf meine Frage, woher sie das wisse, gab sie mir die Tagebücher meiner Urgroßmutter zu lesen, in der diese ihre Zeit als Lehrerin an der St. Stephen's Indian Mission in Fort Washakie beschrieb, und nun wurde das Märchen wahr: Ich stammte von Indianern ab, genauer von den Arapaho.

Aber warum ich erst so viele Jahre später nach Fort Washakie fuhr: Ich weiß es nicht. Wäre mein Leben anders verlaufen, wenn ich früher erfahren hätte, was ich jetzt, nach der Reise und meinem Besuch bei Hebesisei Willow, weiß? Vielleicht. Jedenfalls wäre mir früher etwas genommen worden, durchaus ein Stück meiner Seele. Es ist also ein Glück, dass ich nicht früher hingefahren bin!

Noch besser wäre es natürlich gewesen, wenn ich nie nach Fort Washakie gereist wäre –

Eine Reise rein aus privatem Interesse an meiner Familiengeschichte konnte ich mir nicht leisten, und da mir ohnehin der Stoff für einen neuen Roman fehlte, beschloss ich, die Besichtigung von Fort Washakie mit Recherchen für den Roman zu verbinden, in dem es um das Leben der Arapaho gehen sollte und um einen jungen deutschen Einwanderer aus der Pfalz, der zur Zeit, als meine Urgroßmutter in Wyoming als Lehrerin arbeitete, als Soldat der US Army an den Kriegen gegen die Plains-Indianer teilnahm. Das schien mir ein verlockender Stoff zu sein, aber mir fehlte, um das Lebensgefühl der Arapaho authentisch beschreiben zu können, die Erfahrung eines Lebens in der Wildnis, ich kannte die Natur nicht. Das ließ sich aber ändern. Ich buchte zusätzlich zum Flug nach Dallas, von wo aus ich mit einem Mietwagen nordwärts nach Colorado und weiter nach Wyoming fahren wollte, eine Hütte in Manitoba, Kanada, in der Gegend um Lac Brochet. In Amerika war Wildnis nicht mehr zu finden, jedenfalls nicht in den Staaten, die ich wegen meiner Familiengeschichte besuchen wollte; die nächstgelegene Wildnis befand sich im Norden Manitobas, wo eine Firma namens *Adventure Travels Manitoba* für wenig Geld Blockhütten vermietete. Der Name der Firma störte mich, weil er das leicht Lächerliche entlarvte, das hinter meinem Wunsch steckte, die Wildnis kennenzulernen.

Ich flog also nach Dallas, und in einem schönen, geräumigen Wagen mit eingebautem Kompass fuhr ich nach Norden und fühlte mich auf den oft leeren, breiten Straßen tatsächlich frei. Manchmal fuhr ich nachts im Konvoi mit Trucks, oder ich bildete mir vielleicht nur ein, dass es ein Konvoi war, jedenfalls gefiel es mir, zwischen den riesigen Gefährten in dem Licht zu fahren, das ihre Scheinwerfer auf die Straße warfen, während die Gegend abseits der Straße stockdunkel dalag.

Im südlichen Colorado wies ein Straßenschild auf das Reservat der Southern Ute hin, und da die Ute die traditionellen Feinde meines Urgroßvaters gewesen waren, zusammen mit den Shoshonen, den Pawnee und den Gros Ventre, entschloss ich mich zu einem Zwischenhalt in Ignacio, dem Hauptort des Reservats der Ute.

Der erste Indianer, dem ich in meinem Leben begegnete, war also ein Südlicher Ute, der auf der Garagenauffahrt seines Hauses mit einem Poliertuch die Motorhaube eines weißen Geländewagens wienerte. Im Schritttempo fuhr ich an ihm vorbei, und als er sich nach mir umdrehte, hob ich die Hand. Er warf einen Blick auf mein Nummernschild und putzte weiter.

Ich glitt auf der Hauptstraße dahin und staunte

über die Ordnung und die Zeichen kleinen Wohlstands. In den Gärten standen Trampoline mit Sicherheitsnetz, und an einem Baum war eine rote Schaukel befestigt, die sich im Wind selbst schaukelte. Das dürre, fast gelbe Gras war sorgfältig gemäht, und der Himmel darüber glänzte.

Ich mietete im Motel des Spielcasinos ein Zimmer für die Nacht bei einer freundlichen Ute, die ein T-Shirt mit einem Wolfskopf trug.

Danach war ich ratlos, was ich als Nächstes tun sollte. Für einen Ortsfremden gab es außer dem Casino hier nichts Interessantes. Auf den Straßen waren keine Leute unterwegs. Wenn ich etwas sehen wollte, blieb also nur das Casino. Es saßen dort an den Maschinen weiße Farmer, die ihre vermutlich mit Viehzucht verdienten Münzen in den Schlitz steckten. Dann drückten sie einen Hebel mit demselben Ernst, mit dem ich einmal einen Schweizer Bauern einem Kalb die Marke ins Ohr hatte drücken sehen.

Die Bierdosen knackten in den Händen der Spieler. Einen hörte ich sagen: »Heute klaut mir der Teufel mein Glück.« Eine Frau antwortete: »Hab meinen Quarzstein vergessen.«

Ich spielte auch ein bisschen an den Automaten. Mir gefielen die Klänge und das Licht. Im Innern solcher Automaten ist elektronisch eine Menge los. Das überträgt sich auf den, der vor ihnen sitzt.

Neben mir saß eine weißhaarige Dame. Sie war stolz auf dieses Schneeweiß, und es stand ihr auch gut, es verlieh ihr etwas Märchenhaftes. Sie war vor Kurzem beim Coiffeur gewesen, die Spur des Föhns hatte sich noch erhalten. Da ich die Logik der zwei roten Knöpfe nicht verstand, die man in einer bestimmten Reihenfolge – aber in welcher? – drücken musste, sagte ich zu ihr: »Ich bin zu dumm für diesen Automaten.«

»Ach, nach ein, zwei Monaten hat man's raus«, sagte sie.

Sie wollte wissen, wo mein Akzent herstammte, und ich sagte, aus der Schweiz. Ich fügte der Vollständigkeit halber hinzu, dass ich aber in Berlin lebe.

Germany! Ihr Mann war dort stationiert gewesen, in Bielefeld. Dann Ruhestand und ein Jahr später Darmkrebs. Im Blinddarm! Was nützen da die ganzen Vorsorgeuntersuchungen! Sie suchen ja nicht im Blinddarm. Was soll man denn jetzt noch von der modernen Medizin halten?

Sie fragte mich, was mich hierher verschlagen habe. Ich sagte, es sei ein Zwischenhalt auf dem Weg nach Wyoming. Danach wolle ich weiter nach Kanada, um in der Northern Region Manitobas einige Wochen in der Wildnis zu verbringen. Das Wort *Wilderness* auszusprechen war mir peinlich.

Sie fragte mich, warum ich denn allein dort hinfahre?

»Oder sind Sie nicht verheiratet?«, fragte sie.

Ich log. Sagte, doch, aber meine Frau sei ganz froh, mich für ein paar Wochen los zu sein.

My wife – Hanna hätte sich verbeten, dass ich sie immer noch so nannte.

Die Dame sagte, es gebe in Kanada nichts, was es hier in Colorado nicht auch gebe: Flüsse voller Forellen und Lachse, gute, reine Luft, Einsamkeit – »Männer müssen manchmal allein sein. Aber so lange? Glauben Sie mir, Ihre Frau vermisst sie. Sie liebt Sie, deshalb hält sie Sie nicht zurück. Aber wenn sie sagt, dass es ihr recht ist – glauben Sie mir, das stimmt nicht.«

Ihr Bandit spuckte ein paar Münzen aus. Sie kratzte sie aus dem Spender und sagte, jagen könne ich auch hier in Colorado. Maultierhirsche, Wapitis, nördlich von Denver. Schneeziegen, sogar Schwarzbären.

»Ich fahre nicht zum Jagen nach Kanada«, sagte ich. Sondern es sei eine Recherche-Reise.

»Recherche?«

»Ich bin Schriftsteller. Ich will ein Buch schreiben, über die Arapaho.«

»Oh!«, sagte sie. »Ein Schriftsteller! Ich dachte mir schon, dass Sie nicht mit den Händen arbeiten. Aber wieso schreiben Sie denn ein Buch über Indianer?«

»Warum nicht?«

Sie sagte, wenn schon, müsse ich dann aber auch schreiben, dass viele anständige Menschen hier in

Colorado täglich um ihr wirtschaftliches Überleben kämpften, während die Regierung den Indianern das Fürsorgegeld in den Hintern stecke. Ja, so sei das! Jeder Ute bekomme von der Regierung monatlich dreitausend Dollar fürs reine Nichtstun!

Unversehens steckte ich mittendrin in einer fünfhundertjährigen Auseinandersetzung. Ich hatte mich im Casino nur ein wenig umsehen wollen, musste jetzt aber eine Entscheidung treffen: Schweigen? Höflich lächeln? Oder mich zu meinem Urgroßvater bekennen?

»Und dann kassieren die auch noch das Geld vom Casino«, sagte die Dame, »das sie uns aus der Tasche ziehen!«

Ich lächelte höflich und sagte: »Ich möchte Sie darauf aufmerksam machen, dass mein Urgroßvater ein Arapaho war. Möglicherweise hat er Ihrem Urgroßvater einen Pfeil in den Hintern geschossen. Ist das nicht Ironie des Schicksals?«

Sie stutzte.

»Ach so«, sagte sie. »Dann will ich Ihnen mal was sagen: Wissen Sie, wie viele hier in der Gegend indianische Vorfahren haben? Eine ganze Menge. Sie sagen, Ihr Urgroßvater war Arapaho? Na und? Meine Urgroßmutter war eine Cheyenne. Und er da, der kräftige Kerl da drüben, der mit dem roten Hemd, sehen Sie? Das ist Jack, mein Nachbar. Seine Großmutter war eine Ute. Aber er hockt nicht im Reservat rum und kassiert Sozialhilfe. Er verkauft Baumaschinen in Bayfield, er arbeitet zehn Stunden am Tag. Er ist Amerikaner, wie wir alle. Wie ich auch. In der Pionierzeit gab's zu wenige Frauen in Colorado. Da haben sie sich eben eine hübsche Cheyenne genommen oder eine Ute, was soll's? Das macht mich doch nicht zu einer von denen! Aber wissen Sie was? Wir sind alle Menschen. Ja, das sind wir. Wir sind Menschen, und wir haben Durst. Und deshalb dürfen Sie mir jetzt ein Bier spendieren!«

Sie lachte herzerwärmend. Ich kaufte zwei Bierdosen, und wir sprachen eine Weile über die Grundstückspreise hier in Colorado im Vergleich zu denen in Deutschland.

Ich verabschiedete mich und ging auf mein Zimmer, setzte mich aufs Bett und dachte an Hanna.

My wife –

Ich dachte nichts Bestimmtes über sie, ich saß nur da, und es ging um Hanna, aber um nichts Konkretes.

Als ich es überwunden hatte, legte ich mich hin und las Kafka. Ich hatte mir seine Erzählungen mitgenommen, nun las ich die Geschichte von Sancho Pansa, und da mich die Fliege, die mit mir im Zimmer war, störte, hieb ich mit der aufgeklappten Taschenbuchausgabe nach ihr. Dabei flatterte ein kleines gelbes Zettelchen zu Boden, das zwischen den Seiten gesteckt hatte. Ich erinnerte mich sofort. Vor zehn Jahren hatte Hanna auf dieses Zettelchen etwas geschrieben, für mich, etwas, das mich damals glücklich gemacht hatte, weil es mir zeigte, dass wir auf dem richtigen Weg waren, gemeinsam. Wo bewahrt man ein solches Zettelchen für den Moment auf, in dem man es nach langer Zeit sich wieder anschauen möchte? Am besten zwischen den Seiten eines Buches, von dem man weiß, dass man es nie weggeben wird. Aber ist es auch klug, solche Zettelchen aufzubewahren? Nein. Denn als ich es jetzt aufhob und wieder las, wollte ich nie mehr lieben, nie mehr auf die Versprechungen eines Anfangs hereinfallen, nie mehr der Zeit dabei zusehen, wie sie Liebe fermentiert. Wohin jetzt aber mit dem Zettelchen? Fortwerfen konnte ich es trotz allem nicht. Behalten auch nicht. Also aß ich es. Ich steckte es in den Mund – es war wenig Papier – kaute es und schluckte es mit dem Wasser, das ich zuvor für meine Pillen bereitgestellt hatte. Jetzt war der Zettel, wo er hingehörte: Man selbst ist der Liebe Grab.

Jemand klopfte an meine Tür. Ich öffnete und stand einem großen schweren Ute gegenüber, dem die schwarzen Haare an der Stirn klebten und der sich mit einer dunklen, angenehmen Stimme als Ned Cloud, Motelmanager, vorstellte. Er entschuldigte sich: Die Klimaanlage sei defekt. Er bot mir an, mir einen Tischventilator zu bringen. Als ich dankend ablehnte, offerierte er mir ein Bier *on the house*. Ich hatte noch den brackigen Geschmack von Hannas Zettelchen im Mund und sagte Ja.

Wir setzten uns in die Bar des Casinos, deren Theke mit Mosaiksteinen ausgelegt war, die eine altrömische Trinkszene zeigte: Zwei Männer mit Traubenkränzen um die Stirn lagen mit erhobenen Bechern auf ihren Triclinia, ein Sklave goss aus einer Amphore Wein nach. Der betreffende Innenarchitekt war der Meinung gewesen, dass zu dieser antiken Szene am besten eine über der Bar montierte LED-Leuchtschrift passte, über die die Anfangszeiten der Bingo-Spiele rollten, versehen mit drei Ausrufungszeichen. Die Barhocker hatte er in einem *Antic Shop* gekauft, es waren Sessel mit rotem Plüschbezug und goldenen Voluten unten an den Füßchen.

Ned Cloud trug Schlangenleder-Stiefel, aus Sidewinder-Haut, ich hatte solche Stiefel auf der Herfahrt in einem Western-Shop gesehen und auch ihren Preis. Sie waren sehr teuer, und er trug sie an einem normalen Arbeitstag. Ich schätzte ihn auf Mitte fünfzig, mein Alter – das hieß, er war in der Vor-Casino-Zeit aufgewachsen und hatte als Kind vermutlich noch Strohschuhe getragen. Er saß breitbeinig auf seinem Barstuhl, der wie eine merkwürdige Stelze aus ihm herauswuchs. Cloud ruhte auf dieser Stelze in Würde; mir gefielen sein vertrauenswürdiger Blick und die Traurigkeit seiner Gestalt.

Er fragte mich, woher ich komme, ich sagte, aus der Schweiz. Mein Urgroßvater sei aber Arapaho gewesen, vom Mutterstamm der Hinono'ei.

»Sehr gut!«, sagte Cloud.

Ich fragte ihn, weshalb er sich Ned Cloud nenne? In Anspielung auf Red Cloud, den berühmten Oglala-Chief?

»Nein, weil ich Ned heiße«, sagte er. »Edward. Als ich geboren wurde, wussten meine Eltern, dass sie mir keine Ausbildung finanzieren konnten. Also gaben sie mir einen vornehmen englischen Namen, das kostete nichts. Sie hofften, dass mir der Name bei den Wasichu hilft, wenn ich einen Job suche. Dass die Wasichu dann denken: Oh, er heißt Edward, na dann kann man ihm ja die Kasse anvertrauen. Meine Eltern waren Christen, weißt du. Liebe Menschen, die jeden Sonntag zur Kirche gingen. Sie waren beide in der Missionsschule aufgewachsen, bei den Jesuiten. Wenn sie Núapaghapi sprachen, ihre Muttersprache, kriegten sie Prügel. Das saß bei ihnen so tief, dass sie später, wenn sie mit uns Kindern Núapaghapi sprachen, immer flüsterten, als stünden die Jesuiten mit dem Prügelstock hinter ihnen. Englisch redeten sie laut, aber unsere Sprache flüsterten sie nur.«

Er nannte die Weißen Wasichu, was mich insofern ehrte, als er mich wegen meines Urgroßvaters offenbar davon ausnahm. Korrekt wird es Wašíču geschrieben, und ausgesprochen als *Wasitschu*. Stammt aus der Sprache der Lakota. Wörtlich *die, die das Fett wollen*. Im übertragenen Sinn die Bezeichnung für einen gierigen Menschen, der nur auf seinen eigenen Vorteil bedacht ist. Es ist kein so drastisches Wort wie *Nigger*. Aber ein Kompliment ist es nicht.

Jetzt sprach Cloud über seine Zeit beim American Indian Movement. Die Erzählungen eines Veteranen. Es war so interessant, wie wenn Achtundsechziger von ihrer Begegnung mit Rudi Dutschke erzählen und wie man Pflastersteine am besten aus dem Boden stemmt.

Ich hörte ihm trotzdem gerne zu, und jedes Mal, wenn er von den Wasichu sprach, heimelte es mich an, dass er mich nicht mitmeinte. Er erzählte von der Besetzung von Wounded Knee im Jahre 1973, und ich stellte ihn mir auf einem Pferd vor, als Silhouette vor dem grauen Himmel: etwas Großes, Rundes auf etwas Länglichem. Ich ging in der Vorstellung näher ran und hörte das Knacken der Wirbelsäule des Pferdes.

»Und dann«, sagte Cloud, in dessen Hand die Bierflasche fast verschwand, »dann hab ich mit Russell Means gefrühstückt. Du kennst den doch? Russell Means?«

»Ja.«

»Na also! Und ich hab mit ihm gefrühstückt!«

Auch ich trank viel, seit Langem wieder einmal, ich ritzte mit dem Fingernagel eine Spur in den Eisstaub auf der Bierflasche. Cloud sprach von Johnny Depp und Kevin Costner, die beide Cherokee-Vorfahren hätten, was ich schon wusste. Er dichtete Angelina Jolie Lakota-Vorfahren an, und ich widersprach nicht.

Später sagte Cloud: »Erzähl mir was über deinen Urgroßvater. Was weißt du über ihn?«

»Recht viel. Meine Urgroßmutter hat ein Tagebuch geschrieben, aber erst später, kurz vor ihrem Tod. Eigentlich eine Autobiografie, aber in Tagebuchform. Er hieß Nisono'oho. Sie nannte ihn aber John. John Roman Nose.«

»Ja, Roman Nose, so heißen viele. Die Wasichu nannten uns so. Es ist ein Spottname. So wie John Kraushaar für einen Schwarzen. Wenn deine Urgroßmutter ihn so genannt hat, wird's nicht die große Liebe gewesen sein. Entschuldige, dass ich das sage ...«

»Er hat Bisons gejagt und Gabelhirsche«, sagte ich, »und er führte Krieg gegen die Ute und Shoshonen. In seinem Haar steckten drei Federn, waagrecht. Eine eingekerbte und zwei, an denen ein Büschel Pferdehaar befestigt war. Weißt du, was das bedeutet?«

»Er ist im Kampf verwundet worden und hat zwei Feinde getötet«, sagte Cloud.

»So war es«, sagte ich. Das Licht der Abendsonne

brach sich im Spiegel über der Bar, ein gelbrotes Gleißen, das mich daran denken ließ, wie ich an einem warmen Sommerabend Würste brate und den Geruch der Kohle genieße und den Anblick der aufgeplatzten, an den Rändern kohlig gewordenen Haut, die glänzt, weil der Fleischsaft austritt – und Hanna sitzt in einem roten Liegestuhl, barfuß, sie trägt blaue Caprihosen, und sie liest mir eine Szene aus einem Buch von Tolstoi vor, die in ihr dasselbe Gefühl weckt wie das Gleißen der Abendsonne im Bar-Spiegel bei mir. Staubkörnchen tanzten in einem Lichtfächer. Und die leise Musik aus den kleinen Lautsprechern an der Decke: *Ui, chirpy chirpy cheep cheep.*

Cloud kam wieder auf die Besetzung von Wounded Knee zu sprechen.

»Da waren am Schluss auch einige Arapaho dabei«, sagte er. »Sie kamen wie immer erst, als das Schlimmste vorbei war.« Er lachte, wollte noch etwas über die Arapaho sagen, verlor aber den Faden und sagte stattdessen: »Ja, und eben, John Trudell. Aber wenigstens den kennst du doch?«

»Ich kenne auch Russell Means«, sagte ich.

»Ja, aber Trudell nicht.«

»Doch! Er ist Lakota und wurde in den Siebzigerjahren beschuldigt, zwei FBI-Agenten erschossen zu haben. Seither sitzt er im Gefängnis.«

»Nein, das ist Leonard Peltier! Aber ich rede von

John Trudell. Der Trudell, der zusammen mit Robert De Niro im Film *Thunderheart* gespielt hat.«

Ich kannte den Film nicht.

»Du kennst diesen Film nicht?«, sagte Cloud. »Was bist du denn für ein Indianer!«

War ich Indianer?

Alle meine Vorfahren, außer einem, waren Schweizer gewesen. Ich war zu sieben Achteln Schweizer und zu einem Achtel Arapaho. Aber es ist keine numerische Angelegenheit. Die Dame vorhin, bei den Spielautomaten, empfand keine Sehnsucht danach, Cheyenne zu sein wie ihre Urgroßmutter, sie fühlte sich durch ihre Abstammung befleckt. Man entscheidet sich so oder so, aber kalt lässt es niemanden. Selbst die entfernte Abstammung von einem Volk erzwingt eine Einstellung zu ihm. Mir *konnten* die Hinono'ei nicht gleichgültig sein, und alles, was sie betraf, gewichtete ich anders, als wenn es ein Volk betroffen hätte, mit dem mich keine persönliche Beziehung verband. Beispielsweise erfuhr ich kurz vor meiner Abreise nach Amerika von einem Verbrechen, das in Riverton, einer Stadt an der Grenze zum Reservat der Arapaho, begangen worden war. Ein Weißer hatte dort wahllos auf Arapaho geschossen und zwei Arapaho getötet. Mein Urgroßvater wiederum war im Jahre 1890 im Alter von achtundzwanzig Jahren in Fort Washakie von einem deutschen Einwanderer erschossen worden. Dieser Mann, ein Pelzhändler, hatte ein Auge auf meine Urgroßmutter geworfen und fand es widerwärtig, dass sie sich lieber mit einem Indianer traf als mit ihm. Als ich nun von der Erschießung der zwei Arapaho in Riverton las, empfand ich nicht etwa Wut über *Rassismus und Fremdenfeindlichkeit* oder dergleichen. Sondern mir schnürte eine bittere, tiefe Trauer die Kehle zu, Trauer darüber, dass es noch nicht zu Ende war, dass es sich sogar wiederholte, dass es nie zu Ende sein würde. Und es war eine kalte Angst in mir, dass sich Leute wie dieser Amokschütze eines Tages vielleicht auch noch das Reservatsland der Arapaho holten und die Arapaho endgültig vernichteten.

Ja, ich bin Indianer. Ich bin auch Schweizer und Berliner, aber ich bin es nicht mehr, als ich Indianer bin, ungeachtet dessen, dass auf der einen Seite sieben direkte Vorfahren stehen und auf der anderen nur einer. Das Herz zählt nicht nach. Es geht nicht buchhalterisch vor. Angenommen, ich nähme an einer Amerikareise teil als Mitglied einer Schweizer Reisegruppe. Und bei einem Besuch der Wind River Reservation, in der die Nördlichen Arapaho wohnen, würde ein Schweizer im Scherz sagen, *Hoffentlich werden wir hier nicht alle skalpiert*, so wäre ich sogleich gegen ihn eingestellt, und zwar auf andere Weise als ein anderer Schweizer Teilnehmer, der solche Scherze aus ideologischen Gründen nicht mag. Ich würde den Scherz als persönliche Beleidigung auffassen, das ist der Unterschied. Angenommen, es wäre eine deutsche Reisegruppe, und ein Deutscher würde die Bemerkung machen, so würde ich sie ihm noch stärker verübeln als dem Schweizer, da mir die Deutschen als Volk trotz der langen Zeit, die ich schon unter ihnen lebe, fremder sind als die Schweizer. Angenommen, es wäre eine gemischte Reisegruppe aus Schweizern und Deutschen, und aus ihrer Mitte würde beim Besuch des Reservats der Südlichen Ute dieselbe Bemerkung laut, so würde ich sie dem Betreffenden wiederum weniger übel nehmen, als wenn er es in der Wind River Reservation über die Arapaho gesagt hätte. Wenn aber ein Mitglied der Reisegruppe auf der Busfahrt sagen würde, *Die Mexikaner klauen dir noch das Klopapier aus dem Hintern,* würde mich das weniger ärgern als eine abfällige Bemerkung über die Ute oder einen anderen Indianerstamm. Und des Weiteren angenommen, die Deutschen und die Schweizer würden sich aus welchen Gründen auch immer zu einer militärischen Aktion gegen die Arapaho entschließen, so würde ich selbst dann, wenn die Arapaho am Konflikt schuld wären, dennoch niemals die Waffe gegen sie erheben. Würde die Aggression eindeutig von den Deutschen und Schweizern ausgehen, würde ich mich vollständig von ihnen abwenden und nach meinen Möglichkeiten für den Sieg der Arapaho kämpfen.

Meine Loyalität gehört zuerst der entfernten Abstammung und erst dann der nahen. Aber warum? Ich bin kein Romantiker und verkläre nicht die Kultur der Indianer, die mir in vielem fremd ist. Das kann es also nicht sein. Was dann? Ich weiß es nicht und verspüre keine Lust, darüber nachzudenken, da ich es als etwas Physisches empfinde. Soll ich darüber nachdenken, warum ich kurze Beine habe? Es ist eben so, und diese Unbedingtheit macht es gerade zu etwas so Wesentlichem und Bestimmendem.

Um Mitternacht saßen Cloud und ich auf einer Bank aus Gussbeton auf dem Parkplatz des Casinos. Es war still. Einsame Nacht. Über uns ein Sternenhimmel, der aussah wie ein mit Puderzucker bestreuter Schokoladenkeks. Man konnte in diesen Weihnachtshimmel tief hineinsehen, wenn man die Leere nicht fürchtete. Es sah aus wie Fülle und Weite, aber es war Leere und das Nichts, die völlige Bedeutungslosigkeit jedes Atemzugs, jedes Herzschlags, jedes Gedankens, jedes Gefühls. Das Nichts kam in Gestalt der Unendlichkeit daher, und die Endlichkeit in Gestalt zweier betrunkener Männer, die aber noch mehr Bier soffen. Ich dachte, dass sich in zehntausend Jahren niemand mehr an die Arapaho, die Ute, die Deutschen und die Schweizer erinnern wird, nicht einmal an die Chinesen. Archäologen werden Ruinen freilegen und Knochen datieren und sie in Epochen einordnen, deren Bezeichnungen uns befremden würden, da sie nichts mit uns zu tun haben. Was könnte ein Kelte mit dem Begriff *Glockenbecherkultur* anfangen? In dieser Verwischung von Begriff und Lebenswelt verbirgt sich aber eine Wahrheit, nämlich die, dass Existenz ein bloßes Aufleuchten und wieder Erlöschen ist. Je mehr Zeit seit dem Erlöschen vergeht, desto unwirklicher wird das einstige Aufleuchten, bis es eines Tages, wenn sich niemand mehr daran erinnert, gar nie stattgefunden hat.

On the long run we didn't exist.

Zu hören war das leise Scheppern eines Gegenstandes, an dem der Wind rüttelte. Auf einer Anhöhe stand ein Haus, hinter dessen Fenster das blaue Licht eines Fernsehers anzeigte, dass hier jemand seine kurze Zeit des Aufleuchtens auf bemitleidenswerte Weise vergeudete. Cloud und ich tranken wenigstens. Das war der Versuch, sich zu verlieren unter dem drohenden Sternenhimmel: Wir übten schon mal das Verschwinden.

»Meine Frau mag es nicht, wenn ich Bier trinke«, sagte er. »Das verstehe ich. Schlechte Erfahrungen. Vater, Großvater, ihr Bruder, alle Säufer. Aber ich hab's unter Kontrolle. Ich trinke nur so viel, wie mit Gewalt reingeht.«

Er schwieg, und ich fühlte meinen Puls. War regelmäßig. *Pumm. Pumm.* Etwas zu schnell allerdings. Aber im Rhythmus. Wie merkwürdig, dass das Herz eine solche Anstrengung vollbringt, achtzig Jahre lang ununterbrochen sich für ein Leben abrackert, das verzichtbar wäre.

»Eine Million Menschen weltweit würden für den Bestand der Art genügen«, sagte ich, und Cloud sagte: »Was?«

»Ich sagte, es würde reichen, wenn es nur eine Million Menschen gäbe. Oder auch nur eine halbe. Sogar hunderttausend würden reichen. Mehr braucht's nicht, um die Art zu erhalten. Aber jetzt klopfen sieben Milliarden Herzen, in diesem Moment, stell dir das vor. Wieso hört man das eigentlich nicht? Das müsste man doch eigentlich hören. Sieben Milliarden Herzen!«

Ich hätte nicht so viel trinken dürfen, ich sah meine Kardiologin vor mir, wie sie die Hände zusammenlegte und sie bittend vor- und zurückbewegte. *Tun Sie mir den Gefallen,* sagte sie, *Nein, tun Sie sich den Gefallen.* Es ist einfach Gift für Leute mit Herzrhythmusstörungen, jaja. Ich griff in meine Hosentasche, holte eine Metoprolol-Tablette heraus, schluckte sie und fühlte mich jetzt geschützter. Seit zwei Jahren litt ich unter Herzrhythmusstörungen und fraß diese Betablocker wie das Pferd den Hafer.

Cloud sagte: »Jedenfalls will ich ihr das ersparen.«

»Wem?«

»Meiner Frau. Ich übernachte heute draußen. Im Auto. An meinem Platz.«

»Ein Platz?«

»Ja, mein Platz. Fünfundzwanzig Meilen westlich von hier. Dort hab ich mal eine tote Fähe gefunden.«

»Was ist das?«

»Eine Füchsin. Sie war tot. Weil ich sie erschossen hatte. Es war eine dunkle Nacht, Neumond. Als ich die Fähe sah, hielt ich sie für einen Koyoten und drückte ab. Ist das nicht seltsam? Wegen der schlechten Sicht konnte ich eine Fähe nicht von einem Koyoten unterscheiden. Aber getroffen hab ich sie trotzdem.«

»Ja, das ist seltsam.«

»Du kannst mitkommen. Warum nicht? Doch, komm mit. Ich möchte dir etwas zeigen. Ja, ich glaube, es wäre gut, wenn du das siehst. Meinen Platz. Er ist so eine Art ...« Er sprach nicht weiter.

Eine Fledermaus flitzte herum. Sie existierte noch viel gründlicher nicht als wir. Wer sollte sich in zehntausend Jahren an sie erinnern? Sie flog unter dem Radar der Existenz. Sie existierte genau genommen schon jetzt nicht, denn wenn sie morgen starb, würde das von niemandem bemerkt werden. Vielleicht von ihren Fledermausfreunden. Aber die besaßen nicht die Fähigkeit des Erinnerns. Nein, sie existierte nicht. Jetzt nicht und niemals.

Clouds Wagen blinkte. Ich stieg ein. Ich war noch nicht müde, ich konnte morgen lange schlafen, *Alles ist gut, mein Herz!* Ich hatte meine Medikamente dabei, ich konnte einsteigen. Ich stieg ein, und ich dachte, *Besser als jetzt ins Zimmer und dann fremdträumen.* Doch, ich war müde. Aber ich hatte keine Lust auf die Träume, die als Nebenwirkung des Metoprolols mir anstrengende Nächte verursachten. Meine Kardiologin, als ich ihr von den Träumen berichtete, nannte sie eine bedauerliche Nebenwirkung, die recht häufig auftrete, und mit *recht häufig* meinte sie: Beklagen Sie sich nicht. Es waren drastische, abstruse Träume, die ich *Fremdträume* nannte, weil ich mir nicht vorstellen konnte, dass sie tatsächlich aus mir selbst stammten; sie kamen mir vor wie die Träume eines hochbegabten Verrückten, und ich war beides nicht.

»Schöner Wagen.«
»Ja, kommt aus Deutschland. BMW. Ich kaufe keine amerikanischen Autos«, sagte Cloud grimmig.

Wir fuhren an den letzten Lichtern Ignacios vorbei und tauchten in die Dunkelheit ein. Hier gab es nur noch die Scheinwerfer. Ich schaute zum Fenster hinaus und sah mich. Dahinter Schwärze.
Cloud bemühte sich, durch viel Lenkerei den Wagen auf der ungepflasterten Straße zu halten, die stetig schmaler wurde. Einmal verpasste er eine Kurve,

und wir holperten in die Prärie und dann wieder aus ihr hinaus.

Die Sterne –

Wenn mein Urgroßvater nachts zu ihnen hinaufblickte, sah er die Lagerfeuer seiner Ahnen. Nach ihrem Tod versammelten sie sich um die Feuer, die zwar unerreichbar waren, aber doch in seiner Welt sichtbar. Er konnte das Flackern der Feuer erkennen. Seine Mutter saß dort und schürte das Feuer, um das seine Großeltern saßen und deren Eltern und deren Eltern, deren Namen er alle kannte, weil sie an den Feuern in den Dörfern genannt wurden, damit jeder sie sich merkte. Für meinen Urgroßvater war der Sternenhimmel ein Familienalbum, und überall, wo eines dieser Feuer loderte, war auch ein Gesicht und eine Geschichte. Es verhielt sich wie mit dem Fluss, an dem das Tipi meines Urgroßvaters stand, und wie mit den Büffeln, dem Wind, dem Schnee: Die Natur befand sich in seinem Innern, und der Nachthimmel funkelte in ihm und nicht außerhalb. Aus diesem Grund, weil die Welt für ihn buchstäblich nichts Objektives war, hätte er niemals zum Mond fliegen können. Das konnten nur die Wasichu, die die Sterne als Objekte klassifizierten, die keine andere Bedeutung hatten als die beobachtbare – wogegen ich nichts gesagt haben will. Es konnten auch nur die Wasichu Anästhetika entwickeln und Metoprolol. Aber wie tröstlich muss es für meinen Urgroßvater gewesen sein, dass er nach dem

Tod seiner Mutter am Nachthimmel ihr Lagerfeuer flackern sah und sie sicher aufgehoben wusste.

Wir fuhren und fuhren.

»Hast du Kinder?«, fragte mich Cloud. Er hatte mich das vor zwei Stunden in der Casino-Bar schon gefragt.

»Ja. Einen Sohn.«

»Ich auch. Auch einen Sohn.«

»Ich weiß.«

»Und seine Mutter? Deine Frau? Ist sie auch Schweizerin?«

»Ja. Aber wir sind geschieden.«

»Schade. Und dein Sohn? Macht es ihm etwas aus, dass er Schweizer ist?«

»Nein. Ich glaube nicht. Warum?«

»Er sagt zu dir nicht: Ich bin kein Schweizer mehr. Ich bin jetzt ... Italiener?«

»Nein. Warum sollte er das tun? Er ist kein Italiener.«

»Ja. Aber bei meinem Sohn ist das anders. Es begann bei ihm mit fünfzehn: Plötzlich gefiel es ihm nicht mehr, ein Ute zu sein. Er kam nicht mehr zu den Powwows mit, er sagte, er will sich nicht wie ein Clown verkleiden. Wie ein Clown! Er nannte unsere traditionellen Kleider Clownkleider! Ich weinte. Ja, ich weinte, als er das sagte. Er zerschnitt das Band, und er tat es gründlich. Er sprach nicht mehr Núapaghapi, kein Wort mehr. Nur noch Englisch. Ich sprach Núapaghapi mit ihm, er antwortete auf Englisch. Er fragte mich etwas auf Englisch, ich antwortete auf Núapaghapi. Bei uns im Wohnzimmer hing ein Foto von Geronimo. Mein Sohn ist mit diesem Bild aufgewachsen. Aber plötzlich passte ihm auch Geronimo nicht mehr. Er sagte, er sei ein Verbrecher gewesen, der nur Unglück über sein Volk gebracht habe. Ich sagte, okay, da hast du recht, aber noch viel mehr Unglück hat er über die Wasichu gebracht, und deshalb hängt dieses Foto da. Und jetzt kommt's: Jetzt nennt er mich einen Rassisten! Ich bin also ein Rassist, nur weil ich etwas dagegen habe, dass die Wasichu mein Volk fast ausgerottet haben! Und dann nahmen sie mir auch noch den Sohn. Denn das haben sie getan: Sie haben ihn mir genommen. Als er achtzehn war, verließ er mich, und er verließ seine Mutter, seine Schwestern, er verließ seinen Stamm und ging nach Denver. Und weißt du, was er studierte, in Denver? Zahnarzt! Er ist ein Zahnarzt geworden! Das hat er sich clever ausgedacht. Denn du kannst dir ja wohl vorstellen, dass sich in Denver keiner von einer Rothaut die Zähne ziehen lassen will. Also hat er seinen Namen geändert. Er heißt jetzt Mick Lincoln. Lincoln! Wie der Präsident. Auf dem Schild an seiner Praxis steht Mick Lincoln Dental DDS. Ich hab's selber gesehen. Ich bin vor ein paar Jahren nach Denver gefahren, weil ich wenigstens wissen wollte, wie seine Praxis von außen aussieht und in welchem Stadtteil sie liegt. Und da stand dieser Name. Aber das war nicht der Name meines Sohns. Das war ein Clown-Name. Ein Name wie der, den sie deinem Urgroßvater verpasst haben, Roman Nose. Mit dem Unterschied, dass mein Sohn sich diesen Namen selbst ausgesucht hat, das ist das Schlimme daran. Und weißt du, was er den Leuten erzählt, woher er kommt? Die sehen ja natürlich, dass er nicht wie ein Wasichu aussieht. Er sagt ihnen, er sei aus Hawaii! Überall erzählt er rum, er sei Hawaiianer. Die haben nämlich einen guten Ruf. Von denen lässt man sich die Zähne ziehen, denen traut man zu, dass sie bei der Arbeit nüchtern sind. Uns nicht. Aber ich sage nichts mehr. Seit er geheiratet hat, sehen wir uns wieder ab und zu. Muss ja sein. Seine Frau wollte ja mal ihre Schwiegereltern kennenlernen. Er kommt natürlich nie zu uns ins Reservat. Seine Frau weiß zwar, dass er kein Hawaiianer ist, und sie kriegt auch immer rote Wangen, wenn sie über indianische Kultur redet. Aber er will damit nichts mehr zu tun haben. Wir fahren immer zu ihnen. Und dann trinken wir Tee in ihrem Vorstadthäuschen in Littleton. Sie ist nett. Eine kleine hübsche Rothaarige, die keine Tiere töten will. Sie isst nur Gemüse. Aber ich sage nichts mehr. Über gar nichts. Ich sage dann nur: Ja, Gemüse ist sehr gesund. Und dann trinke ich Tee und während seine Frau über Yoga spricht, denke ich, dass ich den Lauf meines Gewehrs wieder mal fetten sollte. Ich hab nämlich Lust auf rohe Leber, und wann immer ich dazu komme, gehe ich auf die Jagd und töte ein Tier. Weil ich Jäger bin. Mein Großvater war Jäger. Mein Urgroßvater war Jäger und Krieger. Wie deiner. Ihre Frauen riefen: Bring Fleisch heim, Mann! Na los, geh und jage die Büffel und bring mir die Leber, wenn du mich liebst! Und jetzt schau dir an, was mein Sohn für eine Frau hat! Sie isst nicht mal Eier. Und er heißt Mick Lincoln und zieht den Leuten als Hawaiianer die Zähne. Und jedes Mal, wenn wir zu Besuch sind, steht er nach einer Viertelstunde auf und geht raus in den Garten, um Unkraut zu jäten.«

»Aber so ist das eben«, sagte Cloud. »Und jetzt muss ich aufhören damit, sonst wird es hier drin wieder schwarz.« Er zeigte auf seine Brust. »Tut mir leid, dass ich dich damit vollgequatscht habe. Erzähl mal was über deinen Sohn. Was macht er beruflich?«

»Das habe ich dir schon gesagt. Er ist Schriftsteller.«

»Ja, du hast es mir gesagt. Genau, er ist Schriftsteller, wie du. Und warum stört dich das? Verkauft er mehr Bücher als du?«

Wie kam er darauf, dass mich das störte? Merkte man es mir an? Die Eifersucht? War ich eifersüchtig auf Jonas? Aber Eifersucht ist nicht das richtige Wort. Man ist nicht eifersüchtig auf sein Kind, wenn man es liebt. Nein, es war etwas anderes. Ich war verärgert. Aber nicht über ihn, über die *Kaste*. Die Kaste hatte sich

Jonas gekrallt, gleich nach Erscheinen seines ersten Buches. Nein, schon im Vorfeld, nachdem sein Verleger auf der Buchmesse und bei jeder anderen Gelegenheit Goldstaub verstreute, um die Gier der Kaste zu wecken auf das *großartige Debüt*, auf die *ganz neue Tonalität seiner Sprache*. Es kam auch mir natürlich zu Ohren, und ich befand mich nun in der Verlegenheit, lügen zu müssen. *Jaja, natürlich kenne ich sein Buch. Ja, großartig, ganz großartig. Eine ganz neue Tonalität der Sprache. Sie dürfen gespannt sein. Ja, im Frühjahr erscheint es.* Das war vor der Veröffentlichung alles, was ich über das Buch wusste: Dass es im Frühjahr erschien. Bei unserem letzten Treffen vor einem Dreivierteljahr saß er, weil ich Geburtstag hatte, an meinem Küchentisch und aß den Himbeerkuchen, den er im KaDeWe für mich gekauft hatte. Offenbar hatte er vergessen, dass ich nie Himbeeren esse, sie verursachen bei mir Sodbrennen. Aber er liebt Himbeeren, und so kam es zu diesem Geburtstagskuchen. Er aß ihn allein auf. Er isst maßlos, dabei ist er mager. Es bleibt bei ihm nie bei einem Teller. Warum setzt er kein Fett an? Weil die ganze Energie, die er sich anfrisst, in Kunst umgesetzt wird. Es spielt keine Rolle, welche Art Kunst. Er ist auch ein hervorragender Gitarrist, spielt Bachs Lautenwerke mit einem Anschlag, der den Zuhörer zu einem besseren Menschen macht. Er malt großformatige Ölbilder, und wenn er mit einem fertig ist, setzt er sich davor und spielt eine Nacht lang Bach für das Bild. Er ist mir vollkommen fremd, während ich ihm aber sehr bekannt bin, ja er ist meiner überdrüssig, ich biete ihm zu wenig Denkanreize. Sein bester Freund ist ein Enzyklopädist, der eine Stunde lang über Hautschuppen erzählen kann, und nicht nur langweilt man sich nicht, man geht auch mit einer Erkenntnis aus dem Gespräch, zu der man selbst nie gelangt wäre. Jonas' Freundin ist Geigerin, eine Koreanerin, die musikalische Zwiegespräche mit ihm hält – sie sprechen oft einen Tag lang nicht miteinander, sondern spielen von früh bis spät und behaupten, es entstehe dadurch ein Wesen, das sie *Kiyano* nennen und das fähig ist, zwei Menschen aufeinander zu stimmen, wie man ein Instrument stimmt. Ich weiß nicht, ist es kindisch oder genial? Das weiß man bei Jonas eben nie so recht. Er saß also an meinem Geburtstag in meiner Küche, stopfte mit den Händen die Himbeertorte in seinen Mund, und wo noch für ein Wort Platz blieb, da kam ein belangloses raus. Mir schien, er redete wirr und uninteressant daher. Erst später, als ich von Dritten erfuhr, dass er ein Buch geschrieben hatte, machten seine Äußerungen Sinn: Er hatte sozusagen codiert über sein Buch gesprochen. Mit Bedacht hatte er das getan, denn als ich ihm später telefonisch Vorwürfe machte, weil er mir drei Jahre lang verschwiegen hatte, dass er an einem Roman arbeitete, sagte er, *Ich habe es dir doch erzählt, an deinem Geburtstag.*

Es könnte der Eindruck entstehen, dass Jonas ein verschrobener, gar unsympathischer Mensch ist. Aber nein. Er ist lediglich für wenige zugänglich, und es ist manchmal verletzend für mich, nicht zu diesen wenigen zu gehören, ihm also nicht zu genügen. Hanna, seine Mutter, die er sehr liebt, wusste von dem Buch, aber das bedeutet nicht, dass sie zu den wenigen gehört, die er in seinen Kreis aufnimmt. Es bedeutet nur, dass er sie sehr liebt, ohne etwas von ihr zu erwarten, während er von mir enttäuscht ist.

»Ja, er verkauft mehr Bücher als ich«, sagte ich zu Cloud. »Wann sind wir da?«

»Gleich«, sagte Cloud. »Und das stört dich, dass er mehr Bücher verkauft? Das verstehe ich nicht. Du solltest stolz sein auf ihn!«

»Du hast ganz recht.«

Cloud stellte noch zwei Fragen über Jonas. Aber ich schwieg.

Wir fuhren –

Ich drückte eine Tablette aus dem Blister. Ich hielt es für besser, heute die doppelte Ration Metoprolol zu nehmen. Das verschlimmerte zwar die Fremdträume, zwang aber das Herz mit der Knute in den Takt.

»Was hast du da geschluckt?«

»Eine Pille.«

»Bist du krank?«

»Nein.«

»Warum schluckst du dann Pillen?«

»Für mein Herz. Aber es ist alles in Ordnung.«

»Bist du hierhergekommen, um zu sterben?«

»Wie kommst du denn darauf? Nein! Es ist keine Krankheit, an der man stirbt.«

»Dann bist du also doch krank?«

»Verdammt, nein! Ich muss nur Pillen nehmen, und ich muss vor allem genügend Schlaf kriegen, das ist alles.«

»Du hättest mir sagen sollen, dass du krank bist. Dann wäre ich nicht mit dir hier rausgefahren. Wenn du einen Infarkt kriegst, dauert es drei Stunden, bis du im Krankenhaus bist.«

»Ich kriege keinen Infarkt!«

»Okay, schon gut! Reg dich jetzt nur nicht auf! Das ist nicht gut für dich. Niemand will, dass du dich aufregst, okay? Atme ganz ruhig!«

Wir fuhren –

Endlich hielt Cloud an. Die Handbremse ratschte. Die Uhr auf dem Armaturenbrett zeigte 2:14. Um diese Zeit träumte ich normalerweise von toten, bräunlich verfärbten Walfischen, die in Fichtenwäldern lagen. Sie bewegten sich nicht, denn sie waren ja tot, aber sie *schauten*. Ihre großen schwarzen Augen reflektierten das Leben jener, die sich in der Nähe befanden. Ein Mann, der einen roten Ölanzug und kniehohe Gummistiefel trug, begab sich mit einer Laterne in einen der Walfische hinein. Es ging darum, ihr Schauen umzukehren. Das konnte man nur von innen tun. Und erst wenn das Schauen umgepolt war, also nicht mehr das äußere Leben reflektierte, sondern das der Wale, konnten sie sterben.

»Hier lang«, sagte Cloud.

Der Strahl seiner Taschenlampe schwankte vor mir hin und her. Der Wind pustete mir in den Ärmel, in den Kragen, durch die Hosenstöße kroch er kühl an meinen Beinen hoch. Die Sterne flackerten, was ich gleichfalls als unangenehm empfand, es herrschte Unruhe auf der Erde wie am Himmel. Der Kegel der Taschenlampe tastete suchend umher, bis er ein merkwürdiges Objekt erfasste: Einen vollständigen, im Wind flatternden Pelz mit Kopf, Beinen und Schwanz. Der Kopf war an einem massiven, in die Erde gerammten Ast befestigt, sodass es aussah, als würde der Fuchs gegen den Wind anschwimmen. Wobei, es war kein Kopf, es war die Haut des Kopfes, ohne Augen selbstverständlich, und an den Beinen waren Federn befestigt. Es sah indianisch aus oder ehrlich gesagt betrunken indianisch. Aber es war andererseits das erste authentisch Indianische, das ich im Reservat der Southern Ute sah.

»Das ist die Fähe, von der ich dir erzählt habe«, sagte Cloud. Er beleuchtete das Fell mit der Taschenlampe, damit mir keine Einzelheit entging.

Wenn der Wind nachließ, schmiegte sich das Fell um den Ast, dann kam die Fähe zur Ruhe. Wenn der Wind auffrischte, löste sich das Fell wieder vom Ast, als würde die Fähe sich aufmachen, um zu jagen oder die Gegend zu erkunden.

»Man sollte sich solche Dinge eigentlich nicht nachts anschauen«, sagte Cloud leise.

Wir standen im Wind und beobachteten das Fell. Ein schönes Fell, es glänzte im Licht der Lampe, es war rötlich, bräunlich, es wechselte die Farbe − es war von Dunkelheit umgebene natürliche Schönheit, und seine Bewegungen im Wind hatten etwas Hypnotisierendes, wie ein Feuer.

»An dem Tag, an dem der Wind das Fell vom Ast reißt, werde ich sterben«, sagte Cloud.

Ich schwieg. Was hätte ich sagen sollen?

Er richtete die Taschenlampe vom Fell weg in die Dunkelheit.

»Lass uns zum Auto zurückgehen«, sagte er. Sein schwerer Körper vor mir in der Nacht, das Kratzen seiner Stiefel auf der trockenen Erde, das Rascheln des Grases, durch das wir schritten. Wenn Cloud starb, weil der Wind das Fell weggerissen hatte, würde das

Fell hier draußen herumliegen, jetzt ohne jeden Sinn. Es wäre dann einfach nur noch ein Fuchspelz ohne Geschichte. Hier ein Fell und dort ein in die Erde gerammter Ast. Keiner, der die Geschichte nicht kannte, würde beides in einen Zusammenhang bringen. Erst recht nicht mehr in fünfzig Jahren, wenn der Wind auch den Ast aus seiner Verankerung gelöst hatte. In fünfzig Jahren lagen da draußen in der Prärie zerstreute Fetzen eines Fähenpelzes und ein Ast: So lösen sich die Geschichten auf, die dem Leben ihrer Erzähler einen Sinn geben.

Im Auto bot mir Cloud eine Marlboro an. Ich griff zu. Meine erste Zigarette seit einem Jahr. Irgendwann hätte ich mit dem Rauchen wieder angefangen, und heute war eine gute Nacht dafür. Schon beim dritten Zug überschlug sich mein Herz. Aber das waren nur Extrasystolen, noch kein Vorhofflimmern. Und wenn schon. Ich rauchte mit großem Genuss, denn irgendwann würde es sowieso geschehen. Ich war siebenundfünfzig und lernte die Nähe des Todes schätzen: Sie beruhigte mich. Ich konnte mir vorstellen, zu sterben. Ich rannte nicht mehr davon. Nein, ich setzte mich hin und wartete. Noch zehn oder zwanzig Jahre warten, immer entspannter, je näher der Tag rückt – mein Blutdruck war niedriger geworden, seit ich mir vorstellen konnte, zu sterben. Mein Ruhepuls lag jetzt bei sechzig Schlägen: Vor zehn Jahren, als ich den Tod noch gefürchtet hatte, waren es achtzig Schläge gewesen: Die Todesnähe war gesund.

Cloud holte aus dem Kofferraum ein Sixpack Bier. Er kam wieder auf die Fähe zu sprechen.
»Weißt du, woran sie gestorben ist?«, fragte er.
»Du hast sie erschossen.«
»Ja. Aber gestorben ist sie am Metall. Am Metall des Gewehrlaufs und dem Blei der Kugel. Das kannte sie nicht. Hier draußen, wo sie lebte, gibt es kein Metall. Sie kannte alles, was es hier gibt: Steine, Erde, Gras, Bäume, Mäuse, Schlangen. Sie kannte den Wind, den Regen, den Schnee. Aber das Metall hat sie erst kennengelernt, als ich es ihr zwischen die Rippen schoss. Sie ist an etwas gestorben, das es in ihrer Welt nicht gab.«

Cloud schlief ein, ich nicht. Obwohl, die Ledersitze waren sehr bequem und ließen sich elektrisch in eine fast waagrechte Position bringen. Ich lag fast waagrecht und wach da. Ähnlich wie auf einem Zahnarztstuhl. Und ich wartete, wie man beim Zahnarzt darauf wartet, was er als Nächstes tun wird.

Ich dachte an Hanna, an ihr Lachen. Mein erstes Buch war gerade erschienen, vor dreißig Jahren. Ich hatte es ihr gewidmet, meiner neuen Liebe. *Für Hannah.* Es war mir bei der Durchsicht der Druckfahnen entgangen. Und nun dieses überflüssige *h*. Aber sie lachte, sie fand es köstlich: Ein Mann widmet der Frau, die er vor einem halben Jahr erst kennengelernt hat, sein erstes Buch, und dann schreibt er ihren Namen falsch. Sie küsste mich und bedankte sich, sagte, sie freue sich sehr über die Widmung. Es fiel mir schwer, ihr das zu glauben. Ich versicherte ihr, den Namen im Manuskript richtig geschrieben zu haben. Ich suchte sogar das Manuskript mit einigem Aufwand in der Kiste, in der ich es schon begraben hatte, exhumierte es, um ihr zu zeigen: Da war kein *h*. Nun war bewiesen, dass die Setzer bei der Erfassung des Textes den Fehler gemacht hatten. Sie sagte, *Alles ist in Ordnung, ich finde es lustig, glaub mir. Du musst mir nichts beweisen.* Aber da stand doch kein *h* in meinem Manuskript, das konnte sie doch jetzt sehen. Es war doch verständlich, dass ich die Sache richtigstellen wollte. Heute lachte sie zwar über den Fehler, aber in einem Jahr oder in zwei, wer weiß, sah sie in ihm vielleicht einen ersten Hinweis auf meine Unaufmerksamkeit, wenn es um sie ging: *Nicht einmal meinen Namen hast du damals in der Widmung richtig geschrieben!* Am nächsten Tag rief ich im Verlag an und verlangte die Einstampfung der ersten Auflage. Manfred, mein Verleger, fuhr mit dem Fahrrad durch halb Berlin, um mich zu besänftigen. Es war mir wichtig, dass er in Hannas Anwesenheit im Namen des Verlags die Verantwortung für den Fehler übernahm, was er auch tat. Denn mein erstes

Buch war gut, sehr gut. Er wusste, dass es ein Erfolg werden würde. Ich liebte Hanna, das heißt, ich hatte Angst, sie zu verlieren und nahm ihm den Fehler persönlich übel, behandelte ihn bei dem Treffen wie einen Schuljungen, der eine Fensterscheibe eingeworfen hat. Hanna nahm ihn in Schutz, sie stellte sich gegen mich, und er sagte, *Nein, nein, er hat schon recht, das hätte nicht passieren dürfen.* Nachdem Manfred gegangen war, wich Hanna mir aus, und im Ausweichen ist sie eine Meisterin: Sie sitzt dir gegenüber, spricht mit dir, hält deine Hand und weicht dir dennoch die ganze Zeit über aus. Es war ein schrecklicher Abend, denn ich wusste, dass sie dachte, *Ah, so ist er also!* Sie glaubte, etwas über den Mann herausgefunden zu haben, den sie erst seit Kurzem kannte, und in meiner Angst, es könnte scheitern, redete ich den Verlag schlecht, die hätten von Pressearbeit keine Ahnung, das Buch werde untergehen, es sei ein großer Fehler gewesen, es bei denen herauszugeben, der falsch geschriebene Name in der Widmung sei symptomatisch. Hanna schwieg. Und natürlich lachte sie nicht mehr. Einige Tage später rief ihre Mutter sie an, der sie das Buch geschickt hatte, und fragte sie, ob diese Hannah sie sei, oder ob ich es einer anderen Frau gewidmet habe? Binnen weniger Tage machte das falsche *h* in Hannas gesamter Verwandtschaft Furore, und nun lernte ich Hanna besser kennen, so wie sie zuvor mich. Sie fand trotz mehrerer besorgter, hämi-

scher und ihre Partnerwahl infrage stellender Telefon-
anrufe von Tanten, Onkeln und Schwestern wieder zu
ihrem Lachen zurück, sie sagte, *Hier hast du den Stoff
für deinen nächsten Roman: eine Familiengeschichte,
die mit einem falschen h im Namen der Frau beginnt.*
Aber zwei Jahre später gerieten wir in Streit, an die Ursache erinnere ich mich nicht mehr, nur an ihren Satz
*Ja, bei dir sind immer die anderen schuld, wie damals
bei der Widmung.* Sie hatte also die ganze Zeit über mir
die Schuld gegeben, was ja auch richtig war: Es hätte
mir bei der Fahnendurchsicht nicht entgehen dürfen.

Irgendwann schlief ich in Clouds Gelände-BMW auf
dem fast waagrechten Sitz dann doch ein. Sofort
träumte ich in Sepiafarben von einem Toten, der in
weißen Stoff gehüllt auf einem See trieb. Ich und einige andere beobachteten dies, mit Missfallen, denn
wir waren uns einig, dass der Tote nicht vor aller Augen auf dem See treiben sollte. Ich schaute mich um
und sah nun, dass die anderen Leute Arapaho waren,
die ich kannte, nämlich es waren die vier alten Chiefs,
die der Fotograf Hutton während der Reynolds-Expe-
dition 1858 fotografiert hatte. Sie standen eingehüllt
in ihre Bisonroben in der Frühjahrsonne und waren
beleidigt. Man hatte ihnen nicht genügend Tabak geschenkt, das war offensichtlich. Sie lasteten es mir an
und verlangten, ich solle zu dem Toten schwimmen
und ihn unter Wasser ziehen.

Ich erwachte mit einem Zucken im Hals. So ist es, wenn das Herz *springt*. Es verlässt den normalen Sinus-Rhythmus und wird chaotisch, und dies spürt man im Hals als Zucken und in der Brust als Rumpeln. Meine Kardiologin nennt es *Episode*. Sie sagte, *Wir müssen verhindern, dass die Intervalle zwischen den Episoden sich verkürzen. Sie rauchen doch nicht mehr?* Doch, ich rauchte noch, trank Bier, ließ mich durch kleine Vorkommnisse aus der Ruhe bringen, lag nachts wach und machte mir Sorgen über die Steuererklärung, war seit der Scheidung alleinlebend: Alles Gift für mein Herz. Was mich tröstete: Es war eine Volkskrankheit. Vor meiner Abreise las ich in einer Apotheken-Zeitung den Titel *Volkskrankheit Vorhofflimmern*. Es ging also vielen so, das machte es einfacher für mich.

In der Morgendämmerung trabte ich neben dem Wagen auf und ab durch das kniehohe, strohige Gras, mein verrücktes Herz herumtragend. Manchmal findet es durch körperliche Anstrengung wieder in den Takt zurück.

Am Horizont stieg ein kristallenes Licht hoch, in dem die Geschehnisse des Tages schon gespeichert waren. Viele würden den Tag nicht überleben. Andere würde sich an ihn erinnern, weil er ihnen Glück brachte. Für die meisten würde es ein Tag wie jeder andere werden, aber auch für sie stieg dieses schöne, frische Licht hoch.

Der Morgenstern leuchtete noch, und ein Mensch eilte vergeblich hin und her, um sein Herz einzufangen. Während einer Episode entkam es mir nämlich. Der regelmäßige Rhythmus war seine Heimat, aber auch sein Gefängnis, und daraus brach es mittels des Vorhofflimmerns aus, und nun verwilderte es in meiner Brust. Oh ja, ich bereute! Bereute, geraucht und zu viel getrunken zu haben. Bereute, zu wenig geschlafen zu haben. Steigerte das Lauftempo. Rannte ein paar Meter im Sprint. Legte mich auf den Boden und hielt für fünf Sekunden die Luft an. Es half nicht. Als ich aufstand, wurde mir schwarz vor Augen. Jetzt noch ein bisschen schwärzer, und weg wäre das Bewusstsein. Und dann bewusstlos sterben. Warum dieses Geatme? Das war nicht Freiheit. Das war Strafarbeit in der Körpergaleere.

Ich kniete mich im gelben Strohgras hin und schluckte die *Atombombe*, wie meine Kardiologin das nannte. Sie meinte das Amiodaron. Es kam zum Einsatz, wenn die konventionelle Waffe, das Metoprolol, versagte. Amiodaron bombte das Herz wieder in den Takt. Dabei konnte man allerdings die Lunge verlieren. Bei regelmäßiger Einnahme von Amiodaron löste sie sich unter Umständen auf. Aber erst nach zehn Jahren und vielleicht zusammen mit der freiheitlich-demokratischen Grundordnung. Und eines Tages wird sich die Sonne aufblähen, und die Erde wird in der Hitze verglühen. Eines Tages wird der Ort, an dem so viele

Wesen so vieles erlebten, nicht mehr da sein. Das ist ungeheuerlich. Denn wenn der Ort, an dem sich etwas ereignete, nicht mehr existiert, existiert auch das Geschehene nicht mehr.

On the long run nothing ever happened.

Über mir glitt ein großer Vogel dahin, ein Bussard oder Habicht, ich wusste es nicht, brauchte es aber auch nicht zu wissen. Denn das war kein Vogel, es war der Tod, der Ausschau hielt. Er nutzte den Aufwind, kein einziges Mal schlug er mit den Flügeln. Nach einer Weile ging er in die Schräge und segelte in meine Richtung zurück. Dann folgte er aber einem anderen Bogen und schwebte wieder von mir weg. Ich wertete es als Zeichen des Aufschubs.

Dem Vogel nachblickend ging ich zum Wagen zurück, unverrichteter Dinge, denn ich hatte mein Herz nicht zurückholen können in den richtigen Rhythmus.

Im Wagen schlief Cloud mit offenem Mund. Ich legte mich auf den fast waagrechten Beifahrersitz und erzitterte manchmal, wenn das Herz sich besonders heftig überschlug. Nach einer Weile weckte ich Cloud, mir schien, er hatte jetzt lange genug geschlafen.

Wir fuhren nach Ignacio zurück. Cloud war anders als gestern. Ernster, wortkarger, vielleicht einfach nur verkatert. Ich schlief während der Fahrt ein und träumte von einer Insel, auf der man dauernd aufpassen musste, dass man sich die Füße nicht an scharfen Muschelkanten aufschnitt. Schuhe waren auf der Insel unbekannt, und so liefen die Einheimischen vorsichtig um die Muscheln herum, den Blick stets auf den Boden gerichtet. Manche bewegten sich hüpfend fort, sie wussten genau, an welcher Stelle keine Muscheln in der Erde steckten, und dorthin hüpften sie.

Cloud rüttelte mich wach und sagte: »Jetzt sind wir quitt.« Er lud mich zum Frühstück ins Casino ein. Wir aßen Hash Browns und Burger. Ich sagte, Hash Browns seien nichts anderes als Rösti, und Rösti sei ein Schweizer Gericht.

»Jetzt ist es ein amerikanisches Gericht«, sagte Cloud.

»Morgen fahre ich weiter nach Fort Washakie«, sagte ich. »Ins Reservat der Nördlichen Arapaho. Ich möchte es mir ansehen. Meine Urgroßmutter war dort Lehrerin, an der Missionsschule. Diese Schule gibt es noch.«

»Ja, tu das«, sagte Cloud. »Aber schlaf nicht im Wind River Hotel. Davon kann ich dir nur abraten. Die Zimmer sind klein und hellhörig. Bis zwei Uhr nachts hörst du die Spielautomaten und danach das Gegrunze der Hochzeitspärchen.«

»Ich werd's mir merken.«

»Und noch was: Wenn du schon dort hinfährst, dann lass dich registrieren.«

»Registrieren?«

»Ja. Beim Tribe Council. Geh ins Enrollment-Büro der Northern Arapaho. Soviel ich weiß, ist es in Fort Washakie. Allerdings weiß ich nicht, welches Blood Quantum die Northern Arapaho verlangen. Bei den meisten Stämmen ist es ein Viertel. Außer bei den Nördlichen Ute. Seit sie mit ihren Casinos die große Kohle machen, verlangen sie fünf Achtel! So ein Unsinn. Diese Bedingung erfüllt keiner, der nicht schon auf der Liste ist. Aber sie sind gierig geworden und wollen nicht mehr teilen. So ist das.«

»Heißt das, ich kann Mitglied des Stammes werden? Das wusste ich nicht.«

»Doch, kannst du. Du kannst es zumindest versuchen. Und ich finde, das solltest du tun. Du bist Arapaho. Klar, man kann sagen: Nur dein Urgroßvater war Arapaho. Und das werden sie auch sagen. Wahrscheinlich verlangen auch deine Leute ein Blood Quantum von einem Viertel. Aber diese ganze Blood-Quantum-Sache entspricht nicht unserer Tradition, ich war immer dagegen. Blood Quantum heißt, dass die Ahnen nicht respektiert werden. Oder nur die, die in irgendeinem Büro von irgendwelchen Leuten als Ahnen anerkannt werden. Verstehst du?«

»Nicht ganz.«

»Bei uns kann einer Mitglied des Stammes werden, wenn einer seiner Großväter oder eine Großmutter eine Capote oder Muache war, eine Southern Ute. Und so wird's auch bei den Arapaho sein. Das heißt, dich nehmen sie nicht in den Stamm auf, weil nur dein Urgroßvater Arapaho war. Aber sein Vater und seine Mutter sind ja auch mit dir verwandt, und deren Vorfahren auch. Wenn du das mal zurückrechnest, hast du am Schluss fast genauso viele Arapaho-Vorfahren wie einer, der einen Arapaho-Großvater vorweisen kann. Nach vorn gerechnet hat er zwar einen Arapaho-Ahnen mehr als du. Aber zurückgerechnet habt ihr beide tausend Arapaho-Vorfahren, und da fällt dieser eine mehr oder weniger doch nicht ins Gewicht!«

»Das mag ja stimmen. Aber du hast ja selbst gesagt, sie werden mich nicht aufnehmen.«

»Ich habe auch gesagt, du solltest es wenigstens versuchen. Behaupte einfach, dass dein Großvater Arapaho war.«

»Das finden sie doch raus.«

»Ja, das denkt man vielleicht, wenn man noch nie im Büro einer Stammesverwaltung war. Aber glaub mir, die Kerle können beim Reden schlafen. Wenn du Glück hast, klappt es. Und dann wirst du offiziell ein Arapaho sein! Die Frage ist natürlich, ob du das willst? Aber ich glaube, du willst es. Sonst wärst du nicht hier.«

Wollte ich es? War ich es nicht schon?

Nach dem Frühstück begleitete Cloud mich zu meinem Wagen, denn es war Zeit, weiterzufahren. Zuerst streckte er mir zum Abschied nur die Hand hin. Dann umarmte er mich und murmelte mir etwas ins Ohr, das ich nicht verstand. Als ich ihn danach fragte, sagte er: »Mit diesen Worten verabschieden wir Capota-Ute Freunde, wenn wir wissen, dass wir sie nie wiedersehen werden.«

»Wer weiß, vielleicht komme ich ja wieder hier vorbei eines Tages.«

»Nein. Das wirst du nicht. Und du weißt das.«

Ich fuhr über den riesigen Parkplatz zur Hauptstraße. Im Rückspiegel sah ich zwischen den Autos Cloud stehen. Er winkte. Ich bog in die Hauptstraße ein, und als ich längsseits am Casino vorbeifuhr, sah ich ihn immer noch winken. Ich winkte zurück, was er aber vermutlich wegen der Verspiegelung der Fenster nicht sah. An der Kreuzung angelangt, sah ich ihn winzig in der Ferne, er bewegte langsam seinen Arm in der Luft.

Nun wendete ich. Ich fuhr wieder zum Parkplatz zurück, wo er immer noch stand. In einem langsamen Bogen fuhr ich an ihm vorbei, die Hand zum Gruß aus dem Fenster gestreckt. Er schwenkte seinen Stetsonhut.

MOHAWK

Ich fuhr nach Norden. Auf einer Strecke, die wenig Aufmerksamkeit erforderte, las ich *Die Verwandlung*, ein Auge ins Buch, eins auf die Straße gerichtet, und mit einem Dritten sah ich, wie ich lesend mit einem Truck zusammenstieß und wie mein Auto förmlich explodierte und ich in tausend Stücke zerrissen wurde mitten im Satz »Gregor fühlte sich tatsächlich, abgesehen von einer nach dem langen Schlaf wirklich überflüssigen Schläfrigkeit, ganz wohl und hatte sogar einen besonders kräftigen Hunger«. Ich stellte mir vor, wie Kafka abends in seiner kleinen Wohnung diesen Satz schrieb ohne im Geringsten daran zu denken, wer ihn später alles lesen würde und in welchen Situationen, und dass beispielsweise ein Mensch mitten in diesem Satz sterben würde.

Aber es war nicht so. Dieser Mensch kam spätabends in Denver an, nachdem er auf der Fahrt auch noch *Das Urteil* zur Hälfte gelesen und sich dann aber doch die Frage gestellt hatte, warum er sich das antat und nicht von einem Hörbuch Gebrauch machte. In Denver genehmigte ich mir, da ich nun schon seit zwei Wochen in Motels wohnte, ein richtiges Hotel mit Zimmerservice und einem *Bettmümpfeli*, wie man in der Schweiz die kleine Schokolade nennt, die vom Zimmermädchen aufs Kissen gelegt wird. Vom Zimmer aus hatte ich, wie es sein muss, Blick auf eine Leuchtreklame und ein Bürogebäude mit dreißig Stockwerken, in denen überall noch Licht brannte. In einem der Büros saß eine Frau vor einem Computerbildschirm. Sie strich sich mit dem kleinen Finger eine Haarsträhne hinters Ohr. Das tat sie regelmäßig, denn die Strähne löste sich immer wieder. Es war eine private, warme Bewegung in einem unpersönlichen, kalt beleuchteten Büro, und ich verstand, warum sie die Strähne nicht einfach mit einer Haarspange festmachte. Hinter dem Bürogebäude erschien ein schöner Mond, der zum nächsten Wolkenkratzer hinüberwanderte. Er besuchte sie der Reihe nach alle.

Mein Herz war nachmittags um vier Uhr, als ich anhielt, um zu tanken, wieder in den Sinus-Rhythmus gesprungen und schlug seither wieder im Takt. Ich saß im Sessel am Fenster, mit einem Bier, schaute zu der arbeitenden Frau hinüber und lauschte meinem Herzschlag: *Wusch. Wusch. Wusch.* Vor einigen Jahren war mir ein pulssynchroner Tinnitus erwachsen. Ich hörte im Ohr fast immer mein Blut rauschen, im Takt des Herzschlags. Für andere mag das lästig sein, aber ich war auf diese Weise über meinen Herzschlag informiert, ohne den Puls tasten zu müssen. Ein nützlicher körperlicher Defekt also –

Am nächsten Morgen, nach den üblichen monströsen Träumen, frühstückte ich im Restaurant des Hotels, und eigentlich hatte ich vorgehabt, danach nach Fort Washakie weiterzufahren. Aber an diesem Morgen fühlte ich mich zum ersten Mal seit meiner Ankunft in Amerika allein. Und der einzige Mensch, den ich in Amerika kannte, war Cloud. Er hätte sich gefreut, wenn ich wieder nach Ignacio zurückgekehrt wäre. Wir wären wieder zu seinem Totem rausgefahren, zum Fähenpelz, hätten nachts unter den Sternen Bier getrunken und über die Wasichu geredet. Aber natürlich hatte er recht gehabt, als er sagte, dass wir uns nie wiedersehen werden. Dennoch vermisste ich ihn an jenem Morgen und dachte, *Jetzt besuchst du mal seinen Sohn.* Der wohnte ja in Denver.

Es war natürlich eine sonderbare Idee. Aber mein ganzes Leben war zu diesem Zeitpunkt sonderbar: Es gab Hanna nicht mehr. Wenn ich mich früher auf Lesereisen allein fühlte, rief ich Hanna an; auf allen anderen außer auf Lesereisen war dies nicht nötig, da wir sie gemeinsam unternahmen. Wir hatten trotz sehr unterschiedlicher Ansichten und Vorlieben dennoch sehr vieles gemeinsam unternommen. Wir waren einander eine Heimat gewesen, das kann man so sagen. Das Ende begann damit, dass diese Heimat uns eines Tages alles bot, was wir brauchten.

Ich suchte in den *Yellow Pages for local business in Denver* nach Mick Lincoln, Dental DDS. Die Adresse lautete 5301 E Yale Avenue. Das Navigationssystem führte mich zu einem hässlichen Zweckbau außerhalb des Stadtzentrums. Auf dem Balkon im vierten Stock wehte eine amerikanische Flagge, auf dem Balkon im dritten stand ein Fahrrad. Nun gut. War es nötig, dass ich reinging? Die Praxis befand sich im Erdgeschoss, ich konnte durch die Glasscheibe in den Empfangsraum sehen. Eine blonde Frau in einem weißen Kittel verließ gerade den Raum. An der Wand hing ein im Retrostil in kräftigen blauen und grünen Farben gestaltetes Plakat, grafisch gefiel es mir. Aber es zeigte eine Frau mit Bastrock und Blumenkranz, darunter stand *Aloha from Hawai'i*. Der Sohn leugnete seine Herkunft also gleich von Beginn an und buchstäblich plakativ. Und mit einer gewissen Raffinesse, das musste man ihm lassen. Die Gesichtszüge der dargestellten Hawaiianerin, die dem Aussehen nach auch eine Ute hätte sein können, stimmten den Patienten, der die Praxis zum ersten Mal betrat, auf jene des Zahnarztes ein; seine hawaiianische Abstammung wurde durch das Plakat sofort plausibel.

Oh! Da hing ja noch ein Plakat, schräg rechts hinter dem Schreibtisch der Empfangsdame. Und natürlich noch einmal Hawaii, diesmal fotorealistisch. Mick Lincoln ging kein Risiko ein: Auch Patienten, die vielleicht schon mal einen Indianer aus der Nähe gesehen hatten, sollten auf die Hawaiifährte gelockt werden. Zwei so große und an prominenten Stellen hängende Hawaii-Plakate und dann dieses Gesicht: Es *musste* ein Hawaiianer sein.

Ja, gut, aber ging mich das etwas an? Nein. Aber schon lange hatte ich mir den Zahnstein nicht mehr entfernen lassen. Und das sollte man regelmäßig tun, sonst erstickt das Zahnfleisch.

Die Glastür knackte, als ich sie aufdrückte. Jetzt war ich drin in der Praxis des Doktor Mick Lincoln. Es roch nach Lavendel, das erstaunte mich nicht. Es war die olfaktorische Entsprechung zum visuellen Schwindel der Plakate.

Die Frau im weißen Kittel trat aus der Tür und war sofort sehr freundlich. Sie hatte grüne Augen und selbstverständlich ebenmäßige Zähne und einen breiten Mund, schöne Lippen. Aber sie war viel zu jung. Sie war dreißig und ich fast doppelt so alt, es ist unerhört, dass man nie müde wird, das zu bedauern. Sie fragte mich nach meinem Namen. Ich sagte, ich hätte keinen Termin vereinbart, ich sei auf der Durchreise, hätte das Schild gelesen und mich spontan entschlossen, eine Zahnsteinentfernung durchzuführen, falls der Doktor Zeit habe. Sie sagte, am späten Nachmittag sei es möglich, um fünf Uhr. Das hätte aber meinen Reiseplan durcheinandergebracht: Ich wollte an dem Tag noch ein gutes Stück nach Norden fahren, bei Tageslicht. Also bedankte ich mich und ging.

Das war alles –
Es war sowieso eine schlechte Idee gewesen –

Auf dem Highway Richtung Staatsgrenze zu Wyoming stellte ich mir vor, was geschehen wäre, wenn er gleich jetzt Zeit für die Zahnsteinentfernung gehabt hätte. Seine Gehilfin hätte mir das Lätzchen umgehängt, und er hätte die Gerätschaften bereitgelegt.

Sind Sie aus Hawaii?, hätte ich ihn gefragt, während er sich den Mundschutz umband.

Ja, hätte er gesagt.

Und von wo genau?

Honolulu? Nein, er hätte bestimmt eine weniger bekannte Ortschaft genannt, man soll ja detailliert lügen.

Aus Pukalani, hätte er gesagt. *Das ist auf Maui.*

Und Sie sind dort geboren worden?

Ja. Kennen Sie Hawaii?

56

Er hätte in Erfahrung bringen wollen, ob er es mit einem Kenner zu tun hatte und er besondere Vorsicht walten lassen musste. Sicherlich hatte er sich ein fundiertes Wissen über Hawaii zugelegt, aber damit wäre er an Grenzen gestoßen, sobald ein Patient aufgetaucht wäre, der selbst in Pukalani aufgewachsen war.

Ah, Pukalani! Ich auch! Ua mau ke ea o ka aina i ka pono!

Hatte er Hawaiianisch gelernt? Er musste darauf gefasst sein, eines Tages in seiner Muttersprache angesprochen zu werden. Doch es war unwahrscheinlich, dass er sich diese Mühe gemacht hatte – es hätte ihm auch nichts genützt, denn ein Muttersprachler hätte am Akzent erkannt, dass Mick Lincoln kein gebürtiger Hawaiianer sein konnte. Dieses Risiko musste er einfach eingehen. Vermutlich hatte er eine Schutzbehauptung parat, etwa die, dass seine Eltern ihn zu einem guten Amerikaner erziehen wollten und mit ihm nie Hawaiianisch sprachen.

Nein, ich war noch nie auf Hawaii, leider, hätte ich gesagt. *Ich bin zum ersten Mal in den USA. Hawaii möchte ich unbedingt einmal sehen. Aber diesmal werde ich nicht dazu kommen. Ich bin nämlich beruflich hier. Ich bin Schriftsteller, und im Zusammenhang mit meinem neuen Buch interessiere ich mich für die Lebensbedingungen in den Reservaten. Ich werde heute noch in Richtung Wyoming weiterfahren, ich möchte die Wind River Reservation der Northern Arapaho besuchen.*

Er hätte dies vermutlich als einen Streifschuss empfunden: Da war einer ganz nah dran. Aber er hätte mich sicherlich noch nicht verdächtigt, etwas zu wissen.

Das konnte man ändern –

Ja, das ist bestimmt sehr interessant, hätte er gesagt und sich über mich gebeugt. *Und bitte jetzt den Mund aufmachen, ganz entspannt, so, wie wenn Sie Oh! sagen würden.*

Ja, hätte ich gesagt, *was mich vor allem interessiert, ist, die Reservate miteinander zu vergleichen. Zu sehen, inwiefern sich zum Beispiel das Reservat der Südlichen Ute von dem der Arapaho unterscheidet. Von dort komme ich nämlich gerade her. Aus dem Reservat der Südlichen Ute.*

Was wäre damit gewonnen gewesen? Wenn einer kein Ute mehr sein will, ist das seine Sache. Er hat sich die Bedingungen, unter denen er leben muss, nicht selbst ausgesucht: Sie waren schon gegeben, als Mick Lincoln geboren wurde. Es waren für einen Ute ungünstige Bedingungen, so wie sich die Umgebung von Fröschen in ungünstiger Weise ändert, wenn ein Sumpf trockengelegt wird von Wesen, die die Möglichkeit haben, dies zu tun, und die es tun, weil sie selbst nicht gern in sumpfiger Umgebung leben. Sie entwässern die Erde, denn um ihre Art der Behausung zu errichten, benötigen sie einen festen, trockenen Untergrund, während die Frösche nur im Wasser glücklich sind und auch nur dort ihre Nachkommen zeugen können. Diejenigen, die den Sumpf trockenlegen, tun dies nicht, um die Frösche zu töten. Sie gestalten nur einfach die Umgebung der Frösche so um, dass die Bedingungen ihren eigenen Bedürfnissen entsprechen. Die Frösche haben nun die Wahl, zu sterben oder sich einen neuen Sumpf zu suchen, sofern noch einer da ist. Aber die Bedingungen, unter denen sie leben, haben sich schon mit der Drainage des allerersten Sumpfes grundlegend geändert. Sie leben jetzt unter den Bedingungen, die die anderen schaffen, egal, ob sie noch einen Sumpf finden oder nicht. Da würde sich mancher Frosch wünschen, zu leben wie ein Mensch, nicht mehr im Wasser, auf der trockenen Erde, und nicht mehr unter Seerosen zu schlafen, sondern auf einem mit Stroh belegten Holzgestell am Kaminfeuer, dessen Wärme für Frösche zwar ungesund ist, aber daran kann man sich doch gewöhnen, wenn man das Fröschische in sich ablegt, indem man es zu verachten beginnt. Ist es denn nicht auch tatsächlich töricht, in einer Umgebung, in der es keine Sümpfe mehr gibt, noch auf dem Leben im Wasser zu beharren anstatt am Kaminfeuer die Froschbeine auszustrecken, wie es die anderen tun, und die Wärme genießen zu lernen, obwohl die Hitze des Feuers die Haut, die für ein Leben im Wasser geschaffen ist, austrocknet, sodass sie von Pilzen befallen wird und man als Frosch, der sich anpasst an die neuen Bedingungen, früher stirbt als in den alten Zeiten, als es noch die Sümpfe gab?

Vor Einbruch der Dunkelheit mietete ich ein Zimmer in einem Motel in der Nähe der Staatsgrenze zu Wyoming. Der Rezeptionist hatte mir den Sonnenuntergang empfohlen, und so setzte ich mich auf der Veranda im zweiten Stock vor mein Zimmer, legte die Füße auf die hölzerne Balustrade und betrachtete die Sonne, die über den fernen Bergen zerfloss. Hier wurde Gold, vermischt mit rötlichen Mineralien, geschmolzen, und die Berge darunter verbrannten zu dunkler Schlacke. Es kam ein milder, warmer Wind auf, und der Abendstern trat hervor. Als die Sonne hinter den Horizont hinabgeronnen war, empfand ich ein Gefühl der Vergeblichkeit. Wozu war dieser schöne Sonnenuntergang geschehen? Es genügt nicht, wenn ein einzelner Mensch Zeuge davon wird. Etwas so Schönes gewinnt seinen Sinn erst durch die gemeinsame Betrachtung.

Mir fiel jener Abend ein, an dem Hanna nach einem Schluck Wein mit den Lippen schmatzte und sagte, *Jetzt habe ich eine Meret-Oppenheim-Zunge.* Ich antwortete, *So pelzig.* Dieses gemeinsame Schwingen geschah oft, wir erreichten dann denselben Stimmton, und im Gespräch genügten Andeutungen, damit der andere verstand.

Wie können sich zwei Menschen, die ihr Inneres in gemeinsame Schwingung versetzen konnten, nicht mehr lieben?

Ich weiß es nicht.

Aber wir konnten es. Wir konnten einander nicht mehr lieben.

Und nun war der Sonnenuntergang verglommen, und nachdem wir so viele Jahre lang uns alles erzählt hatten, wäre es mir peinlich gewesen, Hanna anzurufen, um ihr von dem wundervollen Sonnenuntergang zu erzählen. Das Selbstverständliche war jetzt peinlich wie ein mitternächtlicher Anruf bei einer Fremden, *Hallo, wir kennen uns nicht, aber ich habe gesehen, dass bei Ihnen noch Licht brennt und wollte Ihnen erzählen, dass ich gerade etwas sehr Schönes erlebt habe.* Von der Ebene höchster Vertrautheit waren wir abgestürzt auf ein Niveau, auf dem Mitteilungen über ein persönliches Erlebnis unseriös klangen.

Ich saß da –

Everything was illuminated –

But only for a while –

Es war Zeit für meine Tablette. Metoprolol, 47,5 Milligramm. Warum gerade 47,5? Keine Ahnung. Ich schluckte sie im Vertrauen darauf, dass die Kommastelle auf einer medizinischen Erkenntnis beruhte.

Dann bei offener Zimmertür Betrachtung der ersten Sterne. Bier aus der Dose. Der plötzliche Entschluss, meinem Verleger Manfred eine Mail zu schreiben. Ich schrieb ihm, ich hätte soeben einen herrlichen Sonnenuntergang in Colorado erlebt. Zu meinem Buch über die Arapaho seien mir noch einige Gedanken gekommen. Und so weiter. Es ging mir darum, ihm zu zeigen, dass die Vorbereitungsarbeiten für mein Buch vorankamen. Es war nicht gerade ein Buch, auf das er sehnlichst wartete. Seine Bedenken hatte er mir mehrmals ausführlich dargelegt. Er war anständig genug gewesen, die miserablen Verkaufszahlen meiner letzten zwei Bücher nicht zu erwähnen. Ich hatte ihm im Gegenzug versprochen, dass es trotz aller berechtigter Einwände ein gutes Buch werden würde.

Was man eben als Schriftsteller so verspricht, wenn ein Buchvertrag zu erfüllen ist –

Dann, da mein Notebook auf meinen Knien lag und es noch zu früh war, um ins Bett zu gehen, googelte ich *Jonas Beer*. Ich war neugierig, ob neue Rezensionen zu seinem Debütroman erschienen waren. Ganz oben in der Ergebnisliste standen mehrere Pressemeldungen, aus denen ich erfuhr, dass Jonas der Kranichsteiner Literaturpreis verliehen werden sollte. *Für sein fulminantes Debüt, das Kritik und Publikum gleichermaßen überzeugt.* Die Meldungen waren drei Tage alt. Vor drei Tagen war es also der Presse bekannt gegeben worden. Aber ihm selbst hatte die Jury es sicherlich bereits vor einem Monat mitgeteilt. Seit einem Monat wusste er es, aber ich nicht! Er ging also methodisch vor: kein Wort zu mir darüber, dass er ein Buch schrieb. Und jetzt kein Wort darüber, dass er für dieses Buch den Kranichsteiner Literaturpreis gewonnen hatte. Ich las, die Preisverleihung finde Ende September statt. Ohne mich dann also, denn ich kehrte erst Mitte Oktober nach Berlin zurück. Hatte er mir wenigstens eine Einladung geschickt? Vielleicht lag sie in meinem Briefkasten, ich war vor vierzehn Tagen abgereist.

Ich rief Jonas an. In Berlin war es jetzt tiefe Nacht, nun gut, er schlief sowieso nie.

Der Rufton – viermal, dann seine Mailbox. Seine Stimme: *Hinterlassen Sie etwas.* Die Stimme klang nasal, er war dauernd erkältet, schon als kleiner Junge, er mochte dicke Kleidung nicht, ging im Winter in einer Jeansjacke aus dem Haus, in Turnschuhen. Ich stopfte ihm seine T-Shirts in den Hosenbund, damit wenigstens seine Nieren geschützt waren. Es war schwierig, Wollpullover für einen Siebenjährigen zu finden, der keine Mäntel tragen wollte, ein Wollpullover war das Einzige, das er akzeptierte. Kein Schal, keine Mütze, keine Handschuhe. Ich sagte, *All deine Freunde tragen Mützen und Handschuhe!* Er antwortete, *Aber man soll doch nicht tun, was alle tun.* Das sagte er mit sieben. Mit zwölf las er Frantz Fanon und gab mir die Schuld am Kolonialismus. Er sagte, *Das solltest du auch mal lesen, da steht etwas über dich drin.* Er sagte es scherzhaft. Er hatte begonnen, seine außergewöhnliche Ernsthaftigkeit in Ironie zu verpacken. Auch seinen Freunden teilte er im Scherzton seine Ansichten über sie mit. Und Hanna? Nun, zu ihr war er anders, netter, liebevoller, bei ihr war er anhänglich und kindlich, sie erlebte nicht den Jonas, den ich erlebte, wir hatten zwei Söhne. Ihrer war freiheitsliebend und ließ sich von anderen, also von mir, nicht *manipulieren*, wie sie es einmal nannte. Ihrer war ein Naturbursche, der ohne Mantel aus dem Haus ging, um sich abzuhärten, das fand ihre Zustimmung, sie schlief selbst am liebsten bei offenem Fenster, sie drehte im Winter die Heizung runter, wenn ich nicht da war, ich kehrte stets in eine für mich zu kalte Wohnung zurück, in der die beiden barfuß und in kurzärmligen Hemden herumliefen. Ihr Sohn war wissbegierig und nicht intellektuell überhitzt wie meiner, sie lachte mit ihm, als ich einmal sagte, *Man muss auch lernen, nichts zu denken.* Ihr Sohn trat gegenüber seinen Freunden nicht überheblich und herablassend auf, meiner schon, und als meinem nur noch ein Freund geblieben war, war dies bei ihrem Sohn ein Zeichen für ... ich erinnere mich nicht mehr, für was genau, jedenfalls für etwas, das ihn als besonders reifen jungen Mann auswies. Ihr Sohn war nicht unglücklich, meiner schon, ich konnte, als er sechzehn war, den Schatten sehen, der auf seinem Gesicht lag, ein ständiger Schatten, den meiner Meinung nach der Mangel an Heiterkeit verursachte. *Vielleicht denkst du das, weil er witziger ist als du,* sagte Hanna. Witzig war er durchaus, aber nie heiter. Im Übrigen merkte ich zu spät, wie sehr mich solche Bemerkungen von ihr verletzten –

Ich ließ eine halbe Stunde verstreichen. Dann rief ich Jonas noch einmal an, und da ich nicht mehr damit rechnete, dass er sich meldete, erschrak ich, als ich seine Stimme hörte.

»Du rufst spät an«, sagte er. »Aber das macht nichts. Ich habe sowieso noch gelesen. Und? Wie geht es dir?«

Wenn man dann die Stimme hört, und wenn man sich erinnert, wie dieses Kind von einem Moment auf den anderen da war, wie es plötzlich auf einer blauen Matte im Gebärsaal lag, an einer Schnur hängend, und wie es sich bewegte! Noch nie zuvor hatte ich solche Bewegungen gesehen. Es waren die ersten Bewegungen dieses Menschen außerhalb des Mutterleibs, zum ersten Mal bewegten sich die Gliedmaßen in einer neuartigen Umgebung, und dieses leichte Stocken! Seine Arme und Beine, gewöhnt an die Beschränkung der Bewegung in einer engen Hülle, übertraten diese erlernte Grenze zunächst nicht – und dann plötzlich, mit einem Ruck, breitete das Kind die Arme aus, hinein in die Welt.

»Gut«, sagte ich. »Und dir? Bist du erkältet?«

Dann Leere. Keine Idee, was ich hätte sagen können, ich hatte nur den Wunsch, seine Stimme zu hören.

»Nein, alles bestens«, sagte er. Ich hörte ihn kauen. Er aß etwas und zog die Nase hoch. »Ich nehme an, du rufst mich wegen des Preises an. Weil ich es dir nicht gesagt habe.«

»Vielleicht habe ich nur angerufen, um ein bisschen mit dir zu reden.«

»Die Wahrheit ist, ich habe es vergessen.«

»Lass uns einfach ein bisschen plaudern. Wie geht es deiner Freundin? Macht ihr immer noch dieses Kiyano? Spreche ich es richtig aus?«

»Es geht ihr gut. Wie allen. Also, es tut mir leid, ich habe es vergessen. Aber du hast ja die Einladung bekommen. Ich freue mich, dich an der Preisverleihung zu sehen. Ja wirklich. Du und Mama, ihr habt Plätze in der ersten Reihe.« Er lachte. »Das klingt idiotisch, *in der ersten Reihe*. Aber offenbar ist es wichtig, dass die Eltern in der ersten Reihe sitzen und nicht in der zweiten oder dritten. Die Veranstalter haben mich darauf hingewiesen. Mir selbst wäre es egal, wenn ihr ganz hinten sitzt. Für mich ist nur wichtig, dass ihr da seid. Aber wahrscheinlich ist es dir auch wichtig, in der ersten Reihe zu sitzen?«

»Nein. Aber ich habe keine Einladung bekommen. Wann ist sie abgeschickt worden?«

»Ich weiß nicht, vor zwei, drei Wochen. Du müsstest sie schon längst bekommen haben. Oder hast du eine neue Adresse?«

»Nein. Aber ich bin in Amerika. Seit zwei Wochen. Wahrscheinlich liegt die Einladung bei mir im Briefkasten. Und Jonas, ich danke dir, dass du mich eingeladen hast. Es ist mir wichtig, dass du das weißt. Es freut mich sehr.«

»Ich wusste nicht, dass du in Amerika bist. Was machst du dort? Urlaub?«

»Nein. Ich recherchiere für mein neues Buch. Ich will nach Kanada fahren und ... eine Weile in einer Hütte leben. In der Nähe von Lac Brochet, im Norden von Manitoba. Es geht in meinem neuen Buch um die Arapaho, natürlich auch um deinen Ururgroßvater ... ich weiß noch nicht genau, wie ich es mache. Ich möchte aber auf jeden Fall eine Weile in der Wildnis leben, um wenigstens eine Ahnung zu bekommen von der Lebensweise der Arapaho.«

Jonas schwieg.

»Na ja«, sagte ich, »ich weiß, das interessiert dich nicht besonders.«

»Nein, aber man kann sich sein Lebensthema nicht aussuchen.«

»Lebensthema?«

»Die Indianer, meine ich. Sie sind dein Lebensthema.«

»Ich weiß schon, was du meinst. Aber Lebensthema, das ist jetzt doch ein bisschen übertrieben. Es ist nur ...«

»Und Wildnis. Das einfache Leben. Intellektuelles Downgrading. Dafür hast du dich schon immer begeistert. Darüber brauchen wir nicht noch einmal zu diskutieren. Aber Indianer hin oder her – wir sehen uns doch an der Preisverleihung? Ende September bist du doch zurück?«

Ich hatte die Hütte für fünf Wochen gemietet und im Voraus bezahlt, auch der Rückflug war schon gebucht. Das hätte sich alles regeln lassen, aber ich hatte vor, in der Wind River Reservation meinen Antrag auf Aufnahme in den Stamm der Arapaho zu stellen, wenigstens versuchen wollte ich das, und selbst wenn ich diesen Punkt kippte, dauerte die Reise nach Lac Brochet noch fünf oder sechs Tage von hier aus, wo ich gerade war; wenn ich Ende September wieder in Berlin hätte sein müssen, hätte ich gerade mal zwei Wochen in der Hütte verbringen können und dann nach Quebec fliegen müssen, und das war schon deswegen alles nicht so einfach, weil von Lac Brochet aus nur Propellermaschinen nach Winnipeg, der Hauptstadt Manitobas, verkehrten, und auch nicht jeden Tag, sodass ich sagte: »Jonas, glaub mir, ich wäre von Herzen gern an der Preisverleihung dabei gewesen. Aber es geht leider nicht, denn dann müsste ich meine Reise frühzeitig abbrechen. Ich müsste alles umbuchen. Das wäre kompliziert und teuer und … so leid es mir tut, aber das ist jetzt wirklich sehr ungünstig. Ich hoffe, du verstehst das.«

»Nein, das verstehe ich nicht«, sagte mein Junge mit seiner erkälteten Stimme.

»Jonas, ich wäre sehr gerne gekommen. Aber …«

»Aber du kommst nicht. Egal, was du noch alles dazu sagst: Du kommst nicht. Wie immer.«

Was war denn mit ihm los? Er wurde sonst nie emotional, wenn er mit mir sprach. Es war so erstaunlich, dass ich einen kurzen Moment lang argwöhnte, dass er seine Verletztheit nur vortäuschte.

»Was heißt, *Wie immer*?«, sagte ich. »Und außerdem: Wenn ich früher erfahren hätte, dass du den Preis bekommst, hätte ich meine Abreise verschoben. Und ich hätte es sehr wohl früher erfahren können. Du selbst hast es doch bestimmt schon vor zwei Monaten gewusst.«

Er schwieg.

»Du hast es vor meiner Abreise schon gewusst. Aber du hast vergessen, es mir zu sagen. Das ist ja verständlich, das kann vorkommen. Und jetzt tut es uns beiden leid. Und ändern können wir es beide nicht. Aber …«

»Was willst du!«, sagte er laut. »Du kommst nicht! Was soll das Gerede! Du kommst nicht! Basta! Abgesehen davon, dass ich mich gefreut hätte, desavouierst du mich auch noch. Hast du dir das einmal überlegt?

Was soll ich denen jetzt sagen? Mein Vater kann nicht kommen, er muss durch die USA trampen? Die Preisverleihung ist ihm die lächerlichen sieben Stunden Flug nicht wert. Aber vielleicht geht es auch nicht um sieben Stunden, sondern nur um die eine Stunde, in der du im Saal sitzen und zusehen musst, wie ich den Preis entgegennehme. Die Stunde, in der du selbst auf der Bühne stehen möchtest.«

»Jonas!«, sagte ich.

Und dann sprang mir ein Wolf in den Mund. Ich sagte sehr schnell sehr viel, das ich sofort bereute. Jonas legte auf.

Ich saß da, mir zitterten die Knie im Sitzen. Ich saß da und hörte die Sätze, die ich zu Jonas gerade gesagt hatte. Der Tonfall, in dem ich sie ausgesprochen hatte, hallte nach, dieser Ton umgab mich und regnete pechern auf mich hinunter. Wie konnte er mir Neid unterstellen! Ja, sicher, das war ein Fehler gewesen, sein Fehler – aber dann meine Reaktion darauf!

Ich wusch mir im Bad das Gesicht mit kaltem Wasser, um mich von den bösen Worten zu reinigen.

Dann schrieb ich Jonas eine SMS. *Es tut mir sehr leid, was ich gesagt habe. Deine Bemerkung hat mich verletzt, aber ich hätte nicht so um mich schlagen dürfen. Ich werde morgen einen früheren Rückflug buchen. Behalte mich auf der Gästeliste: Ich komme.* Ich löschte *Deine Bemerkung hat mich verletzt* und schrieb *Es tut mir sehr leid, was ich gesagt habe. Ich war ein Esel und habe blöd um mich geschlagen ...* Ich löschte *um mich geschlagen* und schrieb *um mich getreten.* Aber klang das gut? Ich löschte *um mich getreten* und schrieb *Ich war ein Esel und stur wie ein solcher.* Das löschte ich auch, da sprachlich holprig. *Tut mir leid,* schrieb ich. *Ich konnte nicht akzeptieren, dass ...* Ja, was? Ich löschte es. *Tut mir leid. Wir sind manchmal alle ...* Das löschte ich. Was sind wir denn manchmal alle? Es war mir zu anstrengend, für diesen großspurigen Satzanfang ein überzeugendes Ende zu finden. *Was ich am Schluss gesagt habe, tut mir sehr leid, lieber Jonas.* Ich stellte um: *Lieber Jonas, was ich am Schluss gesagt habe, tut mir sehr leid. Ich werde morgen einen früheren Rückflug buchen.* Das war gut! Viel besser als die ersten Fassungen. Viel direkter und ohne unnötige Esel, die um sich schlagen. *Ja, man lernt dazu.* Das löschte ich. *Ja, auch alte Männer können ...* Ich ersetzte *können* durch *sind* und ergänzte: *noch lernfähig.* Blödsinn! Was schrieb ich denn da für einen Bullshit! Ich löschte es. *Lieber Jonas, verzeih mir bitte.* Ich strich das *bitte,* denn seine Unterstellung, dass ich ihm seinen Erfolg neidete, kam mir jetzt wieder ungeheuerlich vor. Ich löschte *verzeih mir* und schrieb *Lieber Jonas, schlaf gut. Ich werde morgen einen früheren Rückflug buchen. Behalte mich auf der Gästeliste: Ich komme.* Das war mir dann aber zu pathetisch. Außerdem war es redundant, und Jonas war stilistisch ein Lakoniker. Bis zur sprachlichen Knausrigkeit manchmal. Ich löschte den Gästeliste- und den Rückflug-Satz. Es blieb übrig *Lieber Jonas, schlaf gut.* Das fand ich am besten. Diesen Satz schickte ich ihm.

OJIBWA

Am nächsten Tag erreichte ich die Heimat meines Urgroßvaters. Geographisch lag sie im Zentrum des heu-
tigen Bundesstaates Wyoming, inmitten der *Great
Plains*, im Grasland, das vor der Ankunft des Pferdes unbewohnt gewesen war, ein riesiges Gebiet, dem
ständigen Wind ausgesetzt, der im Sommer die Glut
brachte und im Winter das Eis. Ohne Pferd konnten
Menschen hier nicht überleben, denn für Jäger zu
Fuß waren die Bisons in dieser weitläufigen Tafel-
landschaft eine unerreichbare Beute, und auf der kar-
gen Prärieerde wuchsen weder Mais noch Bohnen. Da
hier also lange Zeit keine Menschen lebten, vermehrten sich die Bisons über Jahrtausende ungestört und
wuchsen zu den tausendköpfigen Herden heran, denen die ersten berittenen Krieger der Arapaho, Cheyenne, Lakota und Ute begegneten, als sie aus ihrer

Heimat, den fruchtbaren Flussauen Minnesotas, in die Grassteppen galoppierten und sich hier ansiedelten, lange vor der Geburt meines Urgroßvaters. Er, der vor hundertdreißig Jahren auf seinem Shoshonen-Pferd hier entlangritt, vielleicht direkt vor mir, wo jetzt der Highway verlief, gehörte zu den letzten seines Volkes, die in Freiheit lebten; es war schon nicht mehr Arapaho-Land, über das er ritt, sondern Gebiet der Einwanderer aus Irland, England und Deutschland, sie hatten auf jedes Geviert dieser Graswüste einen Stempel gedrückt mit Stern und Adler.

Der Himmel hing tief über der Ebene, nur eine Handbreit trennte ihn von der Leere, in der, um sie zu kennzeichnen, ab und zu ein hölzernes Gehöft stand, es waren aber nie Tiere zu sehen, nie Menschen, nur Pick-ups, die vor den Gehöften standen. Manchmal, wenn der Himmel die Prärie berührte, verwandelte er das Land in Wolken, die dann noch tiefer, fast auf Augenhöhe jener, die hier fuhren, über den Boden glitten, getrieben vom Wind, der das Gras und die Bäume formte, es neigte sich alles in die Gegenrichtung.

Aus dieser Gegend war ein Spross entsprungen, und nun kehrte er zurück und stellte die Scheibenwischer ein und sah im Geist Nisono'oho, seinen Urgroßvater. An der Flanke des Pferdes hing das Futteral mit dem Gewehr. Ein kupierter Hinterlader. Beim Schuss vom

Pferderücken, im Galopp, war ein zu langer Gewehrlauf im Weg. Mein Urgroßvater hatte ihn auf bequeme Länge abgesägt. Der verkürzte Lauf verringerte nun zwar die Distanz, aus der man einen Feind treffsicher unter Feuer nehmen konnte. Aber mein Urgroßvater war ohnehin nicht daran interessiert, einen Feind aus großer Distanz zu töten. Er legte Wert auf Augenkontakt, wenn er tötete. Er wollte den Tod, den er brachte, im Gesicht seines Feindes sehen.

In Fort Washakie hatte meine Urgroßmutter ihn kennengelernt, in der Missionsschule der Jesuiten. Und da ich mich Fort Washakie nun näherte, mit konstanten fünfundfünfzig Meilen pro Stunde, näherte ich mich ihm. Seine Anwesenheit in dieser Gegend war spürbar, für mich, der ich von ihm wusste. Für alle anderen, die nichts von ihm wussten, gab es hier nur Gras und Wind und selten eine Tankstelle. Ich konnte ihn sehen, wenn ich wollte, und ich sah einen Krieger und Jäger am Ende seiner Epoche: Seine Zeit war vorbei, in Zukunft würde er weder Krieger noch Jäger sein, und das wusste er schon, als er meine Urgroßmutter zum ersten Mal sah.

Sie schrieb, er sei *ein stattlicher Mann* gewesen. Sicherlich trug er bei der ersten Begegnung seine besten Kleider aus Wildleder, mit Perlen bestickt, mit Seitenfransen besetzt. Seine Haartracht, die meine Urgroßmutter zu sehen bekam, war das Ergebnis stundenlanger Coiffure. Wie alle jungen Arapaho-Männer war mein Urgroßvater eitel und außerordentlich interessiert an einem beeindruckenden Auftritt. Morgens nach dem Aufstehen nahm er ein Bad im Fluss, auch im Winter, danach rieb er sich in die noch nassen Haare ein geruchloses Fett, damit sie sich später besser kämmen ließen. Auf das Kämmen verwendete er so viel Zeit, wie nötig war, um sein schwarzes Haar zum Glänzen zu bringen: Das Rabengefieder, wenn die Sonne darauf schien, war sein Vorbild. Nach dem Kämmen flocht ihm seine Schwester die Haare zu zwei Zöpfen, die mit dem Winterfell von Kaninchen umwickelt wurden, und dieses Fell wurde nun seinerseits mit Streifen weichsten Leders umwickelt; die beiden Zopfenden bestückte man mit kleinen, durchbohrten Glasperlen.

Nun kamen die Orden. Mein Urgroßvater steckte sich mit großer Sorgfalt die Federn ins Haar, die zu tragen er aufgrund von bestätigten Kriegstaten berechtigt war. Hier musste alles stimmen: Der Winkel, in dem seine Federn im Haar steckten, die Art der Federn, ob von Raben oder Adlern, und ob sie eingekerbt, in der ganzen Länge geteilt und mit einem roten Punkt bemalt waren, nichts war hier zufällig, jede Schmuckfeder erzählte von einem Geschehnis oder wies auf die Zugehörigkeit meines Urgroßvaters zu einer bestimmten Bande hin, man könnte auch sagen Truppe. Wer einen Plains-Indianer im Federschmuck sieht, sieht einen Soldaten in Uniform mit Rangabzeichen und den Symbolen seiner Truppengattung.

Mein Urgroßvater war, wie alle männlichen Hinono'ei, Jäger und Soldat, in dieser Reihenfolge. Er war für die Versorgung des Stammes mit Fleisch zuständig und für die Verteidigung gegen Feinde, das waren seine Aufgaben. Vielleicht war er ebenso ein begabter Flötenspieler oder ein Trommler, dessen Rhythmus lebendiger war als jener anderer Trommler, oder er sang mit hervorragender Stimme die Kriegs- und die Liebeslieder, die Dankeslieder und die Gebetslieder. Mag sein, er zeichnete schön, und man brachte ihm die Bisonroben, damit er sie bemalte mit Zeichen und Figuren, die über die Taten der Besitzer der Robe Aufschluss gaben. All diese Eigenschaften wurden von den anderen Mitgliedern des Stammes hoch geschätzt. Doch offiziell brachten allein Kriegstaten und Jagdglück Ansehen; ein erfolgreicher Arapaho war ein erfolgreicher Soldat und Jäger und nicht einer, der schön singen oder aus Bisonhorn Rosetten schnitzen konnte. Denn das Polster zwischen Leben und Tod war hauchdünn, wenn man Arapaho war. Der Abstand zwischen Überfluss und Hunger war klein, die Verhältnisse blieben selten konstant: Auf eine gute Zeit konnte, bevor man es sich versah, eine schlechte folgen. Der Einfluss der Menschen auf ihre Umgebung war begrenzt, sodass immer wieder Ereignisse eintraten, auf die man nicht vorbereitet war. Der Organisationsgrad innerhalb des Stammes war andererseits enorm: Die Arapaho waren sozial straffer organisiert als die damaligen europäischen Nationen. Jeder gehörte in jedem Lebensalter nicht nur dem Stamm, seinem Clan, seiner Sippe, seiner Familie an, sondern auch einer oder mehreren sogenannten Gesellschaften, wir würden es *Ministerien* nennen, von denen es zivile Ministerien für Polizei, Jagd und Medizin gab, militärische für Verteidigung und Raubzug und die religiösen Ministerien für alle jenseitigen Belange. Jeder Arapaho war sein Leben lang mit Aufgaben in diesem oder jenem Minsterium betraut, die Regierung und Verwaltung des Stammes oblag allen, und kein Bereich des täglichen Lebens blieb ungeregelt.

Aber die Arapaho-Dörfer, anders als die europäischen, waren Inseln der Zivilisation: Außerhalb des Dorfes endete die Zivilisation, die Organisiertheit abrupt.

Es war ständig die Nacht da und der Feind, der in ihr lauerte, und bei Tag sprang er aus einem Gebüsch hoch und stach zu, wenn es ein Pawnee war, oder er biss zu, wenn es ein Braunbär war. Nur wenn die Männer jederzeit bereit waren, Angriffe von Mensch und Tier furchtlos abzuwehren, war der Stamm sicher.

Wirklich gut ging es dem Stamm aber nur, wenn er sicher *und* satt war, und beides zu ermöglichen betrachtete mein Urgroßvater als seine Pflicht. Tat er es auch gern? Darauf wette ich! Was gibt es für einen jungen Mann Erregenderes, als im Morgengrauen, überreizt vom Jagdtanz, der die ganze Nacht gedauert hat, in eine Bisonherde hineinzugaloppieren und den Bogen zu spannen, Auge und Pfeilspitze in einer Höhe mit der Herzflanke des Stiers? Und danach, wenn die Beute ins Lager geschafft ist, gleich wieder loszureiten gegen eine Kriegsbande der Pawnee, mit der man sich ein lärmendes Gefecht liefert?

Aus den Beschreibungen meiner Urgroßmutter geht hervor, dass mein Urgroßvater, der als junger Mann, mit achtundzwanzig starb, zwei Feinde getötet hat. Das ist außergewöhnlich. Viele Arapaho brachten es in einem langen Leben höchstens zur Verwundung eines Gegners und zu eigenen Verwundungen, die auch ehrenvoll waren – aber ein so junger Krieger und schon zwei getötete Feinde? Mein Urgroßvater muss ein tollkühner Kämpfer gewesen sein; vielleicht hatte er aber auch einfach nur Glück gehabt, oder er war während eines Gefechts in Panik geraten und hatte sich einen Fluchtweg freigeschossen. Der Mut indianischer Krieger ist ebenso bezeugt wie ihre gelegentliche Feigheit. Wie auch immer, die kurz geschnittenen Pferdehaare, die an zwei der Federn meines Urgroßvaters hingen, dokumentierten die Skalpierung der Feinde. Mein Urgroßvater hatte sein Messer in einer Kreisbewegung über den Hinterkopf des Gegners geführt, dann in dessen Haare gegriffen und mit einem kräftigen Ruck ihm die Kopfhaut vom Schädel gerissen. Es mag ein Ute, Shoshone oder Pawnee gewesen sein. Einen Weißen hätte mein Urgroßvater, wenn es nötig gewesen wäre, ebenfalls getötet, dann aber nicht skalpiert. Die Haartracht der Weißen war ihm fremd. Er verstand nicht, warum jemand freiwillig das Haar kurz trug. In den Haaren befand sich doch die Seele eines Menschen, und lange Haare waren eine schöne Seele, kurze eine dunkle oder betrübte. Starb ein Verwandter, schnitt mein Urgroßvater sich die Haare ab. Das war der größte Beweis der Liebe zum Verstorbenen. Mehr konnte man ihm wahrlich nicht auf seinen Weg mitgeben als die im Schmerz abgetrennten Zöpfe. Die Weißen hingegen schienen permanent zu trauern, ihre freiliegenden Ohren verkündeten Tag für Tag den Tod.

Aus diesem Grund hätte mein Urgroßvater ungern ins stoppelige blonde Haar eines deutschstämmigen Siedlers oder in das rötliche eines Iren gegriffen. Ein solcher Skalp hätte außerdem als Trophäe wenig hergemacht. Die langen, glatten schwarzen Haare eines Ute oder Shoshonen hingegen waren ein prächtiger Schmuck, wenn sie am Zelteingang im Wind wehten.

Ich fuhr am Schild »Ft. Washakie 45« vorbei. Noch fünfundvierzig Meilen bis zur Missionsschule oder den Resten derselben oder einfach dem Grund und Boden, auf dem einst die Schule gestanden hatte, in der meine Urgroßmutter als Lehrerin den Indianern das lateinische Alphabet beigebracht hatte, damit sie die Bibel lesen konnten. Meine Urgroßmutter als Lehrerin und Aufseherin, als Umerzieherin: Sie war angehalten, die jungen Arapaho zu bestrafen, wenn sie diese in Hinono'eitiit, ihrer Muttersprache, reden hörte. Verboten waren den Kindern außerdem die Teilnahme an religiösen Riten wie dem Sonnentanz, das Tragen traditioneller Kleidung, verboten war das Erzählen indianischer Geschichten, auch wenn es auf Englisch geschah, das Tragen von Amuletten und Medizinbeuteln – und über diese Gebote wachte meine Urgroßmutter. Die Schulordnung verlangte dies von ihr. Aber wie stand sie dazu? Ahndete sie Vergehen, wie es von ihr verlangt wurde? Schlug sie einen Arapaho-Jungen, wenn er auf dem Flur einen anderen mit dessen indianischem Namen ansprach?

Ihr Tagebuch, die Quelle unseres Familienwissens über jene Zeit, schrieb sie erst 1948, zwei Jahre vor ihrem Tod. Im Alter von dreiundachtzig Jahren erst notierte sie in drei blau eingeschlagene Wachshefte ihre Erlebnisse in Amerika und die Umstände, die zu ihrer Reise führten. Zu dieser Zeit gab es keine Zeugen mehr, die ihre Schilderungen hätten bestätigen können. Es sind in einer warmen Sprache geschriebene Aufzeichnungen, manchmal blumig, manchmal ergreifend, widersprüchlich, manchmal ein wenig unglaubwürdig. Es lässt sich nicht überprüfen, ob sie ihre Zeit als Lehrerin in der Missionsschule beschönigte, indem sie vom Eifer und vom Fleiß der Indianerkinder schreibt, aber nichts über den eigentlichen Zweck der Missionsschule, das Aberziehen des Indianischen, die Umerziehung zu Christen und Bauern. Sie schreibt nichts von den Methoden, die angewandt wurden, um den Willen der Kinder zu brechen, nichts von der Taktik, sie ihren eigenen Eltern, ihrem eigenen Volk zu entfremden. Dies alles geschah in anderen Missionsschulen, sicherlich also auch in der St. Stephen's Indian Mission, und als Lehrerin muss meine Urgroßmutter daran beteiligt gewesen sein. Darüber schweigt sie aber. Ihre Schilderungen lassen das Bild einer ganz normalen Schule entstehen, in der nur deshalb Indianerkinder sitzen, weil diese Schule sich eben im Indianerreservat befand.

Ich will ihr allerdings zugutehalten, dass 1888 auch in Schweizer Schulen noch mit dem Rohrstock unterrichtet wurde, auch von den Kindern in Steinen, der Ortschaft, aus der meine Urgroßmutter stammte, wurde unbedingter Gehorsam verlangt. Vielleicht sah meine Urgroßmutter in den Arapaho-Kindern nicht Indianer, sondern Schutzbefohlene, die dem Geist jener Zeit entsprechend geformt werden mussten. Dass ihr auch sechzig Jahre später, als sie es niederschrieb, die Mitschuld der Missionsschulen an der Zerstörung der indianischen Kultur nicht bewusst war, kann man ihr gleichfalls nicht anlasten: Die amerikanischen Historiker begannen sich erst später, zwanzig Jahre nach dem Tod meiner Urgroßmutter, mit dem Thema zu beschäftigen.

Grundsätzliche Vorbehalte gegenüber Indianern hatte sie jedenfalls nicht, sonst hätte sie sich wohl nicht in einen verliebt, in ihren John Roman Nose.

An einem Wintermorgen, schrieb sie, als es sehr kalt war, stand John eingehüllt in seinen Mantel aus Bisonpelz vor der Missionskirche, als ich zur Frühmesse gehen wollte. Er war ganz erfroren. In seinen Haaren hingen sogar kleine Eiszapfen. Ich fragte ihn, was er denn hier mache in der bitteren Kälte. Und er sagte auf Englisch, er habe auf mich gewartet. »Wait for you.« *Ich fragte ihn, wie lange er denn gewartet hätte. Denn er war ganz erfroren. Und er sagte:* »Seit der Mond aufgegangen ist.« *Die ganze Nacht war er also draußen gestanden in der eisigen Kälte! Ich frage ihn:* »Warum?« *Und er sagte:* »To see you in morning.« »Um dich am Morgen zu sehen.« *Da klopfte mir das Herz bis zum Hals wie vorher nie in meinem Leben.*

Meine Urgroßmutter war die Tochter eines Apothekers aus Steinen im Kanton Schwyz. Sie wollte Lehrerin werden, was zu ihrer Zeit ein unüblicher Wunsch war für ein Mädchen. Ihr Vater war dagegen, denn welcher Mann wollte eine Frau heiraten, die einen Beruf ausübte? Aber da er seine einzige Tochter sehr liebte, gab er seinen Widerstand auf: *Ja dann mach halt.* Es war ja auch eher unwahrscheinlich, dass sie nach ihrer Ausbildung tatsächlich eine Anstellung in einer Schule finden würde: Man traute einer Frau die Durchsetzungskraft nicht zu, die nötig war, um den Kindern ihre angeborene Wildheit, Unrast und Verträumtheit abzuerziehen. Meine Urgroßmutter bewarb sich für eine vakante Stelle in der Grundschule von Schwyz und wurde aber nicht berücksichtigt. Sie arbeitete ein halbes Jahr lang als Privatlehrerin der zwei Söhne eines englischen Fabrikanten, der sich in Brunnen am Vierwaldstättersee ein Haus gekauft hatte, denn das gesunde, voralpine Klima bekam ihm besser als jenes in London; die Geschäftsleitung hatte er seinem Bruder übertragen. Ob die beiden Buben, die kein Deutsch sprachen, von meiner Urgroßmutter viel lernten, weiß ich nicht. Sicher ist, dass sie von den Buben Englisch lernte. Doch der Bruder, der in London die Geschäfte führte, verspekulierte das Vermögen, das Haus am See musste verkauft werden, die beiden Buben winkten am Bahnhof mit dem Taschentuch, und meine Urgroßmutter weinte, und am selben Abend führte der Apotheker-Gehilfe, den ihr Vater zwei Monate zuvor angestellt hatte, sie zum Tanz aus ins Wirtshaus *Zum Hirschen*, es sollte sie über den Verlust ihrer Arbeit und der beiden Buben, die ihr ans Herz gewachsen waren, hinwegtrösten. Der Gehilfe hieß Josef Auf der Maur, und eigentlich hätte er mein Urgroßvater werden sollen. Ihn heiratete meine Urgroßmutter ein Jahr nach dem ersten Tanz, mit ihm legte sie sich ins Ehebett, das ihr Onkel für das Brautpaar gezimmert hatte, ein Bett aus Eichenholz, bei dessen Herstellung der Onkel sich eine Fingerkuppe weggehobelt hatte, was später in der Familie als böses Omen gesehen wurde: Blut am Ehebett. Auf der anderen Seite der Erde ritt zur selben Zeit, als der Pfarrer die Eheringe der Maria Reichmuth und des Josef Auf der Maur segnete, Nisono'oho auf seinem Shoshonen-Pferd die Grenzen des Reservats ab, in das man ihn und seine Leute gesteckt hatte, und seine große Sorge galt diesem Pferd, denn es ging das Gerücht, dass die Weißen vorhatten, den Arapaho-Kriegern nach den Gewehren nun auch noch die Pferde wegzunehmen, und dann wäre nichts mehr geblieben von dem, was einen Krieger ausmachte, nur noch ein Mann ohne Waffen und ohne Pferd, also ein Bettler.

Wenn wir die Erde wieder um hundertachtzig Grad drehen, sehen wir den Josef Auf der Maur, der wächsern, mit offenem Mund und kaltem Schweiß auf der

Stirn im eichernen Ehebett liegt. Der Arzt spricht von Auszehrung, gibt aber zu, dass er nicht sicher ist. Kein Mittel aus der Apotheke hilft, und so stirbt dieser Mann. *Und er war ein so grundgütiger Mensch. Er schenkte einmal einem Fekker seine Jacke, weil die dieses armen Zigeuners ganz zerschlissen war. Das tat er, weil er die Menschen liebte. Das kann ich wirklich sagen. Sehr gern wanderte er auch auf dem Selisberg und auf der Golzernalp, er kannte dort Stock und Stein, er gab mir, wenn wir wanderten, wohlschmeckende Kräuter zu essen, die er pflückte. Er verstand sich aufs Pilzen, und er spielte am Abend sehr schön auf der Geige. Ich glaube, von Mozart. Ich wünschte, ich könnte mehr über ihn sagen. Aber mehr weiss ich nicht. Er starb mir weg, bevor ich all seine Seiten kennenlernen konnte.*

Kaum waren die Altarkerzen in der Hochzeitskirche erloschen, war meine Urgroßmutter schon Witwe, mit einundzwanzig Jahren. Mit dem noch unzerkratzten Ehering am Finger stand sie allein da, verheiratet mit einem Toten. In Steinen wurde von ihr erwartet, dass sie ihm treu blieb, mindestens fünf Jahre lang. Sie erwartete es von sich selbst auch – aber andererseits waren dies fünf ihrer besten Jahre. In diesen Jahren brachten andere Frauen ihr erstes Kind zur Welt, oft auch das zweite, und wenn das dritte kam, konnte das erste schon bald allein zum Brunnen gehen, um Wasser zu holen. Aber sie würde dann immer noch kinderlos sein, und zu den fünf Jahren würde ja noch ein Jahr hinzukommen, oder sogar zwei, bis sie wieder einen Mann traf, an den sie ihr Herz verlieren wollte, oder einen, der sie überhaupt noch nahm, eine fast Dreißigjährige. Und je länger keiner sie nahm, desto mehr Jahre würden aus den fünf werden. Es gab in Steinen viele alte Jungfern, viele, die in jungen Jahren zu Wittfrauen geworden waren und die nie mehr den Anschluss gefunden hatten an das Leben der anderen.

Dann lieber fortgehen!

Zur Auswanderung wurde meine Urgroßmutter durch einen Kondolenzbrief ermutigt, der von weit her kam und auf dem eine fremde Briefmarke klebte. Ihr Schwager Paul, der vor vielen Jahren nach Amerika ausgewandert und sich den deutschen Jesuiten in Buffalo im Staat New York angeschlossen hatte, betrauerte in dem Brief seinen Bruder, den er sehr geliebt habe. Aus dessen Briefen wisse er, dass sie Lehrerin sei, und nun frage er sich, ob sie nach dem Tod ihres Mannes nicht vielleicht nach einer Berufung suche? Es liege viel Trost in der Hingabe an eine Tätigkeit, die Gott und den Menschen diene. Meine Urgroßmutter war schon vor dem Tod ihres Mannes nicht sehr religiös gewesen und jetzt erst recht nicht mehr. Aber den Menschen dienen, ja, und fortgehen wollte sie auch, und beides bot Paul ihr in dem Brief an: Sie solle doch nach Amerika kommen und in einer Missionsschule im Indianerland als Lehrerin arbeiten.

Das war eine Zukunft. In einem fernen Land, in dem sie an die fünf Trauerjahre nicht gebunden war. Sie konnte als Lehrerin arbeiten, in Amerika gab man ihr eine Stelle, in Schwyz hatte man sie abgewiesen. Und wenn sie in Amerika einen Mann kennenlernte, der ihr gefiel, stand einer Heirat nichts im Weg. Das sind aber nicht die von ihr überlieferten Gründe. In ihrem Tagebuch berichtet sie nur vom Tod ihres Mannes und dem Brief ihres Schwagers, als sei beides Erklärung genug für ihren Entschluss, auszuwandern. Aber dass eine junge Frau ihre Eltern, ihre Freunde und Verwandten verließ, um allein nach Amerika zu gehen, muss das nicht tiefere Gründe gehabt haben? Ihr Vater war als Apotheker nicht arm, besaß überdies aus einer Erbschaft zwei Häuser, und da sie sein einziges Kind war, bestand für sie zumindest keine finanzielle Notwendigkeit, ihre Heimat zu verlassen. War sie abenteuerlustig? War ihr die Schweiz zu eng? In ihrem Tagebuch ist keine besondere Neugier auf die weite Welt zu erkennen. Man hat den Eindruck, dass sie aus bestimmten Gründen den Entschluss fasste, nach Amerika zu gehen, und dass sie danach den Linien dieses Entschlusses folgte und die Konsequenzen tapfer ertrug. Vielleicht war auch der Entschluss selbst etwas, das sie als ihr von außen aufgedrängt empfand, durch den Tod, der ihr Leben durcheinandergebracht, und durch die rigiden Vorstellungen der Dorfbewohner, wie eine Wittfrau sich zu verhalten hatte. Persönliche Freiheit ist ja wohl selten der Grund für eine Emigration, aber da in ihrem Fall keine wirkliche Notwendigkeit vorlag, ist wohl manchmal auch nur das Gefühl, dass einem nichts anderes übrig bleibt, der Grund, die Heimat zu verlassen.

Jedenfalls kam sie ein halbes Jahr nach dem Tod ihres Mannes nach einer fürchterlichen Ozeanfahrt, während der sie an Diarrhöe erkrankte, in New York an. Ihr Schwager Paul kümmerte sich um sie, er brachte sie in einem Gästehaus der Jesuiten unter, löffelte ihr Hühnersuppe ein, damit sie wieder zu Kräften kam, und als sie sich *wieder wie ein Mensch auf zwei Beinen fortbewegen* konnte, wie sie im Tagebuch schrieb, organisierte er ihre Weiterreise in den Westen, nach Fort Washakie.

Die Distanz, die zu überwinden war, machte ihr Sorgen, sie schrieb: *Auf meine Frage, wie lange denn die Reise nach Wioming dauere, antwortete Paul: »Das kann ich dir jetzt nicht so genau sagen. Aber halte dich nur einfach an diesen Plan hier. Auf ihm siehst du, wo die Eisenbahn fährt.«* Es war eine Karte, auf der die damaligen Eisenbahnrouten in den Westen verzeichnet waren, und auf dieser Karte hörte die eine Strecke irgendwo auf, und die andere begann irgendwo in einem anderen Bundesstaat. Paul versicherte ihr, es gebe aber einen Postdienst zwischen den Bahnhöfen, sie könne dann bequem in einer Kutsche zur nächsten Eisenbahn reisen. Bei der Vorstellung, allein so weit über Land zu reisen, selbst wenn der größte Teil der Strecke mit der Eisenbahn zu fahren war, verließ sie ihr Mut. *Warum nicht in New York bleiben?, dachte ich. Es kam mir jetzt doch schlauer vor, als die vielen tausend Meilen nach Wioming zu fahren, wo ich ja nicht wusste, was mich dort erwartete. Und so ganz ohne Gefahr, wie mein Schwager Paul immer sagte, war wohl eine solche Reise doch nicht. Denn ich las in der New Yorker Zeitung, dass im Westen Amerikas viel zwielichtiges Gesindel unterwegs war und auch viele Überfälle vorkamen.*

Schwager Paul versuchte, ihr die Bedenken auszureden, denn er hatte ja der St. Stephen's Indian Mission in Fort Washakie telegrafisch bereits eine Lehrerin versprochen, eine Schweizerin, eine Katholikin, und der Orden der Sisters of Charity of Leavenworth, der im Auftrag der Jesuiten die Missionsschule leitete, wartete dringend auf die neue Kraft. Als meine Urgroßmutter immer noch zögerte, versprach er, sie auf dem ersten Teil der Reise zu begleiten. Das tat er dann auch, aber schon wenige Stationen nach New York, in Albany, verabschiedete er sich von ihr, trotz ihrer Bitte, sie doch nicht jetzt schon allein zu lassen.

Nach New York zurück wollte sie allerdings auch nicht mehr, denn sie hatte sich in der Stadt von Tag zu Tag fremder gefühlt. Das Gewusel der Menschen, diese Rastlosigkeit! Die vielen Häuser, einige neun Stockwerke hoch! Die vielen Kutschen! Der Gestank! Der Lärm Tag und Nacht! Dort hätte sie nicht leben wollen, und so richtete sie ihren Blick nach vorn, da ihr nichts anderes übrig blieb, und hoffte, dass sie wohlbehalten in Fort Washakie ankam. Dieser fremdartige Name war nun ihr Ziel, dorthin strebte sie, da sie kein anderes Ziel kannte.

Was sie durchs Zugfenster von Amerika sah, gefiel ihr immerhin besser als New York. Denn in der Weite der Landschaft lebten die Menschen in Dörfern bäuerlich. Sie sah Hühner, Kühe, Schweine, und bei Aufenthalten in ländlichen Ortschaften hörte sie das Gackern und das Muhen, das Grunzen und den Klang von Schmiedehämmern. Die Menschen gingen geruhsam ihrem Tagwerk nach, wie die Leute in Steinen. Zwar unterschieden sich Landschaft und Bauweise von der in der Heimat. Aber die warme Einfachheit der Menschen, denen sie auf der Durchreise begegnete, war ihr vertraut. Die Gefahren schienen von den New Yorker Zeitungen übertrieben worden zu sein, denn abgesehen von einer Schlägerei zwischen zwei Männern an einem Bahnhof blieb alles friedlich.

Wyoming gefiel meiner Urgroßmutter dann erst recht, da es dort Berge gab. Die Luft war frisch, der Himmel von reinstem Blau wie im Spätwinter der Himmel über dem Vierwaldstättersee. Im Mai 1888 kam sie in Fort Washakie an.

In Fort Washakie regnete es. Ich fuhr langsam an den Häusern vorbei, hatte nichts anderes erwartet und war trotzdem enttäuscht: Es war eine Siedlung, die aussah, als seien die Häuser andernorts weggespült worden und hier auf Grund gelaufen. Das war nichts Besonderes, die meisten Ortschaften hier wirkten so. Aber bei den anderen war es mir gleichgültig gewesen, während hier in Fort Washakie doch meine Urgroßmutter und mein Urgroßvater entlanggegangen waren. In einer so gesichtslosen Ortschaft war es aber schwierig, die Erinnerung an zwei Leben, die mit meinem zusammenhingen, örtlich anzusiedeln. Ich konnte nicht denken: *Diese alte Kirche haben sie auch gesehen, so wie ich sie jetzt sehe.* Denn die Kirche war nach dem Tod meiner Urgroßmutter erst gebaut worden. Ich konnte nicht denken: *Bei diesem alten Haus sind sie vielleicht stehen geblieben, und meine Urgroßmutter blickte durch die Fenster ins Wohnzimmer und stellte sich vor, wie sie mit Nisono'oho abends in den Sesseln vor dem Kamin sitzt und ihm aus einem Buch vorliest.* Es gab hier kein einziges Haus, das zu ihrer Zeit schon existiert hatte, sie waren alle neuer. Sicherlich hatten früher hier ältere Häuser als diese existiert, nur waren sie spurlos verschwunden.

Immerhin ein Schauder, als ich das Schild *St. Stephen's Indian Mission* entdecke. Ein Schild mit geschwungenem Oberlauf, wie eine Saloontür. Die Wörter sind manchmal die einzigen Denkmäler. In meinem Fall diese drei Wörter. Ich bog von der Straße – sie hieß Rendez-vous-Boulevard – auf die Mission Street ab und gelangte zu einer modernen Schule mit Sporthalle, ein Tennisball flog mir entgegen, und ein Junge in Shorts hastete ihm über die Straße nach, ein Arapaho-Junge mit schönem schwarzem Haar und einem forschen Blick. Es war der erste Arapaho, den ich in meinem Leben zu Gesicht bekam, und ich saß mit angehaltenem Atem hinter dem Lenkrad und beobachtete alles, was er tat, bis er wieder auf dem Sportplatz verschwand. Ein Nördlicher Arapaho! Es gab etwa siebentausend Nördliche Arapaho, und in einer so kleinen Population sind die verwandtschaftlichen Verknüpfungen eng gestrickt. Es war sehr gut möglich, dass dieser Junge über meinen Urgroßvater mit mir verwandt war. Dass da ein Band zwischen uns schwang, wie eine Radiowelle, unsichtbar, aber real. Wozu brauchte ich eine alte Kirche oder ein altes Haus? Dieser Junge oder ein anderer Mensch, der hier in der Wind River Reservation lebte, verband mich doch mit meinem Urgroßvater! Mit irgendeinem der Bewohner des Reservats, ja sicherlich sogar mit mehreren war ich bestimmt verwandt. Hätte Hanna jetzt neben mir im Auto gesessen, wäre Fort Washakie für sie, wie für mich auch, ein gesichtsloses Dutzenddorf gewesen, aber gleichfalls wäre für sie auch dieser Junge einfach ein Indianerjunge gewesen, während mir die bloße Möglichkeit der Verwandtschaft mit ihm ein Gefühl der Zugehörigkeit verlieh. Dieser Junge, den ich nicht kannte, bedeutete mir etwas, und wenn ein Fremder einem etwas bedeutet, ist man in der Heimat.

Es war mir nun nicht mehr so wichtig, dass die heutige Missionsschule ein in Retortenarchitektur erbautes Mehrzweckgebäude war, dem mit Fantasie nicht beizukommen war; ich konnte mir unmöglich vorstellen, dass meine Urgroßmutter und mein Urgroßvater sich hier irgendwo heimlich umarmt hatten.

Meine Urgroßmutter beschrieb das Haus, in dem sie in Fort Washakie anfangs wohnte, so: *Zur Gänze aus modrigem Holz gebaut, sodass das Ungeziefer überall Nahrung und Unterschlupf fand.* Das Haus hatte vor ihrer Ankunft als Poststation gedient, doch man hatte den Telegrafenapparat in eine bessere Unterkunft disloziert, da die Feuchtigkeit ihm zugesetzt hatte. Sie brach einmal mit dem Fuß durch die Dielen, aber das Holz war so morsch, dass sie sich nicht verletzte, *es war, als würde ich in ein Model Anken treten.* Anken ist das schweizerdeutsche Wort für Butter, und dieses Butterhaus war längst geschmolzen, und jenes andere Haus, in das sie später umziehen durfte, war ebenfalls verschwunden. Sie selbst hätte in Fort Washakie nichts mehr wiedererkannt, anders als in Steinen.

Ich war in Steinen. Ihr Geburtshaus steht noch, im Erdgeschoss besteht sogar nach wie vor die Apotheke, die einst ihrem Vater gehörte. Meine Urgroßmutter hätte mir die Fenster ihres ehemaligen Zimmers zeigen können, und wenn auch die Verglasung und die Fensterläden nicht mehr dieselben waren, so hätte sie diese Fenster doch sofort wiedererkannt, und Erinnerungen wären in ihr hochgestiegen, wie sie an sonnigen Tagen manchmal, die Arme aufs Fensterbrett gestützt, von hier aus in die Rossberge hinaufgesehen oder das Treiben unten auf der Straße beobachtet hatte und jedes Mal in Versuchung geraten war, einen Kunden, der gerade die Apotheke betrat, auf den Kopf zu spucken, und wie es ihr vorkam, als befinde sie sich zwischen den fernen Bergen und den nahen Menschen unter ihr exakt in der Mitte. In Steinen hatte sich die Großherrgottskapelle aus dem Jahr 1691 erhalten und das noch ältere Beinhaus der St. Jakobskirche; an manchen Häusern fand man in einem kleinen Alkoven neben der Eingangstreppe noch die in die Mauer eingelassene metallene Strebe, die früher dazu diente, an Regentagen die Erde von den schweren Bergschuhen zu kratzen, bevor man das Haus betrat. Ich sah an einem Haus auch einen Eckstein, der zur Zeit der Kutschen ein der Mauer zu nahe kommendes Wagenrad ablenken sollte. Im zeitgenössischen Steinen hätte meine Urgroßmutter viele kleine Reibeflächen für Erinnerungen entdeckt, die sich daran hätten entzünden können, manches Haus war seit ihrer Kindheit lediglich neu gestrichen und gedeckt worden, hier lebten viele noch in denselben Mauern wie ihre Vorfahren, sprachen dieselbe Sprache wie jene und trugen ihre Namen.

In Fort Washakie war aber viel mehr verschwunden als nur die Ortschaft, wie meine Urgroßmutter sie gekannt hatte. Die Gebäude, die sie gesehen hatte, entstammten der Kultur der Wasichu, so wie jene, die heute an ihre Stelle getreten waren. Aber die Siedlungen der Einheimischen waren viel früher schon verschwunden, und während das Fort Washakie meiner Urgroßmutter mit dem neuen, das ich nun besuchte, immerhin noch durch die Bauweise verwandt war, erinnerte absolut nichts mehr an die ursprüngliche Bauweise der Siedlung: Das Band der Überlieferung war zerschnitten. Es setzte sich hier keine Überlieferung in veränderter Form fort, sondern das Ursprüngliche war erloschen. Nichts davon hatte sich erhalten, noch nicht einmal als architektonisches Zitat.

Das verbitterte mich. Und nicht zuletzt machte es mir Angst. Denn was war hier eigentlich geschehen?

Ich versuchte, die ganze Tragweite zu verstehen, indem ich mir vorstellte, dass im Jahre 1870 zwei Millionen Arapaho in den Kanton Schwyz einwanderten, weil es dort saftigen Weidegrund für die Bisons gab, die sie aus ihrer übervölkerten Heimat Wyoming mitbrachten und hier auf den grünen Alpweiden grasen ließen. Die Milchkühe der einheimischen Schwyzer Bauern, für die die Arapaho keine Verwendung hatten, weil ihnen deren Fleisch nicht schmeckte und sie mit Milch nichts anzufangen wussten, dezimierten die Arapaho durch Lustjagden, bei denen sie die Kühe nur wegen deren Hörner zu Tausenden abschossen. Nun war noch mehr Platz für die Bisons, die sich schnell vermehrten auf den Hochweiden um den Rossberg. Natürlich wehrten sich die Einheimischen gegen die Landnahme und die Vernichtung ihrer Viehbestände. Aber die Arapaho, die den Schwyzern zahlenmäßig hundertfach überlegen waren, siegten durch ihre schiere Zahl und beschlossen, ihr neues Hauptlager in Steinen aufzuschlagen, da es sich an strategisch günstiger Lage und an einem See befand. Auf jeden einheimischen Bewohner Steinens kamen nun hundert Arapaho, denen aus Stein erbaute Häuser fremd waren, sie fühlten sich darin beengt und betrachteten das Konzept, dass Mitglieder einer Familie nach dem Essen sich allein oder zu zweit in separate Zimmer zurückziehen und sich dort hinter Türen voreinander verbergen, als Ausdruck der sozialen Rückständigkeit der Einheimischen. Die Arapaho wollten in ihren traditionellen Tipis leben und glaubten überdies an die Überlegenheit ihrer Form des Zusammenwohnens, sodass sie, als sie begannen, die Steinhäuser der Einheimischen niederzureißen, um Platz für die Tipis zu schaffen, dies auch durchaus im Bestreben taten, die Einheimischen auf eine höhere Kulturstufe zu heben. Schon wenige Jahre nach dem Sieg über die letzten versprengten Schwyzer Aufständischen hatte man beim Aufstieg zum Wildspitz eine schöne Aussicht auf Hiteen, wie Steinen nun hieß: Man überblickte eine mit Tipis übersäte Talsohle. Auch jene Schwyzer, die die von den Arapaho eingeschleppten Krankheiten, die Kriege und Hungersnöte überlebt hatten, wohnten jetzt in Tipis, allerdings nicht in Hiteen, sondern in den abgelegenen Hochtälern, die man ihnen zugewiesen hatte. Kehrte einer von ihnen nach Steinen zurück, weil er vor seinem Tod noch einmal das Haus sehen wollte, in dem er geboren worden war, so fand er dort das reich geschmückte Tipi des Notonheihii, des Arztes. Aber er fand nicht mehr das Fenster, aus dem er in seiner Jugend zum Rossberg hinübergeschaut hatte. Er fand auch kein einziges anderes Fenster mehr. Es gab nirgendwo mehr ein Fenster.

Ich fuhr zur Kapelle der Schule. Es war ein reinliches, weiß gestrichenes Gebäude mit einem Glockentürmchen, das mit indianischen Ornamenten verziert war; ich war mir nicht sicher, ob es sich um traditionelle oder um moderne indianische Ornamentik handelte. Die Kapelle war, wie ich wusste, einige Jahre vor der Ankunft meiner Urgroßmutter erbaut worden, aber was ich sah, war gänzlich umgebaut. Der Turm hatte zu damaliger Zeit vielleicht ähnlich ausgesehen, natürlich ohne die, wie mir jetzt schien, etwas kindliche Dekoration; mein Urgroßvater hätte ihn vielleicht wiedererkannt. Das Gelände der Kapelle war mit einem groben, dreibalkigen Holzzaun umgeben, ich strich mit der Hand darüber, ging einmal um das ganze Gelände herum, um vielleicht den Fuß auf dieselbe Stelle zu setzen, über die einst mein Urgroßvater gegangen war. Falls die Kapelle am ursprünglichen Ort stand, was ich vermutete, musste er hier entlanggegangen sein, ein junger Mann, sechsundzwanzig zum Zeitpunkt, als er meiner Urgroßmutter begegnete, *ein stattlicher Mann von natürlicher Würde.*

Sie beschrieb ihn in ihrem Tagebuch mehr als sechzig Jahre nach seinem Tod, und womöglich hätte sie den Begriff *natürliche Würde* damals, als sie eine junge Frau war und er ein besiegter Soldat, nicht benutzt. Es musste ihr damals doch aufgefallen sein, dass er litt? Er hatte soeben den Siegern seine Waffen und sein Pferd übergeben müssen, und was war er jetzt, ohne die Attribute seines Berufsstandes und ohne jede Hoffnung, eines Tages in einem neuen Krieg seine Würde zurückzugewinnen? Wenn er die übrig gebliebenen Krieger der Hinono'ei zählte und gleichzeitig die Heerscharen junger weißer Siedler und Soldaten sah, wusste er, dass seine Gegenwart auch seine Zukunft sein würde. Es gab für ihn keine Hoffnung auf Veränderung. Und wenn er an den Frauen seines Stammes vorbeiging, spürte er doch den Verlust ihrer Achtung. In den Augen der Frauen hatten er und die anderen Männer ihre Pflicht nicht erfüllt. Sie sprachen es bestimmt nicht offen aus. Und bestimmt beurteilten viele von ihnen die Umstände, die zur Niederlage geführt hatten, richtig. Aber es blieb an den Männern doch ein Makel haften, ein Vorwurf lag in der Luft, und die Stellung der Männer war geschwächt, nicht nur bei den Feinden, auch bei den Frauen. Ebenfalls hatten die Krieger ihren Selbstrespekt verloren, dies ist auf den damaligen Fotografien zu sehen, die die Sieger von den Lakota, Cheyenne, Arapaho und Apachen machten: Sie zeigen die Gesichter von Geschlagenen, die sich selbst die Schuld an der Niederlage geben. Sie haben nicht lange genug gekämpft, nicht mutig genug, nicht entschlossen genug, nicht bis zum Tod. Waren nicht die Tapferen gestorben und die Feiglinge übrig geblieben, um jetzt im Reservat den Weißen einen Sack Getreide abzubetteln, damit ihre Kinder nicht verhungerten? Sicherlich war auch mein Urgroßvater ein Geistertänzer, denn der Kult des Geistertanzes verbreitete sich unter den entseelten Kriegern mit dem Wind. Der Kult versprach die Auferstehung aller toten Krieger, wenn man nur auf die richtige Weise tanzte, unablässig tanzte ohne zu trinken, ohne zu essen: Dann würden die gefallenen Krieger zurückkehren und in einem einzigen Ansturm die Weißen wegfegen. Tag und Nacht wurde in den Reservaten getrommelt und gesungen, bis die Tänzer erschöpft auf die Erde niederfielen wie in den verlorenen Schlachten jene, die man jetzt zur Rückkehr aufrief.

Meine Urgroßmutter beschreibt, wie sie am ersten Tag auf dem Weg von ihrer Unterkunft zur Missionsschule im Schlamm einen Schuh verliert, der dort stecken bleibt. Sie beschreibt die Zurechtweisung durch die Oberin der Sisters of Charity of Leavenworth, weil sie sich beim Betreten des Klassenzimmers nicht vor dem über der Wandtafel hängenden Kruzifix bekreuzigt. Noch sechzig Jahre danach empört meine Urgroßmutter sich über die Oberin: *Mir war diese Regel doch gar nicht bekannt! Niemand hatte mir gesagt, dass ich mich bekreuzigen musste. Vor der ganzen Klasse schalt mich die Oberin dafür, welch schlechtes Beispiel ich den Kindern gebe!* Meine Urgroßmutter beschreibt den Fleiß und die *Zucht* der Kinder, ihre Wissbegierde und die *hübschen Schulkleider*, die sie trugen. Sie beschreibt das *Radspiel*, bei dem ein aus einem dünnen, langen Zweig gedrehter Reif über den Boden gerollt wird, und die Buben versuchen mit Wurfspeeren, die sie aus geschälten Ästen hergestellt haben, den Reif im Rollen aus einiger Distanz zu treffen. Sie beschreibt, dass die Oberin eines Tages den Kindern dieses Spiel verbietet, da es sich *um ein heidnisches Spiel handelte*. Man erfährt aber nicht, wie meine Urgroßmutter über das Verbot dachte. Warum erwähnt sie es unkommentiert?

Ihre Beschreibung des Alltags in der Missionsschule ist rätselhaft, was ihre Einstellung betrifft: Sie scheint keine gehabt zu haben. Aber vielleicht macht das solche Vorgänge der Umerziehung überhaupt erst möglich: Dass einige wenige Planer eine Einstellung dazu haben, die vielen Ausführenden aber keine.

Meinen Urgroßvater lernte sie auf einem Markt kennen, der auf dem Gelände der Mission stattfand. Auf Planwagen boten fahrende Händler Baumwollstoffe an, Küchengeschirr, Tabak und Schnaps, Hustensirup und Tinkturen gegen Zahnschmerzen, Stricknadeln und Wolle. Den Schnaps kauften die Farmer der Umgebung in großen Mengen. Einen Teil behielten sie für sich, den anderen tauschten sie bei den Arapaho heimlich gegen Biber- und Otterfelle ein, die damals schon sehr selten und deshalb teuer waren. Im Reservat herrschte Alkoholverbot, aber durchsetzen ließ es sich nur in Fort Washakie selbst, nicht aber draußen in der Prärie, wo die meisten Arapaho lebten, in kleinen Siedlungen, in denen die Ankunft eines Agenten des Bureau of Indian Affairs schon einen halben Tag vorher bekannt wurde, sodass genügend Zeit blieb, um den Alkohol zu verstecken.

Auf diesem Markt also sah meine Urgroßmutter ihn in einer Gruppe junger Arapaho-Männer. Er war ein attraktiver Mann, einer, der ihr auch auf dem belebten Markt sofort auffiel. Sicherlich trug mein Urgroßvater an einem feierlichen Anlass wie dem Markttag seine besten Kleider, enge, etwas abgedunkelte Wildlederhosen und ein besticktes Wildlederhemd, und verglichen mit den weißen Männern, denen meine Urgroßmutter in Fort Washakie begegnete, die unförmige, viel zu weite Hemden aus grobem Stoff und schmutzige, zerbeulte Hosen trugen, war ein gut gekleideter Arapaho der schönere Anblick. Doch dann geriet dieser hübsche Mann, zu dem sie verstohlen hinüberschaute, mit einem der Händler in Streit, weil dieser dem Arapaho einen Strang Tabak verkauft hatte, bei dem nur die äußeren Blätter aus Tabak bestanden, das Innere aber aus irgendeinem Kraut. Kaum war das erste gehässige Wort gefallen, blitzte auch schon das Messer in der Hand des Indianers. Der junge Mann, der meiner Urgroßmutter gefiel, schien also jene Eigenschaften zu besitzen, die man seinem Volk zuschrieb, nämlich hitziges Blut, Unvernunft, Brutalität, und meine Urgroßmutter nahm innerlich gleich wieder Abstand von ihm. Als ihm aber einer der Wachsoldaten in unnötiger Rohheit mit dem Kolben seines Gewehrs die Stirn blutig schlug, war sie darüber entsetzt. *Ihm rann sogleich so viel Blut über das Gesicht, dass man es nicht mehr erkennen konnte,* schrieb sie, *und man kann sich meinen Schrecken vorstellen! Denn mit Verletzungen kannte ich mich ein wenig aus als Apothekerstochter, da ich schon als Kind manchmal dabei gewesen war, wenn mein Vater einem Bauern, der sich beim Heuen mit der Sense in den Fuß geschnitten hatte oder dergleichen, in der Apotheke Erste Hilfe leistete, weil der Doktor gerade anderweitig unterwegs war. Als ich John so bluten sah, dachte ich, es müsse eine Arterie verletzt sein oder ihm sei der Schädel gebrochen worden. Er verlor dann auch die Kraft in den Beinen und setzte sich mitten in dem Tumult auf den Boden, ohne dass sich jemand um ihn gekümmert hätte.*

Meine Urgroßmutter ging zu ihm hin und bot ihm an, ihn in die Krankenstation zu bringen, dort werde man seine Wunde nähen und verbinden. Aber wie er sie anblickte! Diese dunklen Augen im blutroten Gesicht! Und die steinernen Mienen der anderen Indianer, die offenbar ihre Hilfe nicht wünschten. Einer der Soldaten riet ihr, besser ihre Einkäufe fortzusetzen und sich in dieser Sache nicht zu engagieren, die Indianer seien unberechenbar. Ihr machte der Blick des Verletzten auch durchaus Angst. Sie verstand nicht, weshalb er sie so anschaute, nicht feindselig, aber auch nicht freundlich.

Was sah mein Urgroßvater, als er sie anblickte? Er sah eine weiße Frau, und er wunderte sich, dass sie ihn ansprach. Ihn hatte noch nie eine weiße Frau angesprochen, und er legte darauf auch keinen Wert. Sie war vielleicht die Frau eines Soldaten oder die Tochter eines Siedlers, und sie hatte blaue Augen, wie die Wolfswelpen. Sie sprach ihn an und brachte ihn damit in Verlegenheit. Und jetzt begann auch noch ein Bär zu tanzen!

Meine Urgroßmutter berichtet in ihrem Tagebuch von einem Schausteller, der einen abgerichteten Schwarzbären auf dem Markt tanzen ließ, um einige Münzen zu ergattern. Möglicherweise missfiel das meinem Urgroßvater, falls der Bär sein Schutzgeist war, der sich ihm in einem Traum offenbart hatte oder er zu einer Gesellschaft innerhalb des Stammes gehörte, die den Bären als Totemtier führte. Es missfiel ihm gleich dreierlei: Dass ein Weißer einen Bären lächerlich machte, dass eine weiße Frau ihn ansprach, aber auch, dass sich ihm, als er versuchte, aufzustehen, der Kopf drehte und er sich gleich wieder hinsetzen musste.

Sie sorgte dafür, dass er auf die Krankenstation der Mission gebracht wurde. Der dortige Arzt, ein Franzose, *eine gescheiterte Existenz und immer nahe bei einer Whiskeyflasche,* nähte die Wunde, die so lang gewesen sein soll wie eine Männerhand. Drei Tage lang, so schreibt sie, habe sie John gepflegt und die fehlerhaften Verbände, die der französische Arzt ihm jeweils angelegt habe, neu gewickelt.

Die ganze Zeit über wacht meine Urgroßmutter an seinem Bett, und sie reden miteinander. In welcher Sprache eigentlich? *Mit Händen und Füßen,* schreibt meine Urgroßmutter, und brockenweise in Arapaho, das sie von ihren Schülern gelernt haben will – was mir merkwürdig erscheint, denn es war ihnen ja verboten, in ihrer Muttersprache zu reden. Nisono'oho oder John wiederum haben ein bisschen Englisch sprechen können.

Sie schreibt, er habe sich bei ihr dafür entschuldigt, dass er sich dazu habe hinreißen lassen, sein Messer zu zücken, das sei ein Fehler gewesen, *und er nehme dem Soldaten den Hieb mit dem Gewehrkolben nicht übel, er habe es nicht anders verdient, da er so jähzornig gewesen sei.* Der Händler, der meinem Urgroßvater gepanschten Tabak verkauft habe, sei allerdings in ganz Fort Washakie als Betrüger verrufen gewesen und später wegen eines anderen Betrugs sogar *zum Gericht transportiert worden.* Eine ganze Tagebuchseite lang nimmt sie meinen Urgroßvater in Schutz. Da ich mich aber mein Leben lang natürlich für die indianische Kultur und Mentalität interessiert habe, fällt es mir schwer zu glauben, dass mein Urgroßvater sich für etwas entschuldigte, das zu tun in seiner Kultur die Ehre gebot. Jemand hatte versucht ihn zu betrügen, darauf *musste* er reagieren, wollte er nicht sein Gesicht verlieren. In einer solchen Lage das Messer zu ziehen bedeutete nicht »Jetzt bringe ich dich um!«, sondern »Respektier mich gefälligst!«. Aus Sicht meiner Urgroßmutter war es ein gewalttätiges Verhalten, aus seiner ging es einzig um Ehre, und weshalb sollte er sich dafür entschuldigen, seine Ehre wiederhergestellt zu haben?

Vielleicht irre ich mich, und es war so, wie sie es beschreibt, aber ich glaube, dass sie ihm die Entschuldigung in den Mund legte, weil sie aus ihrer kulturellen Prägung heraus eine Entschuldigung für richtig hielt, und weil ihre Aufzeichnungen schließlich für uns, für ihre Familie gedacht waren, insbesondere für ihre Tochter, meine Großmutter, die hier ihren Vater beschrieben sah. Sie war von uns allen am engsten mit ihm verwandt, und bestimmt hätte sie nicht gern gelesen, dass ihr Vater nur aufbrausend und wild war und nicht auch, wie in der europäischen Kultur erwünscht, zur Einsicht und zur Reue fähig. Und angenommen, meine Urgroßmutter hätte meinem Urgroßvater gegenüber trotz ihrer Liebe zu ihm ein nie zu überwindendes Gefühl der Fremdheit empfunden, so hätte sie dies in ihren Aufzeichnungen verschweigen müssen, um zu verhindern, dass meine Großmutter dieses Fremdheitsgefühl ihrer Mutter möglicherweise auf sich bezog, da sie ja selbst zur Hälfte eine Indianerin war. Aber auch ihre Enkelkinder, darunter meine Mutter, durfte meine Urgroßmutter nicht brüskieren, denn auf ihre Abstammung von einem Arapaho war gleichfalls Rücksicht zu nehmen bei der Schilderung der *tatsächlichen Vorkommnisse damals,* wie sie am Anfang ihres Tagebuches schreibt.

Es ist also möglich, dass sie vieles, was unseren Ahnen betrifft, in schönem Licht beschrieben hat. Vielleicht war das sogar der eigentliche Grund für ihren Entschluss, am Ende ihres Lebens ihre damaligen Erlebnisse festzuhalten: Sie wollte den Vater, Großvater und Urgroßvater, den wir nie kennengelernt hatten, porträtieren, damit wir ihn in Erinnerung behielten, und nicht, damit wir ihn kennenlernten. Sie wollte uns etwas Schönes hinterlassen, nicht etwas Wahres.

(N.B.: Das war der Stand meiner Kenntnisse *vor* meinem Besuch bei Hebesisei Willow. Auch das Nachfolgende ist aus dieser Sicht beschrieben, die sich im Nachhinein als unvollständig herausstellte. Doch die Veränderung meiner Sicht auf die Dinge wäre ohne die zuvor unvollständige oder vielleicht sogar falsche

Sicht nie erfolgt. Aus diesem Grunde erzähle ich es so, wie ich es damals, vor meiner Ankunft in Fort Washakie, nicht besser wusste –)

Nach drei Tagen in dem Krankenzimmer, schreibt meine Urgroßmutter in ihrem Tagebuch, *wollte John nun partout nicht mehr liegen bleiben, wozu ich ihm aber riet. Denn auf seiner Stirn hatte sich ein Abszess gebildet. Als ich das Krankenzimmer verliess, um frisches Wasser zu holen, und zurückkam, fand ich das Bett leer vor. Er war durch das Fenster verschwunden! Ich war nicht wenig enttäuscht über dieses undankbare Verhalten, wie ich es empfand, bis ich wenige Tage später von anderen Arapahoe erfuhr, dass John, kaum war er zu den Seinigen zurückgekehrt, sehr krank geworden sei. Das war der Abszess, den ich ja in seinen Anfängen beobachtet hatte. Aber der Notonheihii, das ist bei ihnen der Schamane, habe John in einen Traum geführt. Das erzählten mir die Arapahoe. Und in diesem Traum habe er John von seiner Krankheit geheilt, und dies sei dann auch in Wirklichkeit geschehen. Als ich später John wieder begegnete, entschuldigte er sich dafür, dass er ohne Abschiedsworte gegangen sei, aber er habe gespürt, dass er sehr krank werden würde wegen der Wunde, und er habe deswegen den Notonheihii aufgesucht, damit der ihn heile. Man sollte über diesen Schamanen durchaus nicht spotten, denn damals war seine Medizin so gut wie die unsere, wenn es um Infek-*

tionskrankheiten ging, gegen die auch im Kranken-
zimmer der Mission kein Medikament bereitlag: Ein
solches gab es nämlich damals nicht. Erst viel später
wurde das Penicillin entdeckt! John tat also recht da-
ran, zu dem Notonheihii zu gehen, denn dieser kannte
sich immerhin mit heilkräftigen Pflanzen aus, wohin-
gegen unsere europäische Medizin ihre Wirkung nicht
mehr kannte, aber auch noch nicht das Penicillin ent-
deckt hatte.

Nun behauptete aber jener französische Arzt – an
dessen Namen sich meine Urgroßmutter offensichtlich nicht mehr erinnerte, weswegen sie listigerweise
schrieb, er sei ihr *so unangenehm gewesen von sei-*
ner ganzen Art her, dass sein Name in der Nachwelt
ruhig vergessen bleiben soll –, dass auf der Krankenstation die Schere fehle, mit der er das Verbandszeug
jeweils portionierte. Da seit dem Verschwinden der
Schere nur zwei Patienten im Krankenzimmer gele-
gen hatten, nämlich mein Urgroßvater und ein Agent
des Bureau of Indian Affairs, der vom Pferd gestürzt
war, fiel der Verdacht auf den Indianer. Sie standen
ohnehin im Ruf, alles zu stehlen, was nicht festgebun-
den war und danach das Festgebundene auch noch.
Meine Urgroßmutter empört sich in ihrem Tagebuch
über dieses *schnelle Vorurteil*, aber ich befürchte,
mein Urgroßvater machte, wie alle Plains-Indianer,
einen Unterschied zwischen dem Eigentum der eige-

nen Leute und dem von Fremden, seien es Ute oder Weiße. Wenn sich die Gelegenheit bot, eine Schere mitzunehmen, hat er das bestimmt getan, entweder, um sie zu behalten oder um sie später bei einem Fest des Stammes zusammen mit anderen wertvollen Gegenständen, die er besaß, großzügig zu verschenken, was ihm Ehre eintrug. Der französische Arzt, *in seinem Whiskeyrausch,* verlangte von meiner Urgroßmutter, ihr den Namen des Indianers zu nennen, *er wolle dann gleich die Soldaten nach ihm schicken.* Sie behauptete, seinen Namen nicht zu kennen, worauf der Arzt *mir ein Wort an den Kopf warf, das ich hier nicht nennen will. Es gelang mir fast nicht, ruhig zu bleiben. Ich sagte ihm, er habe ja den Arapahoe auch gepflegt und seine Wunde verbunden, und das mache ihn ja wohl auch nicht zu jemanden, der es verdient hat, so genannt zu werden, wie er mich genannt hatte.*

Daraufhin erzählte der französische Arzt jedem, der es hören wollte, die Lehrerin der Schule habe sich mit einem Indianer eingelassen, mit einem Dieb noch dazu. Nun kam meiner Urgroßmutter zu Hilfe, dass der Arzt in der St. Stephen's Mission einen denkbar schlechten Ruf hatte. Nicht einmal die Oberin der Sisters of Charity of Leavenworth, die als Leiterin der Missionsschule sonst keine Gelegenheit ausließ, um meine Urgroßmutter zu drangsalieren, ging auf seine Anschuldigungen ein, denn er war Agnostiker, was sie verabscheute, und ein Unhold, der ihr, einer Braut Christi, im Suff einmal ein Kompliment über ihre schönen Augen gemacht hatte. Gleichwohl bat meine Urgroßmutter eine der Arapahofrauen, die in der Küche der Missionsschule arbeiteten, Nisono'oho von der Sache mit der Schere zu unterrichten und ihm ihren Rat zu überbringen, sich besser eine Weile von Fort Washakie fernzuhalten.

Am nächsten Morgen stand mein Urgroßvater vor der Schule, mit verschränkten Armen. Sie sah ihn durchs Fenster des Schulzimmers, als sie gerade die Kinder unterrichtete. Bis Mittag blieb er unbeweglich dort stehen, und als die Glocke zum Mittagessen läutete, eilte sie zu ihm hinaus. *Ich sagte ihm, es sei wohl nicht klug, sich hier zu zeigen, da der Doktor seine Anwesenheit den Soldaten melden werde. Er sei zwar bei den Soldaten sehr unbeliebt, und sie hätten ihm schon zu verstehen gegeben, dass sie seinetwegen ganz sicher nicht in Kauf nähmen, nur wegen einer Schere Unruhe unter den Indianern zu stiften. Aber es wäre mir doch lieber gewesen, wenn er zu seiner Sicherheit wieder gegangen wäre, und das sagte ich ihm. Er gab mir aber zu verstehen, dass er keine Angst habe, und ich müsse auch keine haben. Dies sagte er mit einem so stolzen Blick, dass ich es bald selber auch glaubte! Er sagte, er werde nun einmal um das Grosse Haus herumgehen und dann zu mir zurückkommen. Er meinte da-*

mit die Präfektur, in der das Office of Indian Affairs und der Kommandant der Truppe untergebracht waren. Und wie er es mir angekündigt hatte, ging er nun tatsächlich mit erhobenem Haupt um die Präfektur herum, aber nicht nur einmal. Dreimal ging er um die Präfektur herum, sodass jeder ihn sehen konnte. Aber seine stolze und ruhige Art und sein schöner, würdevoller Gang zeigten jedem, dass er nichts zu verbergen hatte und sich folglich vor keiner Strafe fürchtete. Danach kehrte er, wie er es versprochen hatte, zu mir zurück, und er hob einen kleinen Stein auf, der auf dem Boden lag, und nahm ihn in seine Faust. Er streckte mir dann die Faust hin und sagte, ich solle den Stein daraus nehmen.

Meine Urgroßmutter lässt offen, ob sie den Stein aus seiner Faust holte –

Sie beschreibt als Nächstes einen frühen Wintereinbruch, schon im Oktober fiel Schnee, und die Nächte waren bitter kalt. Eisige Stürme fegten von Norden über die Prärie und brandeten so heftig gegen die lediglich aus Holz gebauten Häuser von Fort Washakie an, dass meine Urgroßmutter nachts in dem kleinen Zimmer, in dem sie wohnte, wegen des Knackens im Gebälk nicht schlafen konnte, *das Haus bewegte sich, als sei es lebendig, und stand ein Glas auf dem Tisch, so zitterte es. Das Dachholz knallte manchmal, dass man dachte, es werde geschossen.* Es wurde, wegen der ungewöhnlich heftigen Stürme, sogar der Nachschub knapp, die Ankunft der Händler, die Fort Washakie mit Mehl, Fleisch und anderen Grundgütern versorgten, verzögerte sich um viele Tage, und die Vorräte waren schon fast aufgebraucht. Im November kamen aus den entlegeneren Gebieten des Reservats die ersten hungrigen Arapaho, meistens alte Männer, Frauen und Kinder, die in Wolldecken und Bisonfelle gehüllt von der Verwaltung Nahrungsmittel verlangten, *allein, es war nicht genügend für alle da, und man musste viele dieser armen Menschen wieder wegschicken.* Nachts, wenn sie in Kleidern und mit einem Schal aus Biberfell um den Hals unter ihrer Bettdecke lag und den Wind durch die Bretterritzen heulen hörte, dachte sie an John, der ihr damals im Krankenzimmer erzählt hatte, dass er zusammen mit seinen Verwandten im Westen des Reservats lebte, an einem Fluss. Sie wusste nicht, wo genau das war, nur, dass er nach alter Sitte in einem Zelt lebte, was ihr Sorgen machte. Denn wenn sie in einem Zimmer in Kleidern unter einer Daunendecke noch fror, wie kalt musste es dann erst in einem Zelt sein! *Es war mir schlecht vorstellbar, dass er eine solche Kälte in einem Zelt überleben konnte,* schreibt sie.

Sie machte sich in jenem strengen Winter also Sorgen um sein Leben, was rührend ist. Aber andererseits zeigt diese Bemerkung auch, dass sie mit der Lebensweise meines Urgroßvaters nicht vertraut war. Sie hielt ein Tipi aus Büffelleder für eine behelfsmäßige Unterkunft, in der man in einer Eisnacht sicherlich vom Erfrierungstod bedroht war, davon ging sie ganz selbstverständlich aus. Und offensichtlich erkundigte sie sich auch nicht etwa bei Trappern oder den Arapahokindern, die sie unterrichtete, wie es sich im Winter in einem Tipi lebte. Sie hätte dann erfahren, dass die windundurchlässige und kälteisolierende Büffelhaut die Menschen selbst bei tiefen Minusgraden warm hielt, und dass es nur wichtig war, den Schnee regelmäßig vom Zelt zu klopfen. Wurde dies sorgfältig gemacht, begannen die Arapaho, eingehüllt in eine Bisonrobe, selbst bei Außentemperaturen von minus zwanzig Grad im Tipi zu schwitzen, wenn sie zu nahe am Feuer saßen. Mein Urgroßvater fror in den Eisnächten jenes Winters vermutlich nie, während meine Urgroßmutter in ihrem hölzernen Zimmer unter der Bettdecke trotz des Kaminfeuers schlotterte, weil die Fenster undicht waren und der Wind durch die Ritzen pfiff. Dennoch ging sie ganz selbstverständlich davon aus, dass ihr Zimmer die durchdachtere und bessere Behausung war als ein Zelt, was ja in mancher Hinsicht auch stimmte, etwa was das Potenzial der Weiterentwicklung zu wirklich wetterfesten Behausungen betraf. Aber es stimmte zu ihrer Zeit, im Jahr 1888, eben nicht, wenn es um Schutz vor Kälte oder Regen in abgelegenen Gegenden ging: Hier waren die Tipis noch die bessere Lösung. Dies möchte ich nur gesagt haben. Denn ich fühle mich beiden nahe, aber vielleicht ihm ein wenig mehr verpflichtet als ihr.

In jenem harten Winter jedenfalls tauchte in Fort Washakie ein aus der Pfalz stammender Pelzhändler namens Carl Hauser auf. Im Tagebuch steht: *An einem Sonntag im Januar war es in der Kapelle so kalt, dass wir alle in der Hl. Messe uns in die gefalteten Hände hauchten, und der Pfarrer trug auch während der Kommunion seine Fellmütze und nahm sie nicht ab, was von vielen nicht gern gesehen wurde. Darüber zerrissen sie sich nach der Messe dann die Mäuler. Und dabei tat sich auch ein bärtiger Deutscher hervor, der mir schon aufgefallen war, weil er erst beim Kyrie in die Kapelle kam, und er sich ganz ungeniert den Schnee von seinem Mantel klopfte, und die Kapellentür liess er auch offen, als ob's nicht schon kalt genug gewesen wäre. Als ich mich umdrehte, um zu sehen, wer da gekommen war, und als ich ihn im Mittelgang stehen sah mit seinem langen Bart und seinem roten Gesicht, und wie er sich auf die Brust haute, um den Schnee abzuklopfen, da war er mir schon unheimlich. Von Anfang an war mir dieser Mensch nicht geheuer. Wenn später jemand von einer Vorahnung gesprochen hat, habe ich darüber jedenfalls nicht mehr gelacht. Denn solche Dinge gibt es.*

In der St. Stephen's Mission gab es ein Zimmer für Durchreisende, das man aber normalerweise nur Ordensmitgliedern oder anderen Persönlichkeiten zur Verfügung stellte, gewiss aber nicht einem einfachen Händler. Carl Hauser gelang es aber, die Oberin für sich einzunehmen, indem er sich sehr katholisch gab und behauptete, sein Bruder sei beim Versuch, die Eingeborenen von Papua zu Christus zu bekehren, den Märtyrertod gestorben, sie hätten ihn, wie den heiligen Sebastian, mit Pfeilen zu Tode geschossen. *Während er uns dies erzählte, schälte er einen grossen roten Apfel, den er in seinem Gepäck bei sich hatte, und teilte ihn in Schnitze, wovon er der Oberin den grössten gab. Uns anderen, die wir mit am Tisch sassen, schob er mit dem Messer kleinere Schnitze hin, aber Mary, eine Arapahoe-Frau, die in der Küche arbeitete, erhielt von ihm gar nichts. Das war sehr unfreundlich, und es machte mich schon misstrauisch, denn er war doch Pelzhändler. Oft lebten diese und auch die Trapper oder Coureurs de bois im Sommer bei den Indianern, um die besten Felle zu ergattern, und gerade unter ihnen fand man die grössten Fürsprecher der Indianer, da sie ihre Sprache erlernt hatten und dieses Volk schätzten. Aber nicht so dieser Carl Hauser. Die arme Mary bekam nichts von dem Apfel, und ich muss der Oberin zugutehalten, dass sie ihr ein Stückchen von ihrem Schnitz schenkte, als wir anderen unseren schon gierig gegessen hatten. Denn wir hat-*

ten seit Monaten keine Früchte mehr zu essen gehabt
und schon gar nicht einen so saftigen Apfel! Hauser
prahlte, er habe noch mehr Äpfel bei sich, und damit
machte er sich natürlich bei allen beliebt, was mir gar
nicht passte, da er mir unheimlich war.

Das Fremdenzimmer, in das die Oberin Hauser für
die Nacht einquartierte, lag neben dem Zimmer meiner Urgroßmutter, und als sie an jenem Abend im
Bett lag, hörte sie durch die dünne Wand Hauser auf
und ab gehen, und sie ärgerte sich, dass er seine Stiefel nicht auszog, deren Absätze auf den Dielen bei jedem Schritt ein knallendes Geräusch verursachten.
Danach begann er auch noch auf der Maultrommel zu
spielen, und das nahm kein Ende. Sie schreibt, sie sei
schließlich doch eingeschlafen, kurz darauf aber wieder von einem Lärm erwacht, es klang, als würde er
da drüben sein Bett herumschieben. Dann klang es,
als würde er es zerhacken. Nun habe sie befürchtet, in
dieser Nacht keinen Schlaf mehr zu finden, wenn sie
nichts unternahm. Sie habe sich ihren Mantel überge-
worfen, so sei sie schon perfekt angezogen gewesen,
denn sie habe wie immer in jenem Winter in den Kleidern geschlafen, nur ohne Schuhe. Die Schuhe habe
sie nicht angezogen, sie sei barfuß auf den Flur gegangen und habe an Hausers Tür geklopft. Er habe geöff-
net und *zum Fürchten* ausgesehen, *mit seinen wirren*
schwarzen Haaren und dem zerzausten langen Bart,

der ihm bis zur Brust reichte, die man auch sah, da sein Unterhemd offen stand, und ein Geruch ging von ihm aus, dass man nicht fragen musste, welches Getränk er zuletzt getrunken hatte. Schuhe trug er keine, sodass man auch noch seine schmutzigen Füsse sehen musste. Dabei lachte er und sagte: »Oho, was für ein hübscher Besuch so spät in der Nacht von einem Fräulein mit so zierlichen Füsschen und so schönen Augen!« Er sagte das auf Deutsch, da er wusste, dass ich aus der Schweiz stammte. Hätte ich doch meine Schuhe angezogen! Jetzt bereute ich, es nicht getan zu haben, denn er nahm nichts ernst, was ich sagte, sondern schaute mit einem Grinsen im Gesicht nichts an als meine Füsse. Ich bat ihn, doch keinen solchen Lärm zu machen mitten in der Nacht, so könne niemand schlafen. Er sagte: »Aber es ist so kalt! Und es ist zu wenig Holz da! Das Feuer ist schon aus! Ich muss mich doch bewegen, sonst erfriere ich.« Und dergleichen sagte er, was man alles nicht ernst nehmen konnte, denn in seinem Zimmer gab es gar keinen Kamin. Man konnte da gar kein Feuer machen. Als ich ihm das sagte, lachte er wieder. »Jaja, Sie haben ganz recht, Fräulein. Ich muss mir ein warmes Feuer dann eben einbilden. Dazu ist es nötig, dass ich mir einbilde, wie ich Holz hacke. Das macht dann natürlich ein bisschen Lärm, denn auch Gedanken können Lärm machen.« Einen solchen Unsinn erzählte er, und es wunderte mich, dass er so ruhig dastand, denn ich sah ja neben dem Bett die fast *schon leere Flasche Whiskey stehen. Ich sagte ihm, es sei verboten, in der Mission Alkohol zu trinken. Das stimmte zwar nur für die Indianer, aber ich wollte ihm gern eins auswischen. Das kümmerte ihn aber nicht. Er steckte nur die Daumen in seine Hosenträger und sagte: »Nun, wenn es verboten ist, müssen Sie mich in Gewahrsam nehmen und zum Kommandanten bringen!« Ich sah, es war mit ihm nicht zu reden und wollte schon gehen, da hielt er mich zurück. Plötzlich entschuldigte er sich für den Lärm und was er alles gesagt hatte, und er wolle mir, um alles wiedergutzumachen, gern einen Apfel schenken, da er heute Mittag gesehen habe, mit welcher Freude ich den Apfelschnitz gegessen habe.*

Und weil sie Früchte, insbesondere Äpfel *für mein Leben gern ass* lässt sie sich von ihm einen geben. Ich verstehe, dass ein Apfel im Wyoming der damaligen Zeit eine seltene Delikatesse war, zumal in jenem Winter, in dem sogar das Fleisch knapp wurde, das sonst in dieser Gegend reichlich vorhanden war. Ich verstehe, dass sie dieses Apfels wegen ihre Abneigung gegen Hauser bezwang. Es fällt mir allerdings schwer zu verstehen, weshalb sie sich in seinem Zimmer auf den einzigen Stuhl setzte und sich von ihm füttern ließ, mitten in der Nacht, bei halb geschlossener Tür. Sie schreibt: *Hätte er die Zimmertür ganz geschlossen, wäre ich sogleich wieder gegangen.* Aber er ließ die Tür einen Spalt offen, und das genügte ihr schon. Er stand vor ihr und schnitt kleine Scheiben aus dem Apfel, die er ihr auf der Klinge seines Messers anbot, und sie griff danach, obwohl ihr nicht wohl war dabei. Er schneidet absichtlich Scheiben, die so dünn sind, dass sie auf der Messerklinge kleben, und wenn sie mit ihren Fingern danach greift, spürt sie die Kälte der Klinge und die Schärfe der Schneide. Manchmal schneidet er geradezu winzige Stücke ab, nach denen sie aber auch greift. Er demütigt sie, und sie weiß es, benutzt aber in ihrem Tagebuch den schweizerdeutschen Begriff *zeukeln* dafür, was locken, triezen bedeutet und harmloser klingt, als es war. Warum aber verharmlost sie es, mehr als sechzig Jahre später und im Wissen darum, was Hauser meinem Urgroßvater später antat?

Sie schreibt, am nächsten Morgen habe sie auf der Schwelle ihrer Tür einen Apfel vorgefunden, in einem Nest aus frischen Ahornblättern. Aber herrschte nicht strenger Winter? Wo hätte Hauser Ahornblätter herhaben sollen? Die Pferde versanken in jenem Winter bis zu den Knien im Schnee, das schreibt sie an anderer Stelle. *Ein hübsches Körbchen aus frischen Ahornblättern:* Hier muss ihre Erinnerung sie getäuscht haben.

Ja, ich falle meiner Urgroßmutter belehrend ins Wort, ich weiß, man möge mir verzeihen: Aber mich stört die Ausführlichkeit, mit der sie von Hauser erzählt, mich stört der Raum, dem sie ihm gibt, sie berichtet viele Seiten lang nur von ihm –

Sie steckte den Apfel ein, aß ihn aber nicht, *obwohl mich das eine grosse Überwindung kostete bei der Lust, die ich gehabt hätte, ihn zu essen. Aber für den Fall, dass er mich darauf ansprach, wollte ich ihm den Apfel wieder aushändigen können, damit ich ihm nichts schuldig war. Es hiess ja, dass er an diesem Tag wieder weiterreiste, und so wollte ich mit dem Essen warten, bis er weg war.*

In den Schulpausen nahm sie in einer stillen Ecke den Apfel hervor und roch an ihm. *Dieser süsse herrliche Duft machte mir Heimweh nach meiner Heimat und nach Steinen, wo die Bauern im Herbst ganze Kisten mit so schönen Äpfeln auf dem Markt anboten. Dort war ein Apfel gar nichts Besonderes, und im Winter buken wir Apfelküchlein in heissem Fett, so viele, dass wir gar nicht alle essen konnten. Aber hier in Wioming musste ich aufpassen, dass niemand sah, dass ich einen Apfel besass, die Leute hätten ihn mir sonst abgebettelt. Und ich weiss nicht, ob ich dann gern redlich mit ihnen geteilt hätte, das muss ich ehrlich sagen.*

Sie schreibt, dass sie, als sie nach dem Unterricht zur Messe ging, den Carl Hauser in der Kapelle auf der vordersten Bank der Männerseite knien sah, zu ihrer großen Enttäuschung. Denn da es schon dunkel war und es außerdem wieder heftig schneite, würde er heute ganz bestimmt nicht mehr weiterziehen, sondern noch eine Nacht im Fremdenzimmer verbringen. *Vom Schuldbekenntnis bis zum Schlussgebet konnte ich an nichts anderes denken als daran, wie schön es gewesen wäre, wenn er heute abgereist wäre, dann hätte ich nach der Messe in meinem Zimmer endlich den Apfel verspeisen können. Jetzt aber musste ich ihm den Apfel zurückgeben, denn er drehte sich ja während der Messe immer nach mir um, als wolle er mich gleich fragen, wie mir der Apfel geschmeckt habe.*

Um Hauser keine Gelegenheit zu geben, sie nach der Messe anzusprechen, schlich sie sich während des Schlussgebets aus der Kapelle und stapfte durch den Schnee hinüber zu ihrer Unterkunft. Den Apfel legte sie vor die Tür des Fremdenzimmers, und danach ging sie auf ihr Zimmer und verhielt sich still, damit Hauser nicht auf die Idee kam, bei ihr zu klopfen. An der Fensterscheibe ihres Zimmers klebte der Schnee, nur ein kleiner Blick hinaus war noch frei. Und sie hatte vergessen, Feuerholz für ihren Kamin mitzunehmen, wie sie jetzt merkte. Sie musste noch einmal hinaus, um Holz zu holen, es war zu kalt, um ohne Feuer die Nacht durchzustehen, und natürlich traf sie, als sie ihr Zimmer verließ, auf Hauser, *der übertrieben seinen Hut vor mir zog, sodass der Schnee darauf in* der Luft wirbelte, und um den Hals trug er ein grosses Kruzifix aus Holz, welches er schon am Vortag bei der Messe getragen hatte, um seine Frömmigkeit unter Beweis zu stellen. Er fragte mich: »Und wie hat Ihnen der Apfel geschmeckt? Ich hoffe doch, gut? Sonst täte mir das sehr leid, und ich müsste Ihnen gleich noch einmal einen schenken.« Nun war ich sehr froh, dass ich mich hatte beherrschen können und den Apfel nicht gegessen hatte. Denn nun konnte ich ihm das sagen, und dass er doch einmal vor seine Tür schauen solle, dort liege nämlich sein Apfel, den er gern wieder zurückhaben könne. Er lachte aber nur und sagte: »Aber Sie haben den Apfel doch schon gegessen. Er kann gar nicht vor meiner Tür liegen.« Ich sagte: »Aber sicher liegt er dort. Ich habe ihn nicht gegessen.« Daraufhin sagte er: »Doch, Sie haben ihn sehr wohl gegessen. Und zwar hier.« Und dabei drückte er sich den Finger an die Stirn. Da wurde er mir noch unheimlicher, weil er so merkwürdige Dinge über mich sagte, die doch nur ich wissen konnte.

Hauser spielte wieder die halbe Nacht auf seiner Maultrommel, aber er kam noch auf eine andere Idee: Er klopfte an die Wand, und das galt natürlich ihr. Sie drückte sich das Kissen an die Ohren, hörte aber sein Klopfen dennoch, *und weil ich sehr müde war und nicht hoffen durfte, ansonsten in dieser Nacht noch Schlaf zu finden, ging ich zu ihm hinüber. Mir schlug das Herz bis zum Hals, so aufgeregt und zornig war ich auf diesen ungehobelten Kerl, und Angst vor ihm hatte ich noch obendrein. Aber es musste ja mit dem Lärm einmal Schluss sein! Als er auf mein Klopfen hin die Tür öffnete, sagte ich ihm alle Schande.*

Der Winter dauerte noch drei lange Monate, aber dann kam endlich der Frühling, schreibt sie in ihrem Tagebuch, und zwar unmittelbar im Anschluss an *sagte ich ihm alle Schande.* Mitten im Geschehen bricht ihre Erzählung über Hauser ab. Sie sagte ihm alle Schande, und danach, drei Monate später, bricht der Frühling an. Wo ist Hauser? Man erfährt es nicht.

Als ich ihr Tagebuch zum ersten Mal las, untersuchte ich die Falzung des Wachsheftes, weil ich mir sicher war, dass eine Seite fehlte, möglicherweise herausgerissen worden war. Der letzte Satz *alle Schande* steht auf der Seite links unten, rechts oben schließt dann *Der Winter dauerte* an. Aber es gab keinen Hinweis darauf, dass eine Seite entfernt worden war, keine Papierfransen in der Falzung, und die andere Hälfte des betreffenden Papierbogens hätte ja dann auch gefehlt. Ich zählte die Bogen und verglich sie mit der Anzahl der Bogen der anderen Wachshefte: Es waren gleich viele. Es war also keine Seite herausgerissen worden: Es brach jetzt einfach der Frühling an, und mein Urgroßvater kehrte zurück.

Sie sah ihn unter den anderen Arapaho, die sich vor dem Lagerhaus in einem großen Kreis um die mit Lebensmitteln, Decken und Werkzeugen beladenen Karren gesetzt hatten, die von Soldaten bewacht wurden. Agenten des Bureau of Indian Affairs begannen nun mit der Verteilung der Lebensmittel an die Indianer, und nun beschreibt meine Urgroßmutter, dass John sie sah, *und an seinem Blick merkte ich, wie er sich schämte, dass er hier die Gaben der Regierungsbehörde entgegennehmen sollte. Er stand aus dem Kreis auf und ging zu den Bäumen bei der Koppel und warf aus einiger Entfernung sein Messer in einen der Baumstämme. Dies tat er sehr geschickt, und ich hatte den Eindruck, er tat es, um mir zu imponieren mit seiner Geschicklichkeit im Messerwerfen. Ich wandte mich jetzt aber ab und ging zurück zur Schule, obwohl ich ihm gerne noch länger zugesehen hätte. Aber mir schien es, dass er mich nicht gern dabeihaben wollte, wenn er das Getreide und die Gerätschaften abholte, die man den Indianern zuteilte.*

Diese kurze Begegnung blieb für mehrere Wochen die einzige. Doch dann wurden Arbeiter gesucht, denn die Streben, die das Dach der Missionskapelle stützten, waren im Winter unter der Schneelast rissig geworden, und als es nun wärmer wurde, barst das Holz an manchen Stellen, das Dachgebälk musste erneuert werden. Da die Siedler der Umgebung sich jetzt im Frühjahr um ihr Vieh kümmern mussten, fehlte es an Handwerkern, und so sandte man einen Boten zu den Arapaho, der sie davon überzeugen sollte, bei der Reparatur des Daches mitzuhelfen, wofür man ihnen Tabak und andere Naturalien bot. Das Interesse war gering, da bei den Arapaho die Tipis von den Frauen errichtet und instand gehalten wurden, ebenso wie die Frauen Holz und Wasser holten. Die Männer lehnten körperliche Arbeit durchaus nicht ab, aber sie hatten eine sehr genaue Vorstellung davon, welche Arbeit männlich war. Wenn es darum gegangen wäre, für die Missionsstation einige Ochsen zu schlachten und zu enthäuten und ihr Fleisch über weite Strecken zu transportieren, hätten die Arapaho-Männer diese Aufgabe bereitwillig übernommen. Aber etwas anderes als Fleisch oder Felle schleppten sie nicht gern durch die Gegend.

Der Bote kehrte aus den Arapaho-Dörfern schließlich mit nur drei Männern zurück, zwei davon waren Christen und der dritte ein alter Mann, der sich den Arm gebrochen hatte. Der vom Pfarrer mit der Reparatur beauftragte Tischler, *ein Ire namens O'Flanagan, der aus Denver stammte und vorzüglich Schach spielte*, wie meine Urgroßmutter schreibt, *wollte den alten Arapahoe gleich wieder heimschicken, da er doch mit dem gebrochenen Arm zu nichts nutze war. Doch dieser wollte partout nicht gehen. Er sagte, er könne doch mit seinem gesunden Arm arbeiten und erbitte sich dafür ein Pferd als Lohn. Der arme Mann war zweifellos wirr im Kopf, denn niemand hätte ihm für eine solche Arbeit ein Pferd gegeben. Er sprach aber ein gutes Englisch, das er, so sagte er, von einem Missionar gelernt hatte, der vor vielen Jahren bei seinem Volk lebte, doch dann hätten die Pawnee diesen Missionar umgebracht. Jedenfalls, er ging nicht fort, und da die beiden anderen Arapahoe, die mit ihm gekommen waren, ihn mit grosser Ehrfurcht behandelten, da er, wie sie dem O'Flanaggan sagten, ein berühmter Notonheihii sei, das ist bei ihnen der Schamane, liess man ihn in Ruhe, das heisst, man beauftragte ihn mit kleinen Handreichungen, die er mit dem gesunden Arm ausführen konnte.*

Eines Nachmittags setzte sich meine Urgroßmutter in Begleitung von Sister Catherine, einer Ordensschwester, mit der sie sich angefreundet hatte, auf den Zaun der Koppel bei der Kapelle, um den Männern bei der Arbeit zuzuschauen. Und nun kam dieser alte Arapaho mit einem Eimer Wasser vom Brunnen her, um es den Arbeitern zu bringen. Aber als er meine Urgroßmutter sah, ließ er den Eimer stehen und ging zu ihr. Er sagte, er kenne sie, er habe sie gesehen, sie arbeite auf der Krankenstation. Sie sagte, es sei schon möglich, dass er sie schon einmal gesehen habe, aber sie arbeite als Lehrerin und nicht auf der Krankenstation. *Da sagte er: »Doch, aber du hast die Wunde ei-*

nes Kriegers der Hinono'ei gepflegt. Dies weiss ich genau. Es war im letzten Sommer.« Das war, als ich John pflegte, nachdem er vom Gewehrkolben des Soldaten getroffen worden war. Ich fragte nun diesen Mann, ob John ihm das erzählt habe, und er sagte: »Wie man es nimmt. Direkt erzählt hat er es mir nicht. Sondern ich habe es gesehen.« Und dabei schloss er die Augen und behielt sie geschlossen. Er hatte eine lange Narbe einer Verwundung, die schon lange her sein musste, von der Augenbraue bis zum Kinn. Lange sprach er nichts, und Catherine neben mir stiess mich in der Seite an und flüsterte, wir sollten lieber gehen, er sei ihr nicht geheuer. Aber ich erinnerte mich jetzt, dass man mir ja damals, nachdem John aus dem Krankenzimmer verschwunden war, erzählt hatte, er habe bei einem Nitonheihii Hilfe gesucht wegen dem Abszess auf seiner Stirn. Und da ich ja von O'Flanagan wusste, dass dieser hier von den anderen Arapaho als Heiler geachtet wurde, fragte ich ihn, ob er denn der Heiler war, der John damals behandelt habe. Nun öffnete er die Augen und schaute mich unverwandt an. Danach drehte er sich um und ging. Mir aber blieben seine Augen wie eingebrannt, so wie wenn man zu lange in die Sonne blickt. Wenn man dann die Augen schliesst, sieht man die Sonne hinter den Augenlidern noch ganz deutlich als schwarzen Fleck. Oder wenn man lange die Wellen des Meeres betrachtet, geschieht das Gleiche. Und so war es bei mir mit den Augen dieses seltsamen

Mannes. Noch abends beim Einschlafen sah ich sie vor mir.

Sie schreibt, es habe erst aufgehört, als sie drei Tage später John wiedersah. Hoch zu Ross, auf einem Rappen, sei er im Schritt auf den Vorplatz der Kapelle geritten. Dann sei er abgestiegen und habe die Zügel des Pferdes dem alten Nitonheihii überreicht, der sogleich auf das Pferd aufgestiegen und ohne ein weiteres Wort davongeritten sei.

Der Besitz von Pferden war den Arapaho zu jener Zeit verboten, soviel ich weiß. Mein Urgroßvater könnte natürlich trotzdem eins besessen haben, aber dass der alte Nitonheihii am Anfang der Erzählung ein Pferd als Lohn haben will und dann auch eins bekommt und ausgerechnet von meinem Urgroßvater?

Jedenfalls arbeitet nun er anstelle des Alten als Gehilfe des O'Flanagan, und meine Urgroßmutter sitzt am Nachmittag nach dem Unterricht allein auf dem Zaun, denn Sister Catherine ist von der Oberin ermahnt worden, ihre Freizeit sittsam zu verbringen und nicht mit der Betrachtung von Männern, die in der Vorsommerwärme mit nacktem Oberkörper arbeiten. Mein Urgroßvater ist geschickt beim Behauen von Holzbalken mit dem Beil, aber O'Flanagan wünscht sich von ihm größere Genauigkeit. *Ich hörte nicht, was sie miteinander redeten, aber ich sah, dass*

O'Flanagan oft auf John einredete, der dies ganz unge-
rührt über sich ergehen liess. Eines Abends beim Essen
in der Mission erzählte mir O'Flanagan, die Indianer
würden zwar schnell und fleissig arbeiten, aber es sei
ihnen partout keine Genauigkeit beizubringen. Besonders der eine, der John, könne zwar sehr gut mit der
Axt umgehen, aber eben nicht nach Mass, es sei immer
ein Inch zu viel in der Breite oder zwei Inches zu wenig.
So oft habe er schon versucht, dem John begreiflich zu
machen, dass die Balken, wenn das Mass nicht stimme,
nicht ohne Spiel ineinandergreifen, wodurch die ganze
Konstruktion nicht stabil sei. »Sie sind mit schwierigen Konstruktionen nicht vertraut«, sagte O'Flanagan, »denn sie bauen nur ihre Teepees, die nach rei-
nem Augenmass errichtet werden können, aber sonst
bauen sie keinerlei grössere Bauwerke und kennen die
Gesetze der Statik nicht und verstehen auch durchaus
nicht, wozu sie nötig sind.«

Meine Urgroßmutter, als Zaungast, sah O'Flanagan
von Tag zu Tag ungeduldiger werden. Mit einem Koh-
lestift zeichnete er die exakten Maße auf das Rohholz,
und er zeigte den drei Arapaho zum hundertsten Mal,
wo sie die Axt ansetzen mussten, nämlich genau auf
dem schwarzen Strich. Aber wenn er nach einer Weile
wiederkam, um das Ergebnis zu begutachten, hatten
sie wieder nach Augenmaß geschlagen, und da man
vieles von dem Holz für den Bau danach nicht mehr

verwenden konnte, wurde O'Flanagan laut. Meine Urgroßmutter hörte aus der Entfernung zunächst einzelne Wörter und schließlich ganze Sätze, weil er die
Arapaho inzwischen häufig anschrie, was sie aber mit
einer *sonderbaren Gleichgültigkeit*, wie sie schreibt,
über sich ergehen ließen. Für sie war Genauigkeit im
Zentimeterbereich im täglichen Leben ohne Bedeutung, aus ihrer Sicht schrie O'Flanagan herum, weil
er ein Problem hatte, das sie nichts anging. Wenn sie
Pfeile herstellten, taten sie dies nach Gefühl und nicht
mit dem Zollstock; Gewicht und Durchmesser eines
Pfeils mussten auf den Bogen abgestimmt sein, und da
jeder Bogen anders war, machten feste Maße keinen
Sinn. Dasselbe galt für die Gerüststangen der Tipis,
die zwar in einem bestimmten geometrischen Verhältnis zueinander angeordnet werden mussten, um
den Präriewinden zu widerstehen, aber auf den Zen-
timeter kam es auch hier nicht an, es durfte nur nicht
eine Fußlänge zu viel oder zu wenig sein. Meine Urgroßmutter beschreibt, dass einer der beiden christlichen Arapaho O'Flanagan, als dieser einmal besonders außer sich war, besänftigend auf den Rücken
klopfte, wie die Arapaho es bei Geistesgestörten taten,
um sie zu beruhigen, wenn sie einen Anfall hatten.

Einige Tage später aber, als wieder ein Balken fehlbe-
hauen worden war, wollte O'Flanagan John die Axt
aus der Hand reißen, und als John sie nicht losließ,

versetzte O'Flanagan ihm einen Stoß gegen die Brust. *Mir stockte der Atem, als ich dies sah, und ich glaube, wenn ich nicht da gewesen wäre, hätte John sich ins Unglück gebracht. Denn er hob die Axt gegen O'Flanagan, nur für einen kurzen Moment, aber dann blickte er zu mir hinüber und liess die Axt sofort sinken. An diesem Abend sprach O'Flanagan beim Essen vor allen anderen, also vor der Oberin, vor Catherine und wer da sonst noch alles war, schlecht über John, da dieser, wie er behauptete, ihn fast umgebracht hätte. Da konnte ich nicht anders, als ihm zu widersprechen, gleichfalls so, dass alle es hörten. Ich sagte, es sei vielleicht nicht gerade das Klügste von ihm gewesen, den John auf die Brust zu schlagen, und mehr als gedroht habe John ihm nicht, dafür würde ich mich verbürgen, da ich es mitangesehen hätte. Und während ich noch sprach, kam mir in den Sinn, wie O'Flanagan John und den anderen Arapaho vielleicht die Notwendigkeit begreiflich machen könnte, aufs Mass zu arbeiten. Ich sagte, diese Menschen seien doch vorzügliche Jäger, das sei ja allgemein bekannt, und wenn sie auf ein Tier schössen, so müssten sie ja das Herz desselben treffen und dürften nicht danebenschiessen. Ich sagte zu O'Flanagan: »Wie wäre es, wenn Sie morgen auf das Holz das Mass einzeichnen, wie Sie es sonst auch immer tun, aber diesmal so, dass Sie alles Holz schraffieren, das weggeschlagen werden muss. Und um es den Indianern begreiflich zu machen, sagen Sie zu ihnen,* dass es wie auf der Jagd zu und her geht. So wie man das Herz des Tiers treffen muss, muss man auch genau den Balken treffen. Ein Schlag in das schraffierte Feld heisst, dass man das Tier verfehlt hat. Ein Schlag in das nicht schraffierte Holz heisst, dass man das Tier an der falschen Stelle getroffen hat. Gut getroffen hat man es erst, wenn alles Schraffierte weggehauen ist aber auch nicht mehr als das Schraffierte.« Die Oberin, die sich sonst eher die Haare ausriss als mich für etwas zu loben, sagte, das sei eine gute Überlegung, und zu O'Flanagan sagte sie, er solle das einmal ausprobieren, man sei schliesslich auf die Indianer angewiesen, wenn die Kirche bald wieder ein ordentliches Dach haben solle. O'Flanagan versprach, das zu tun, aber mit mir redete er während des Essens jetzt kein Wort mehr. Er wartete aber auf mich draussen in der Nähe der Kirche, als es schon dunkel war und ich zu meinem Zimmer ging. Er sagte, er sei ja schön dumm gewesen zu denken, dass ich vielleicht seinetwegen am Nachmittag immer auf dem Zaun sitze und ihm bei der Arbeit zusehe. Jetzt wisse er, dass mir dieser Indianer gefalle und ich wegen ihm immer dort sitze. Als ich darauf nichts erwiderte, sagte er, eine so unsittsame Frau wie ich käme für ihn sowieso nicht in Betracht. Seither sprach er nie mehr ein Wort mit mir, was mir ganz gleichgültig war, da er mich beleidigt hatte.

Jedenfalls erwies sich der Vorschlag meiner Urgroßmutter als hilfreich: John und die anderen Arapaho überboten sich jetzt gegenseitig darin, das Holz so genau zu treffen wie auf der Jagd die Bisons. Sie schlugen exakt alles Schraffierte weg und übrig blieb ein aufs genaue Maß zugehauener Balken. Meine Urgroßmutter setzte sich aber nicht mehr auf den Zaun, *das hatte mir O'Flanagan durch seine Eifersucht verleidet.*

Bei der Einweihung des neuen Kirchendaches sah sie John für lange Zeit zum letzten Mal. Sie sprachen nicht miteinander, wechselten nur Blicke. Es wurde ein Schwein über dem offenen Feuer gebraten; ihr missfiel die Art, wie John aß. *Er stopfte sich das Fleisch mit allen Fingern in den Mund, und bevor er es überhaupt geschluckt hatte, stopfte er sich den Mund noch voller. So assen auch die anderen Arapaho, aber bei ihm störte es mich, weil er doch ein stattlicher Mann war, den eine Frau gern anschaute – wenn er nur nicht nicht gerade aß!*

Im Sommer musste man etwas gegen die Klapperschlangen unternehmen. Sie waren in Fort Washakie zur Plage geworden, da sie sich trotz des harten Winters ungewöhnlich vermehrt hatten und sogar in die Häuser krochen. Meine Urgroßmutter und Catherine sahen dabei zu, wie die Männer in der Umgebung ausschwärmten und mit langen Stöcken die Schlangen aufscheuchten und dann mit Hieben auf den Kopf totschlugen. Man häutete die toten Tiere, das Fleisch verfütterte man an die Hunde, die es allerdings nicht gern aßen. Am nächsten Tag erzählte Catherine meiner Urgroßmutter, sie habe vorhin etwas außerhalb von Fort Washakie den John gesehen, er habe tote Klapperschlangen aufgesammelt und sie sich über den Arm gehängt. *Da ich ihn gern sehen wollte, denn ich hatte ihn nun schon zwei oder drei Monate nicht mehr gesehen, ging ich an die Stelle, die Catherine mir beschrieben hatte. Es war ein sehr heisser Tag, und ich weiss noch, dass ich sehr unter der Hitze litt, denn damals trug man als Frau auch bei 35 Grad, was in Wioming im Sommer die normale Temperatur war, unter dem Rock aus Baumwolle einen langen Unterrock oder Beinkleider, und wehe, man hätte sich etwa in einer Bluse ohne Ärmel gezeigt! Ich trug zwar einen Hut, aber darunter lief mir der Schweiss über das Gesicht, und ich fragte mich schon, was für ein Bild ich jetzt wohl bot, als ich John über einen Hügel kommen sah, in der Nähe des Feldwegs, der nach Lander führte. Es war ausserhalb von Fort Washakie, sodass wir hier ganz allein waren. Aber mit seinen über und über mit Schlangen behängten Armen war John nicht gerade der Mann, den man sich für ein Rendez-vous wünscht! Und ich, so verschwitzt wie ich war, war sicher auch nicht eine Schönheit! Aber an diesem Tag, als wir uns dort begegneten, und als die Sonne so heiss schien und von der Erde ein Duft aufstieg nach Gras, da war es,*

als müsse jetzt einfach das eine zum anderen kommen.
Ich weiss gar nicht mehr, was wir redeten. Aber sobald
er neben mir stand, machte es mir nichts mehr aus,
dass er mit Schlangen behängt war. Das ist vielleicht
schwierig zu verstehen für jemanden, der es nicht er-
lebt hat. Ich kann mich aber noch sehr gut erinnern,
wie wohl es mir tat, im Gras zu liegen und die Luft auf
meiner Haut zu spüren.

Das schrieb meine Urgroßmutter mit dreiundachtzig
Jahren. Aber ist es nicht der Satz jener jungen Frau, die
sie damals war, als sie neben meinem Urgroßvater im
Präriegras lag? Und über ihnen der weite Himmel und
ein Blau, in das man hineinwächst, wenn man hoch-
schaut ...

Dieser schöne Nachmittag blieb jedoch ein einzelnes
Ereignis, dem eine lange Zeit folgte, in der sie einander nicht sahen. Ihre Liebe offen zu zeigen war unter
den damaligen Umständen undenkbar; selbst wenn
mein Urgroßvater ein Weißer gewesen wäre, hätten
sie sich miteinander nicht in eindeutiger Verbunden-
heit in der Öffentlichkeit gezeigt. Da er Indianer war,
verbot sich das erst recht. Es war also von Anfang an
eine heimliche Liebe, und es gab keine Hoffnung, dass
sich das je ändern würde, denn weder für meine Urgroßmutter noch für meinen Urgroßvater war Heirat
vorstellbar. Für ein solches Paar wäre in der weißen

Gesellschaft kein Platz gewesen. Meine Urgroßmutter hätte in sein Tipi ziehen müssen, und die Arapaho-Kinder hätten sie mit Hundekot beworfen. Es war eine Liebe, die in der Welt nicht aufgehoben war, und so kreiste sie in der Mitte um sich selbst, und ringsherum war nichts, keine Freunde, die an der Liebe teilnahmen und sich darüber freuten, keine Verwandten, die Kuchen vorbeibrachten, keine gemeinsamen Spaziergänge. Aber selbst die gelegentlichen heimlichen Treffen, die meine Urgroßmutter sich gewünscht hätte, fanden nicht statt: Mein Urgroßvater ließ sich wochenlang nicht blicken, ohne dass sie gewusst hätte, warum und wo er war und ob er überhaupt noch lebte. Sie saß am Fenster ihres Zimmers und schaute zu den Bergen in der Ferne, die zu atmen schienen, wenn sie ihr Gesicht vor der verzogenen Fensterscheibe auf und ab bewegte. John hatte an jenem schönen Nachmittag zum Abschied gesagt: »*Ich gehe in die Berge und bin bald zurück.*« *Da verstand ich aber unter dem Wort bald etwas anderes als er!*

Im Frühherbst sollte in Fort Washakie ein Pferderennen stattfinden, *das sie Quarter Mile Race nannten, da die Strecke eine Viertelmeile lang war. Ein Buchmacher nahm Wetten auf den Sieger an und lobte den Preis aus, nämlich ein Winchester-Gewehr.* Der Agent des Bureau of Indian Affairs verbot den Arapaho die Teilnahme am Rennen, aber der neue Leiter der St.

Stephen's Mission, ein Jesuit *aus Missouri, an seinen Namen erinnere ich mich nicht mehr, aber an seine dünne, hohe Stimme, und dass er in der kurzen Zeit, die er da war, einige Neuerungen einführte, die später alle wieder rückgängig gemacht wurden,* beharrte darauf, dass auch zum Christentum bekehrte Arapaho mitreiten durften. *Dadurch wollte er den Arapaho einen Anreiz geben, ihre heidnischen Sitten aufzugeben.*

Einige Tage vor dem Rennen tauchte vor der Missionsschule eine Gruppe junger Arapaho auf, darunter mein Urgroßvater. Sie verlangten, getauft zu werden.

So sah ich ihn endlich wieder! Er schaute mit einem so warmherzigen Blick zu mir hinüber, dass mir das Herz aufging, da ich sah, dass er sich sehr freute, mich zu sehen. Er trug ein schönes Gewand mit einem Ornament aus kleinen Perlen auf der Brust des Wildlederhemdes und in seiner Hand einen oben gekrümmten Stab, der mit Fell umwickelt war und an dessen Bogen Rabenfedern hingen und Eulenfedern, wovon er mir später erzählte, dass dies eine Auszeichnung seines Stammes dafür sei, dass er auch an Orten Nahrung fände, von denen andere mit leeren Händen nach Hause zurückkehrten. Der Missionsleiter fragte nun John und die anderen Arapahoe, ob sie nur wegen des Winchester-Gewehrs hier seien oder weil es ihnen ernst sei damit, in die Gemeinde Christi einzutreten.

Meinem Urgroßvater waren wohl das Gewehr und die Ehre, das Rennen zu gewinnen, so wichtig, dass er das Vaterunser gelernt hatte und es nun auf Englisch herbetete. Am nächsten Tag wurden er und seine Begleiter in der Kirche getauft, im Beisein der Oberin, der Ordensschwestern und meiner Urgroßmutter. Als sie die Kirche verließen, standen draußen die Agenten des Bureau of Indian Affairs und *liessen laut vernehmlich ihr Rülpsen hören oder spuckten Kautabakspritzer vor die Füsse der Arapahoe, um ihnen zu zeigen, dass sie das ganze Prozedere für eine Farce hielten. Und so wenig sympathisch mir diese Leute immer auch waren, so wenig glaubte ich, dass es John mit dem Christentum wirklich ernst war. Das glaubte wohl nur der Leiter der Mission, und auch vielleicht nur, um nach Missouri, wo damals der Sitz der Jesuiten war, melden zu können, dass er wieder so und so viele Arapahoe bekehrt habe.*

John gewann das Rennen mit Bravour, schreibt meine Urgroßmutter, aber ich frage mich, auf welchem Pferd denn? Er hatte ja jenen Rappen dem Nitonheihii geschenkt, und dass er mehr als ein Pferd besaß – wenn überhaupt eins –, halte ich für unwahrscheinlich. Ich denke, sie ließ ihren John im Tagebuch gewinnen in Erinnerung an ihre Liebe zu ihm.

Auf dem Fest anlässlich des Rennens standen sie, als die Fiedler aufspielten, auf verschiedenen Seiten des Tanzfeldes und tauschten Blicke aus. Die Paare tanzten den Square Dance und den English Country Dance, *und ein junger Soldat fragte mich sehr galant, ob er mich zum Tanz führen dürfe, was ich aber ablehnte, da ich John nicht in die Verlegenheit bringen wollte, mich mit diesem Soldaten tanzen zu sehen.* Sie gab an diesem Abend noch drei anderen Männern einen Korb, obwohl sie gern *das Tanzbein geschwungen* hätte. Mein Urgroßvater kam nicht auf die Idee, sie zu fragen, und sie erwartete es auch nicht von ihm, möglicherweise aber aus den falschen Überlegungen heraus. Sie zum Tanz aufzufordern wäre ihm auch nicht in den Sinn gekommen, wenn die Konvention es erlaubt hätte. Er tanzte oft, aber nie zum Vergnügen, und nie war es erotische Spielerei, sondern stets religiöser Ritus, ein Gebet. Ich weiß nicht, was er beim Anblick der zur Musik der Fiedler tanzenden Paare empfand, aber vermutlich betrachtete er dies gar nicht als Tanz, sondern als ausgelassenes Hüpfen wie von Kindern. Dass Männer und Frauen gemeinsam hüpften, unterstrich aus seiner Sicht noch den unzeremoniellen Charakter des Spektakels. Meine Urgroßmutter bemerkte, *dass John und die Arapahoe in seiner Begleitung dem Treiben auf dem Tanzfeld durchaus amüsiert, aber auch ein wenig abschätzig zuschauten.* Sie bedauerte es, nicht mit John tanzen zu dürfen, und die Gewissheit, dass es nie möglich sein würde, stimmte sie traurig. Sie wünschte sich in diesem Moment etwas, das er sich aber nicht wünschte. Der Caller rief den Paaren zu *All join hands and circle wide, spread right out like an old cow hide*, und diese vergnügliche Anweisung hätte sie gern zusammen mit meinem Urgroßvater befolgt, sie wünschte sich, mit ihm ein Paar unter anderen Paaren zu sein, so wie die, die hier tanzten mit einem Lächeln auf dem Gesicht und mit verwegen schiefen Hüten auf dem Kopf.

Mein Urgroßvater aber vermisste beim Anblick der Tanzenden nichts, er brachte das Ereignis nicht mit der Frau in Verbindung, die da drüben auf der anderen Seite stand und an der sein Herz hing. Möglicherweise wunderte er sich sogar darüber, dass sie die weißen Männer abwies, die sie ansprachen, und die offensichtlich mit ihr tanzen oder eben herumhüpfen wollten. Er hätte nichts dagegen gehabt. Es war bei den Weißen Sitte, also warum nahm sie nicht daran teil? Er war verliebt in sie, und wenn sie ihn wegen eines anderen Mannes nicht mehr angeschaut und weggeschickt hätte, wenn er zu ihr kam, hätte sie ihm das das Herz gebrochen. Aber sie mit einem anderen Mann tanzen zu sehen, hätte ihm nichts ausgemacht. Selbst wenn sie diesem Mann hinterher über den Arm strich und ihm in sein Zelt folgte, war dies, sofern es mit seinem Einverständnis geschah, nichts, weswegen er eifersüchtig geworden wäre. Und ihr Einverständnis gaben die Arapaho-Männer großzügig, weil gegenseitig. Die Liebe war ein Vergnügen, wie das Tabakrauchen und das Essen, und man rauchte und aß ja auch nicht allein: Vergnügen, das war immer gemeinschaftlicher Genuss.

Diese beiden Menschen, die sich liebten, konnten gleichwohl kein Paar werden. Sie konnten einander nur bei Gelegenheit begegnen und für kurze Zeit das Leben eines Paars führen, für wenige Stunden jeweils nur, und dabei war es aber auch keine Affaire. Nein, es war eine Liebe, die sich unter anderen Umständen, in einer anderen Zeit, zu etwas ganz Normalem entwickelt hätte, zu einer Beziehung, einer Ehe, der später eine Scheidung gefolgt wäre, aber eben erst, wenn die gegenseitige Erkundung abgeschlossen und eine Sackgasse erreicht worden wäre. So weit kamen die beiden aber nicht. Sie gelangten über den Anfang nie hinaus. Sie blieben im Anfang stecken, und jedes Mal, wenn sie miteinander allein waren, begann es von vorn und ging nicht weiter.

Sie trafen sich, als das Fest zu Ende war, in einem Wäldchen vor der Ortschaft. Er machte kein Feuer, in der Dunkelheit der mondlosen Nacht schenkte er ihr ein Otterfell. Die Otter waren damals in vielen Gegenden schon ausgestorben, ihr Fell umso begehrter – warum also machte er ihr ein so kostbares Geschenk in einem Moment, in dem dem sie es nicht sehen konnte? Nun, ein Otterfell fühlt sich besser an, als es aussieht. Sie sollte das Geschenk fühlen, und während sie mit ihren Fingern über den Pelz strich, nahm er ihre Hand und den Pelz und drückte beides an seine Brust. *So ging dieser Schelm vor, um uns beide zu verbinden!* Sie schreibt, die Eule habe gerufen, und im ersten Laub hätten die Mäuse geraschelt, die Äste hätten leise geknarrt im kühler werdenden Wind, und in der Ferne, auf einem Hügel hinter dem Wäldchen, habe ein Feuer geleuchtet. *Aber das alles habe ich nach und nach gar nicht mehr gesehen und bald nichts mehr gehört als nur den Atem von John und meinen eigenen. Ich kann sagen, dass ich das, was zwischen Mann und Frau geschieht, wenn sie sich von Herzen lieben, vorher nicht und nachher nie mehr so stark mit ebendieser Liebe in Verbindung bringen konnte, wie als ich mit John zusammen war.*

Im Morgengrauen erst kehrt sie leise, damit keiner erwacht und Zeuge wird, in ihr Zimmer in der Missionsstation zurück, mit glücklichen Erinnerungen an das Geschehene, aber auch mit schwerem Herz, denn beim Abschied hat John ihr von seiner Absicht erzählt, auf die Pelzjagd zu gehen, außerhalb des Reservats, er wollte Biber und Pumas erlegen; mit dem Geld, das er für ein Pumafell erhielt, wollte er ihr einen Ring kaufen. *Er sagte, er habe nämlich bemerkt, dass bei den Christen nicht wie bei den Arapahoe nur Männer Fin-*

gerringe tragen, sondern umgekehrt vor allem sogar die Frauen. Deshalb wolle er mir einen silbernen Ring schenken und nicht einen aus Messing, und mit einem Opalstein bestückt, damit er sich von den Ringen unterscheide, die die anderen Frauen in Fort Washakie tragen, da ihre Männer sich einen Opalstein nicht leisten könnten. Ich sagte ihm, man finde doch kaum noch Pumas, das erzähle jeder, der aus den Bergen zurückkomme, und dass es mir überhaupt lieber wäre, wenn ich ihn bei mir hätte, als dass er so weite Reisen unternimmt und ich nicht weiss, wann ich ihn wiedersehe. Da lachte er aber nur und sagte: »Ich bin wie ein Otter.« Als ich ihn fragte, was er damit meine, sagte er, Otter seien glücklich und deshalb gute Jäger. Ihnen würde nichts misslingen. Was hätte ich jetzt noch sagen sollen? Er wollte für mich auf die Jagd ausziehen, um mir den Ring zu schenken. Hätte ich mehr als ein einziges Mal ihm zu verstehen gegeben, dass mir der Ring nicht so wichtig war, wie ihn bei mir zu haben, so hätte ich ihn damit beleidigt. Und so musste ich ihn ziehen lassen. Er versprach ja auch, vor dem Winter wieder zurück zu sein.

Aber mit dem ersten Schnee, der auch in jenem Jahr früh fiel, kam nicht John zurück, sondern Carl Hauser, der sich gleichtags wieder in der Missionsstation breitmachte. Er behauptete, er habe mit Indianern im Norden an der Grenze zu Kanada gute Geschäfte gemacht und viele Felle von guter Qualität eingehandelt. Er führte jedoch keinerlei Felle mit sich, und als die Oberin ihn danach fragte, sagte er, er habe alle Felle bereits an eine französische Gesellschaft in Bismarck, North Dakota verkauft. Tatsächlich schien er Geld zu haben, denn er bot der Oberin an, für das Fremdenzimmer auf der Missionsstation einen Wochenpreis zu bezahlen, er wollte über den Winter hierbleiben, *da es ihm hier gefalle, und er unter wahren Christen überwintern wolle und nicht in einem der Gästezimmer des Saloons in Fort Washakie, wo man Wand an Wand mit üblen Gesellen wohne, die bei jeder Gelegenheit Gott lästerten und sich beim Teufel Rat holten. Mir war es aber gar nicht recht, dass er den ganzen Winter über im Zimmer neben mir wohnen sollte. Ich sah ja, dass er mich gleich bei seiner Ankunft im Missionshaus wieder ins Auge fasste. Er zog übertrieben den Hut vor mir und machte mir Komplimente, die ich gar nicht hören wollte. So lobte er etwa meine Stimme, die ihm angeblich so gefehlt habe auf seinen Reisen und die so sanft und schön sei wie noch bei keiner anderen Frau, der er begegnet sei, und so weiter. Ich bat die Oberin, diesen Mann entweder nicht wieder im Fremdenzimmer unterzubringen, oder dann aber mir ein anderes zuzuweisen, etwa die kleine Kammer zwischen dem Schulzimmer und dem Essraum. Sie war klein, aber sie hätte mir gereicht, und im Stock darüber befanden sich ausserdem die Schlafräume der Ordensschwes-*

tern. Also auch der von Catherine, die mir die liebste Freundin war, und mit der ich mich dann abends leichter hätte treffen können auf einen Schwatz, wenn unsere Zimmer so nahe beieinander gewesen wären. Aber das genau wollte die Oberin nicht, eine Laienfrau wie ich sollte nicht im selben Haus wie die Schwestern schlafen, damit »Sie diese guten Seelen nicht durch Ihren Lebenswandel verderben, der notwendigerweise ein schlechterer sein muss als der von uns, die wir uns Jesus Christus versprochen haben«. Das sagte die Oberin zu mir, aber dass sie einen rohen und hinterlistigen Mann wie den Hauser überhaupt in der Mission aufnahm, darin sah sie dann keine Gefahr für das Seelenheil der Schwestern? Wer's versteht, wird selig!

Meine Urgroßmutter hörte nachts wieder das Knallen von Hausers Stiefelabsätzen auf dem Holzboden, und neuerdings *betete er laut mit seiner dunklen, grollenden Stimme, aber es waren keine liturgischen Gebete, sondern erfundene. So hörte ich ihn etwa mitten in der Nacht durch die Wand sagen: »Allmächtiger Gott, in Ewigkeit, amen. Gelobt sei dein heiliger Name, strafe die Sünder, amen! Heilig, heilig, heilig in der Höhe bist du, amen!«*

Kurz nach Hausers Rückkehr erkrankte Catherine, die Freundin, die meiner Urgroßmutter so lieb war. Da das Fieber nach drei Tagen nicht sank, holte man den französischen Arzt, der ihr Essigwickel anlegte und behauptete, es sei eine Influenza, in einer Woche sei sie wieder auf den Beinen. *Ich brachte ihr eine starke Hühnerbrühe, damit sie zu Kräften kam, aber sie wollte nichts essen und öffnete beim Sprechen die Augen nicht und sprach auch so leise, dass ich sie kaum noch verstehen konnte. Sie hustete sehr stark und mit Blut, und da ich von meinem Vater wusste, das dies ein Zeichen für eine Lungenentzündung ist, ging ich zu dem Arzt, um ihn zu bitten, dass er sie noch einmal gründlich untersuche. Aber er war mir noch immer gram, weil ich John ihm vorgezogen hatte, und sprach kein Wort mit mir. Ich konnte für Catherine nichts tun ausser die ganze Nacht an ihrem Bett zu sitzen, wozu ich die Erlaubnis der Oberin hatte einholen müssen, obwohl es doch meine liebe Freundin war! Ich las Catherine aus einem Buch vor, das sie besonders liebte, es hiess »The Inland Sea«. Ich hoffte, sie durch das Vorlesen dieser ihr vertrauten Worte ans Leben zu fesseln, damit sie es nicht aufgeben möge. Aber sie wurde immer schwächer, und es fehlte ihr bald sogar an Kraft, um das Taschentuch zum Mund zu führen, wenn sie husten musste. Aber trotzdem hatte sie noch Kraft genug, um sich bei mir zu entschuldigen, dass sie auf die Bettwäsche Blut hustete! Sie sagte: »Jetzt mache ich alles schmutzig, verzeih mir.« Sie war so bescheiden und dachte nie an sich, aber das war es, warum die anderen gern an sie dachten. Einen solchen*

Menschen habe ich später nie wieder gefunden. In der Nacht vor ihrem Tod schlief ich beim Vorlesen ein, und als ich wegen eines Geräusches erwachte, sass Catherine aufrecht im Bett, mit weit aufgerissenem Mund, und sie zeigte hinter mich und sagte: »Da steht mein Tod!« Und als ich mich umdrehte, sah ich hinter mir in der Fensterscheibe das Gesicht meines verstorbenen Mannes. Das war nur ein kurzer Augenblick, danach war das Bild verschwunden, und ich sah hinter der Scheibe wieder nur den Schnee fallen. Am nächsten Morgen bat Catherine mich, den Pfarrer zu holen, und auf dem Weg durch den Schnee zum Haus des Pfarrers rutschte ich aus und stürzte und schlug mir die Stirn an einem Stein blutig, der unter dem Schnee lag. Als ich beim Pfarrer war, war ich vom Sturz ganz benommen, und mit dem blutigen Handtuch in der Hand sagte ich: »Wir brauchen das letzte Sakrament.« Da sagte der Pfarrer: »Mary, jetzt übertreiben Sie aber. Das ist doch nur eine Platzwunde!« Es ist für jemanden, der nie in dieser Lage war, vielleicht schwierig zu verstehen, dass ich nun lachte und mit Lachen auch gar nicht aufhören konnte. Aber so war es. Ich bekam einen Lachkrampf. Viele Jahre lang habe ich mir deshalb ein Gewissen gemacht. Wie konnte ich lachen, während meine liebste Freundin im Sterben lag? Aber die Trauer geht manchmal ganz eigene Wege, und gerade, wenn sie am grössten ist, tun wir vielleicht etwas, das uns selbst unverständlich ist.

Am Tag von Catherines Beerdigung wurde meine Ur-großmutter krank, *so wie man krank wird, wenn einem etwas zum Leben Wichtiges fehlt.* Da sie aber kein Fieber hat und auch sonst keine damals akzeptierten Merkmale einer körperlichen Erkrankung feststellbar sind, lässt die Oberin ihr nach drei Tagen ausrichten, wahre Trauer werde nie zur Schwäche, sondern verleihe dem Trauernden im Gegenteil Kraft – Sister Catherine hätte bestimmt nicht gewollt, dass ihretwegen der Unterricht an der Schule so lange ausfalle. *Aber die geringste Verrichtung, nur schon das Zurechtrücken des Kissens verlangte mir eine Kraft ab, die ich gar nicht besass. Und der Gedanke, vor die Kinder zu treten und den Unterricht fortzusetzen, lähmte mich: Ganz starr lag ich in meinem Bett, und ich befürchtete schon wirklich ernsthaft, dass ich vielleicht schon bald nicht einmal mehr aufstehen konnte, um die Notdurft zu verrichten, oder dass ich den Mund nicht mehr würde aufmachen können, um zu essen. Mary, die Arapahoe-Frau, die in der Küche arbeitete, brachte mir Suppe mit Rindfleischstücken, die ich noch kauen konnte, aber es kostete mich schon sehr viel Kraft, und vielleicht würden meine Kiefer diese Arbeit bald nicht mehr leisten können. Das hielt ich wirklich für möglich, und es machte mir grosse Angst. Aber ich musste doch bald aufstehen! Die Oberin hatte ja recht: Catherine hätte nicht gewollt, dass ihretwegen der normale Ablauf an der Schule gestört wurde.*

Sie zwang sich, aufzustehen. Das Anziehen erschöpfte sie, ihr fehlte die Kraft, die Schnürsenkel der Stiefel in den Ösen straff zu ziehen, und als sie endlich draußen vor ihrem Zimmer vor der Treppe stand, die hinunterführte, lähmte sie eine Trittangst, sie befürchtete, dass ihre Beine sie nicht tragen und sie mitten auf der Treppe dann aber auch nicht umkehren und ins Zimmer zurückgehen konnte, *mir kam diese Treppe vor wie ein See, über den ich schwimmen musste, und dessen anderes Ufer man aber nicht sah. Ich kehrte in mein Zimmer zurück und wusste nicht mehr ein noch aus, so verzweifelt war ich und spürte auch unsägliches Heimweh nach meinem Vater und meiner Mutter und den Lieben, die ich in Steinen zurückgelassen und nun schon so lange nicht mehr gesehen hatte und vielleicht auch nie wieder sehen würde, da ich befürchtete, hier in der Fremde zu sterben.*

In der Nacht klopfte Hauser an ihre Tür. Er war einen Tag vor Catherines Tod weggeritten, und offenbar war er gerade erst zurückgekehrt, denn er stand *noch in seinem Mantel aus Bärenfell, in dem das Eis an den Haaren klebte und mit der Satteltasche über den Schultern vor mir in meinem Zimmer, denn ich hatte auf sein Klopfen nicht geantwortet. Bei ihm war ein Hund, der an meinem Bett die Nässe und den Schnee abschüttelte, und dann schnüffelte er an meinen Kleidern, die ich einfach nur auf die Kleidertruhe gelegt* hatte. *Das war mir sehr unangenehm, aber ich hatte einfach nicht die Kraft, die beiden Eindringlinge abzuwehren. Hauser setzte sich einfach auf den Stuhl an mein Bett, und als ich fragte:* »Warum kommen Sie denn herein, wenn ich nicht darum gebeten habe?«, *antwortete er:* »Ja, verzeihen Sie mir, Fräulein. Aber ich will doch nicht, dass Sie so unglücklich sind. Man erzählte mir, dass Sister Catherine gestorben ist, als ich weg war, Gott habe sie selig, und ich weiss doch, wie sehr Sie sie geliebt haben. Und jetzt sind Sie krank vor Trauer, und diese Art Krankheit kenne ich weiss Gott selbst, da ich es selbst erlebt habe.«

Hauser erzählt ihr vom Tod seines Bruders Josef, wie sehr er darunter gelitten habe und so weiter. Meine Urgroßmutter schildert Hausers Erzählung über seine Trauer ausführlich, und von Zeile zu Zeile wird Hauser netter! Es stellt sich heraus, *dass er vielleicht unter seiner harten Schale nicht so grob und rücksichtslos war, wie man hätte meinen können.* Hauser füttert sie wieder! Diesmal nicht mit Äpfeln, sondern mit Pemmikan, einer Art Wurst aus gedörrtem Büffelfleisch, Knochenmark und getrockneten Beeren, die von den Arapaho und anderen Plains-Völkern hergestellt wurde, vom Geschmack her einem frischen Bündner Salsiz vergleichbar. Er dreht kleine Klümpchen daraus, und es fehlt nur noch, dass er sie ihr in den Mund steckt! Nein, sie nimmt die Klümpchen von der breiten Klinge seines Bowie-Messers, das er ihr mit dem Schaft voran hinstreckt, und dazu mischt er in einer Blechtasse Whiskey mit Wasser, davon trinkt sie. *Es war eine sehr wohlschmeckende und belebende Speise für Herz und Seele,* schreibt meine Urgroßmutter, aber ihre Seele wurde wohl vor allem durch Hausers Aufzählung aller Menschen gestärkt, die ihm gestorben waren, angefangen bei seiner Großmutter bis zu seiner Frau, die bei der Totgeburt seines Sohnes gestorben war, *und danach habe ihn, so sagte er, der Schmerz aus Deutschland weggetrieben, und so sei er nach Amerika gegangen. Ich sagte ihm daraufhin, mir sei es ganz gleich ergangen, auch mich habe der Tod des geliebten Mannes in die Fremde vertrieben. Da sagte er: »Ja sehen Sie, und jetzt, da Sie in der Fremde gerade heimisch werden wollten, ist Ihre gute Freundin Sister Catherine gestorben, und Sie fühlen sich wieder an den Anfang zurückgeworfen. Deshalb sind Sie krank geworden, weil Sie sich allein fühlen wie am ersten Tag, als Sie in Amerika ankamen. Aber sehen Sie nur, wie zufrieden mein Hund bei Ihrem Kaminfeuer liegt! Er hat noch keinen Namen. Ich überlasse es Ihnen, ihm einen zu geben. Nur zu! Wie soll er heissen?«*

Und sie gibt dem Köter einen Namen. Vor einigen Stunden noch konnte sie ihre Stiefel nicht schnüren und schaffte es nicht, eine Treppe hinunterzugehen. Aber jetzt ist sie munter genug, um einen Hund zu taufen, auf den Namen *Petz*, weil er sie an einen kleinen Bären erinnert. Aber Hauser ist mit dem Namen unzufrieden, er will einen englischen. Hat er ihr nicht soeben freie Hand bei der Namenswahl gelassen? Nein, jetzt muss sich meine Urgroßmutter einen englischen ausdenken, und sie nennt ihn *Black*, weil er sie an einen kleinen Schwarzbären erinnert. Also heißt er jetzt Black, und Hauser ruft ihn: »*Black! Komm, Black! Wir müssen jetzt gehen, das Fräulein braucht Ruhe und muss schlafen, damit die kleinen Rothäute morgen wieder eine Lehrerin haben, von der sie Lesen und Schreiben lernen.*«

Am nächsten Tag ist meine Urgroßmutter gesund. Sie schreibt ihre Genesung Hauser zu und bedankt sich bei ihm mit zwei Zigarren, die sie für ihn gekauft hat. *Er war darüber sehr erfreut und sagte, das sei das erste Mal, dass eine Frau ihm etwas schenke, und er werde die Zigarren gar nicht aufrauchen, dafür seien sie ihm zu kostbar.* Ich verstehe nicht, was sie antrieb, solches sechzig Jahre später ihrer Familie zu berichten, warum machte sie den Mörder ihres Geliebten und Vaters ihrer Tochter nett? War er überhaupt noch ihr Geliebter? Sie hat meinen Urgroßvater seit Wochen nicht mehr gesehen und keine Nachricht von ihm, aber sie bemüht sich auch nicht, die Arapaho, die sie in Fort Washakie antrifft, nach ihm zu fragen. Dabei ist er für sie unterwegs, auf der Pelzjagd, um mit dem Geld einen Ring für sie zu kaufen, hat sie das vergessen? Und sie schenkt ihrem Zimmernachbarn Zigarren! Erst als Hauser, der sie offenbar ein paar Tage nach ihrer Genesung in ihrem Zimmer besucht, das Otterfell entdeckt, das mein Urgroßvater ihr geschenkt hat, kehren ihre Gedanken zu ihm zurück. Hauser fragt sie, von wem sie dieses besonders schöne Fell erstanden habe und zu welchem Preis, *was mich in einige Verlegenheit brachte, denn es schien mir nicht ratsam zu sein, ihm darüber die Wahrheit zu sagen, da er von den Indianern gar nichts hielt und ihnen jede Schandtat zutraute, und zwar ganz unbegründet und nur aus seiner Abneigung heraus, was so weit ging, dass er einmal einen Buben namens Abrahahm aus meiner Klasse ohrfeigte, nur weil dieser im Stall Hausers Pferd getätschelt hatte, aber angeblich versucht habe, es zu stehlen! Obwohl der Stallmeister Abrahams Unschuld bezeugte, schlug Hauser dem Buben trotzdem so übel ins Gesicht, dass er aus der Nase blutete. Ich sagte ihm also auf seine Frage, woher ich das Fell denn hätte, dass ich es in New York bei meiner Ankunft in Amerika gekauft hätte, an den Preis könne ich mich nicht mehr erinnern. Er sagte: »Aber das ist ungeschnittene Rohware! Ganz so, wie die Indianer mir die Felle zum Tausch anbieten. Ich hätte gewettet, dass in New York gewiss nur zugeschnittene Felle verkauft werden, und auch nicht einzelne wie dieses, für das ein Fräulein wie Sie ja keine Verwendung hat, da es nicht bearbeitet ist.*

Ein Kürschner, wenn er zwanzig davon hätte, könnte einen schönen Mantel davon machen. Nein, dies ist Rohware, und es wundert mich, dass Sie es gekauft haben.« Ich sagte ihm, es hätte mir eben gefallen, weil es, wie er ja selber gesagt habe, ein besonders schönes Fell sei, und ich hätte es eben gekauft, um im Winter meine Hände hineinzustecken und sie zu wärmen. Aber er begutachtete das Fell nun noch gründlicher, und wieder sagte er: »Das ist jedenfalls Indianerware«, und er warf das Fell auf mein Bett und ging ohne ein weiteres Wort hinaus, was mich aber gar nicht kümmerte.

Einige Tage nach dieser Begegnung, kurz vor Weihnachten, brach Hauser bei Eis und Schnee auf, niemand wusste, wohin er ritt und zu welchem Zweck.

Am Neujahrstag stand mein Urgroßvater, eingehüllt in eine Bisonrobe, vor der Kirche, als meine Urgroßmutter zur Messe erschien, er sagte, er habe hier seit gestern Abend auf sie gewartet. In dieser Kälte hatte also John eine ganze Nacht auf sie gewartet, um sie am Morgen hier zu sehen. Er wusste, dass sie zur Messe kommen würde, und nun stand er vor ihr, halb erfroren, mit kleinen Eiszapfen im Haar und mit blauen Lippen. Sie schreibt, ihr Herz habe geklopft wie noch nie zuvor in ihrem Leben. Aber die beiden waren bei dieser ersten Begegnung seit Monaten nicht allein, die anderen Kirchgänger störten durch ihre Blicke und großen Ohren, und der Pfarrer nahm meinen Urgroßvater, der erst vor drei Monaten getauft worden war und seither keinen Gottesdienst besucht hatte, am Arm und führte ihn persönlich in die Kirche, wo er dann auf der Männerseite stand, in seiner Bisonrobe, die steif gefroren war und die nun in der Körperwärme der Christengemeinde auftaute. *Ich blickte ja bei der Messe immer zu ihm hinüber*, schreibt meine Urgroßmutter, *und mich dauerte, wie er schlotterte, weil er so erfroren war, und vom Saum seines Bisonpelzes tropfte das Schmelzwasser hinunter auf den Boden. Ich machte mir auch ein Gewissen, weil er wegen mir die ganze Nacht in der Kälte gestanden war. Aber dann wieder verstand ich nicht recht, warum er dies getan hatte, dazu hatte ja keine Notwendigkeit bestanden, er hätte doch auch im Pferdestall die Nacht verbringen können, das war gebräuchlich bei den Arapahoe, wenn sie die Missionsstation besuchten. Man liess sie dort schlafen und gab ihnen auch wollene Decken.*

Nach der Messe flüstert sie meinem Urgroßvater zu, er solle ihr folgen, aber in einiger Entfernung, damit niemand es bemerkt. Auf dem Weg zu ihrem Zimmer macht sie sich Sorgen, dass vielleicht doch jemand aufmerksam geworden ist und ihn sieht, wie er ihr in die Unterkunft folgt, *aber als ich vor dem Haus ankam, war er schon vor mir dort! Ich konnte mir gar nicht erklären, wie er schneller als ich dort sein konnte, da ich ihn ja nicht vor mir herlaufen gesehen hatte! Im Haus,* als wir die Treppe hinaufgingen, legte ich den Finger an meine Lippen, damit er leise war, aber das war gar nicht nötig. Obwohl er seinen schweren Umhang aus Bisonfell trug, bewegte er sich so leise, dass nicht einmal die Stufen knarrten! Auch in meinem Zimmer verhielt er sich ganz still und gab mir Handzeichen, um mit mir zu reden. Er setzte sich ans Kaminfeuer und wärmte sich, und als er die Haare herabfallen liess, um sie zu trocknen, war dies ein sehr schöner Anblick, wie auch, wenn er lachte und seine ebenmässigen, weissen Zähne sehen liess. Ich legte Holz ins Feuer nach, damit er auch seine nassen Kleider trocknen konnte, es dampfte in meinem Zimmer bald wie in einer Therme! Und wie wir da beide am Feuer sassen, streifte John einen seiner Ringe ab, von denen er etliche trug, auch zwei oder sogar drei an einem Finger, und legte ihn mir in die Hand. Er war aus Messing, das schon sehr patiniert und fast schwarz war. John sagte, diesen Ring schenke er mir. Aber wenn er nächstes Mal mehr Glück bei der Jagd habe, so werde er mir einen Silberring mit einem Opalstein schenken, den er mir ja im Sommer schon versprochen hatte. Mir war aber auch dieser einfache Ring lieb, und ich sagte es ihm. Nun wollte ich ihm aber auch etwas von mir schenken, und das war eine kleine Brosche aus Elfenbein, die mir sehr lieb war, denn es war eine schöne Hand mit einer Rose. John freute sich sehr über diese Brosche, und nachdem er sie lange betrachtet und im Licht des Feuers hin und

*her gedreht hatte, nahm er meine Hand und führte sie
sich über den Arm, das machte er mehrmals, und zuerst glaubte ich, dass es etwas mit der Brosche zu tun
hatte, da sie ja eine Schnitzerei war, die eine Hand
zeigte. Aber dann sagte er, dies sei bei den Arapahoe
Sitte, und er ermunterte mich, ihm über den Arm zu
streichen, wozu auch nicht viel Überwindung nötig
war!*

An dieser Stelle lässt meine Urgroßmutter die Szene
schweigend ausklingen. Die Bedeutung der Geste ist
übrigens eine explizite: Wenn ein Mann einer Ara-
paho-Frau gefiel und sie ihm in sein Zelt folgen wollte,
strich sie ihm über den Unterarm. Meinen Urgroßvater irritierte es wahrscheinlich, dass nicht sie ihm in
sein Zelt, sondern er ihr in ihres gefolgt war, und um
wenigstens den Anschein zu wahren, dass bei dieser
Begegnung alles mit rechten Dingen zuging, forderte
er sie zu dieser Berührung auf.

*Am nächsten Morgen bei Sonnenaufgang verabschie-
deten wir uns, und John schlich sich so leise, wie er gekommen war, nach draussen, und ich schaute ihm von
meinem Zimmer aus durchs Fenster nach, das ganz
vereist war und von dem ich das Eis abkratzen musste.
Es war ein düsterer Morgen fast ohne Licht, da es stark
schneite, und bald konnte ich John in dem Schneege-
stöber nicht mehr sehen, und mir schien, dass nur der*

Schnee zurückblieb. Da mich eine seltsame Trauer ergriff, drehte ich den Ring, den er mir geschenkt hatte, an meinem Finger und betrachtete ihn, und das gab mir Zuversicht. Vielleicht war diese Trauer eine Vorahnung, dass ich John an diesem Morgen zum letzten Mal sah. Aber damals konnte ich das nicht wissen, und ich hielt meine Niedergedrücktheit für einen Abschiedsschmerz, wie ihn jeder Mensch fühlt, der einen geliebten Menschen fortgehen sieht, und der nicht weiss wann er ihn wiedersehen wird. Denn John hatte mir erzählt, dass er sich um seine Verwandten kümmern müsse, die jetzt im Winter auf ihn angewiesen seien, da viele von ihnen entweder noch Kinder oder schon zu alt seien, um sich selbst auf der Jagd mit Fleisch zu versorgen. Als ich ihn fragte, ob denn die Rationen von Getreide und Dörrfleisch, die die Indianeragenten an die Arapahoe verteilten, nicht ausreichend seien, um seine Verwandten zu ernähren, antwortete John, die Agenten seien Diebe, sie würden das Getreide und auch sonst viele der Waren, die die Regierung den Arapahoe schicke, unter sich aufteilen und verkaufen. Würde er nicht auf der Jagd Fleisch beschaffen, so würden seine Verwandten gewiss verhungern. So wusste ich also, dass ich ihn wieder eine unbestimmte Zeit lang nicht sehen würde, und das machte mir das Herz schwer.

Der Winter verging, und im März, bei Tauwetter, wurden die Wege schlammig, *dreimal am Tag* musste ich meine Stiefel vom Schlamm reinigen mit einer Bürste und Wasser, eine Mühe, die sich Hauser nicht machte. An einem Sonntagabend, als sie zu Bett gehen wollte, klopfte Hauser an die Tür meiner Urgroßmutter, und als sie öffnete, trat er ungebeten ein, *und noch mehr Dreck als er mit seinen ganz vom Schlamm bedeckten Stiefeln brachte der Hund Black in mein Zimmer. Hauser hatte sich den Bart abrasiert, aber dafür hingen ihm jetzt die Haare wie Putzfäden vom Kopf, und um die Stirn trug er einen schmutzigen Verband, da ihn, wie er sagte, ein Indianer mit einem Tomahak habe erschlagen wollen, um sein Pferd zu stehlen. »Der wird jetzt niemanden mehr bestehlen«, sagte Hauser, »denn er trägt gar keinen Kopf mehr auf den Schultern!« Damit jagte er mir grosse Angst ein und auch mit seinem wilden Blick, den er jetzt hatte. Ich sagte ihm, mir sei nicht wohl, und ich wolle mich jetzt zum Schlafen legen, da ging er wieder und machte diese Nacht auch keinen Lärm. Aber ich fand trotzdem lange Zeit keinen Schlaf, denn kaum schloss ich die Augen, sah ich seinen dunklen, zornigen Blick wieder vor mir, und ich musste daran denken, dass er mit seinem Messer, das er in einer ledernen Scheide am Gürtel immer bei sich trug, diesen armen Indianer so grausam getötet hatte, und dass dieses Messer jetzt da drüben im Zimmer neben dem meinen lag.*

Einige Tage später wurde in Fort Washakie die Ankunft des Frühlings gefeiert mit Musik und Tanz. Meine Urgroßmutter tanzte zuerst mit einem jungen Farmer aus der Umgebung, aber dann erschien Hauser, *gestriegelt und geschniegelt, sogar die Haare hatte er sich schneiden lassen und Rasierwasser benutzt.* Hauser bat sie um den nächsten Tanz, und als der Farmer ihm erklärte, diesen Tanz habe sie schon ihm versprochen, steckte Hauser ihm eine Dollarmünze ins Hutband, *und sehr zu meiner Enttäuschung liess der junge Mann sich auf diese Weise bestechen und machte sich davon. Ich hätte weiss Gott lieber mit ihm getanzt, aber nun musste ich mit Hauser tanzen, denn ich traute mich nicht, ihm einen Korb zu geben. Noch viel lieber hätte ich mit meinem John getanzt, aber es war nun eben so, wie es war, und ein so ungeschickter Tänzer, wie ich gedacht hatte, war Hauser dann doch nicht. Er führte mich sogar recht gut, und eine Weile lang vergass ich meine Angst und meine Abneigung gegen ihn. Es zeigte sich, dass er sogar die Polka tanzen konnte, und wir wirbelten gehörig herum! Danach kaufte er mir einen Maiskolben und Fleisch vom Feuer, und das nahm ich an, denn das Tanzen hatte mich hungrig gemacht. Nur den Whiskey, den er mir anbot, lehnte ich ab. Daraufhin sagte er: »Wenn Sie nichts trinken, will ich auch darauf verzichten. Denn es soll jetzt nichts meine Sinne trüben, wenn ich mit einem so hübschen Fräulein*

gleich noch einmal tanze.« Wir tanzten dann noch
längere Zeit, denn ich konnte ja nicht wissen, was geschehen war und was er getan hatte. Aber als ich es
dann erfuhr, bereute ich jeden Tanz, den ich mit ihm
getanzt hatte, und mir war jede vorherige Berührung
mit ihm widerwärtig, und ich wünschte, ich könnte
das alles rückgängig machen, dass ich also nie mit
ihm getanzt und dabei nie mit ihm in Berührung gekommen wäre. Denn als wir schon spät am Abend
auf dem Rand eines Pferdetrogs sassen, um vom Tanzen zu verschnaufen und den anderen Tanzenden zuschauten, die sich im Schein von Fackeln und anderen
Feuern drehten und lustig waren, da sagte Hauser plötzlich: »Ich möchte Ihnen jetzt etwas schenken! Und Sie dürfen nicht Nein sagen und müssen es
behalten! Denn es ist ein Geschenk, das von Herzen
kommt.« Und jetzt zog er aus seiner Weste die Brosche hervor, die ich John geschenkt hatte! Ich konnte
zuerst meinen Augen nicht trauen, und ich rannte
mit der Brosche zu einem Feuer, um mir die Brosche
genau anzusehen. Und wenn ich gehofft hatte, dass
es vielleicht nur eine ähnliche Brosche sei, aber nicht
meine, so wurde ich jetzt enttäuscht. Denn es war ja
eine Elfenbeinschnitzerei, die eine Hand darstellte,
die eine Rose hielt, und seit mir die Brosche einmal
heruntergefallen war, fehlte ein Stück eines Rosen-
blatts, und das war hier genau auch der Fall, sodass
es unzweifelhaft meine Brosche war! Ich zitterte so

sehr, dass ich die Brosche fallen liess, und als ich sie aufhob, wurde mir schwarz vor den Augen und Hauser wollte mich stützen, aber ich schrie, als ich seine Hände spürte. Da liess er mich los. Ich sagte: »Woher haben Sie diese Brosche! Sagen Sie es mir! Woher haben Sie sie!« Und er sagte: »Warum regen Sie sich so auf, mein Fräulein? Gefällt Sie Ihnen nicht? Ich habe sie bei dem Indianer gefunden, der mein Pferd stehlen wollte. Bestimmt hat er sie bei einem Überfall gestohlen, und es ist nur gerecht, dass sie nun Ihnen gehört.« Aber während er dies sagte, hatte er wieder diesen wilden Blick, und sogar sein Hund Black, der bei ihm war, bellte ihn an, und da wusste ich, dass er mich anlog. Er hatte John getötet, und nicht aus Zufall, das sah ich in seinen Augen. Dort stand es geschrieben, als er mich derart anblickte. Und er wusste es auch, dass ich es erkannte. Denn als ich ohne ein weiteres Wort davonging, liess er mich ziehen und versuchte nicht einmal, mich aufzuhalten.

Mit der Brosche fest in der Hand lief ich auf der Strasse nach Lander zu dem Platz, an dem John und ich einander zum ersten Mal in den Armen hielten, und ich kann nicht sagen, wie sehr ich dort weinte, in der Dunkelheit und so allein, wie ich noch nie in meinem Leben gewesen war. Ich blieb dort bis Sonnenaufgang, dann ging ich zurück nach Fort Washakie, obwohl ich in der Schule schon vermisst wurde, was mir ganz gleichgül-

*tig war. Ich irrte herum und fragte jeden Arapahoe,
der sich dort aufhielt, ob er etwas von John wisse oder
Nisono'oho, aber als niemand mir Auskunft geben
konnte, ritt ich noch am selbigen Tag mit dem Pferd
des Pfarrers, das dieser mir auslieh, nachdem ich ihm
erzählt hatte, was vorgefallen war, nach Westen, wo
sich ein Dorf der Arapahoe befand. Am Abend kam
ich dort an, es lebten dort fast nur alte Männer und
Frauen, und bei ihnen erhielt ich dann die schreckli-
che Gewissheit, dass John tot war. Denn sie sagten, sie
hätten gehört, dass der Nisono'oho ganz in der Nähe
von einem weissen Mann erschossen worden sei, und
zwar vor einer Woche. Seine Verwandten hätten den
Leichnam geborgen, und es sei unter ihnen Streit darüber entstanden, ob man ihn beerdigen solle, wie es
die Christen unter ihnen wollten, oder ob man ihn
nach Sitte der Arapahoe auf einem Gestänge aufbah-
ren solle. Als ich nun die Gewissheit hatte, dass John
tot war, war mir, als würde mir die Lebenskraft aus
dem Herz entweichen, und ich blieb völlig schwach zurück, ohne Kraft und ohne Hoffnung, je wieder zu lachen oder mich an etwas zu erfreuen. Mehrere Tage
blieb ich bei diesen Arapahoe, die mir von dem wenigen, das sie hatten, alles gaben, und in der Nacht blieb
eine sehr liebenswürdige alte Frau namens Hisei Tohut
bei mir, und jedesmal, wenn ich weinte, strich sie mir
über die Stirn und über den Rücken und sang leise. Es
war mir ein grosser Trost, dass sie da war, und noch*

*heute träume ich manchmal von ihr und spüre dann
wieder ihre warmen Hände auf meiner Stirn.*

Als meine Urgroßmutter zur Missionsstation zu-
rückkehrte, erfuhr sie, dass Hauser weitergezogen
war, niemand wusste, wohin. Die Oberin stellte sie
zur Rede, weil sie die Schüler so lange im Stich gelassen hatte, und außerdem hatte Hauser vor seiner
Abreise die Oberin darüber informiert, dass meine
Urgroßmutter Umgang mit einem Arapaho hatte.
Dies vor allem genügte der Oberin, um beim Leiter
der Missionsstation ihre Entlassung aus dem Schul-
dienst zu beantragen. Das war unnötig. Meine Urgroßmutter bereitete ohnehin ihre Abreise aus Fort
Washakie vor, da sie nicht länger an diesem Ort leben wollte, an dem sie zuerst Catherine und nun John
verloren hatte, die Menschen, die sie am meisten geliebt hatte. Sie überlegte sich, nach Denver zu ziehen, denn der Kommandant des in Washakie statio-
nierten Regiments hatte ihr erzählt, ein guter Freund
von ihm habe in Denver eine Zeitung gegründet und
suche eine Redakteurin für die von ihm geplante
Mode- und Haushalts-Rubrik. Da meine Urgroßmutter gerne schrieb, gelegentlich sogar Gedichte ver-
fasste, hätte sie das Angebot wahrscheinlich angenommen – wenn sich nicht die Anzeichen, dass sie
schwanger war, gehäuft hätten. Es gab in Fort Washakie niemanden, dem sie sich in dieser Angelegenheit

anvertrauen konnte, und so war sie sich lange Zeit nicht sicher, bis ihr Körper sich unmissverständlich zu verändern begann. Sie empfand es als weiteren Schicksschlag, der sie traf, aber dann erkannte sie, dass John ihr, wenn man so wollte, ein Leben für seines schenkte, und dass dadurch eine untrennbare Verbindung zwischen ihr und ihm entstand, und sie begann das Kind zu lieben. Unter keinen Umständen aber wollte sie es hier in Wyoming, überhaupt in Amerika zur Welt bringen, denn dass einem Halbblut hier von jeder Seite Verachtung entgegenschlug, hatte sie ja oft genug schon beobachtet. In ihrer Heimat Steinen würde man zwar über ihre Rückkehr als schwangere Frau ohne Mann nicht jubeln, auch in Steinen würde es das Kind schwer haben, aber man würde ihm nicht ins Gesicht spucken, nur weil sein Vater ein Indianer war, denn die Menschen aus Steinen kannten Indianer nur aus Büchern, und darin gab es auch edle und anständige Indianer, und waren nicht die Morschacher in den Kindheitstagen meiner Urgroßmutter durchaus stolz auf ihren Japaner gewesen, der aus irgendeinem Grund in ihrem Dorf gestrandet war und dort bis zu seinem Tod unter dem Namen Japanesen-Sepp gelebt hatte?

Meine Urgroßmutter machte sich also mit dem Kind im Leib auf die lange Reise zurück nach Steinen im Kanton Schwyz.

So war das. Das ist die ganze Geschichte, wie meine Urgroßmutter sie in ihrem Tagebuch beschrieben hat. Jedenfalls dachte ich, dass es so gewesen ist. Es gab keinen Grund, daran zu zweifeln. Bis ich Hebesisei Willow traf –

ONONDAGA

Ich fuhr von Fort Washakie ostwärts nach Riverton, denn dort gab es ein Hampton Inn. Riverton lag außerhalb der Grenzen der Wind River Reservation der Northern Arapaho, und Cloud hatte mir ja davon abgeraten, im Motel des Casinos zu übernachten, das die Nördlichen Arapaho betrieben. In Riverton war es kürzlich zu einem *Hate Crime* gekommen, bei dem ein weißer Parkwächter in eine Entzugsklinik für Alkoholabhängige eingedrungen war und dort auf die Arapaho geschossen hatte, die vom Alkohol wegkommen wollten. Er tötete zwei Männer, die er nie zuvor gesehen hatte, er tötete sie, weil sie wie Arapaho aussahen. Viele Rivertoner äußerten auf Facebook und in Leserbriefen Verständnis für den Mörder, da ihrer Meinung nach in der Heimat der Arapaho zu viele Arapaho lebten. Ich war also auf Riverton nicht gut zu sprechen, und als ich durch die nach den Schüssen nun wieder schläfrige Kleinstadt fuhr, bedrückte mich die Trivialität der Motive, aus denen damals die Einwanderer aus Dublin, Braunschweig und Newcastle die einheimischen Arapaho von ihrem Land vertrieben hatten. Sie hatten mit Mord und Feuer dieses Land gestohlen, damit ihre Nachfahren darauf *Will's Swap Shop, Graham's Gluten-Free Foods, Sue's Nail Studio* bauen konnten, sowie *Bomber's Sports Bar,* einen *Burger King,* eine *Pizza Hut* und zwei Tankstellen, an denen man 10-Liter-Säcke *Crushed Ice* kaufen konnte. Das war alles. Das war Riverton. Dafür hatte man Menschen vertrieben und umgebracht.

Ich warf einen Blick in *Bomber's Sports Bar*: Ein paar Männer tranken Bier, einer rieb den Billardstock mit Kreide ein, an der Wand hing ein Poster, das eine Insel mit Palmen zeigte. Die Nachfahren der Einwanderer träumten sich weg an einen schöneren Ort. Ihretwegen hätte man diesen mörderischen Aufwand nicht betreiben müssen, sie langweilten sich in Riverton nur. Sie langweilten sich in der Heimat meines Urgroßvaters, der dieses Land geliebt und es in sich getragen hatte als eine innere Erfahrung.

Ich mietete ein Zimmer im Hampton Inn und fragte den Rezeptionisten, einen jungen blonden Mann, dem ein Stück seines Schneidezahns fehlte, nach dem

Enrollment Office. Seinem Akzent nach war er Pole oder jedenfalls Osteuropäer.

Which Enrollment Office, Sir?

Der Begriff *Arapaho* war ihm nicht geläufig, aber er kannte die Shoshonen, die sich das Reservat mit den Arapaho teilten. Ich fragte ihn, woher er stamme, und er sagte *From Brasil, Sir.* Freundlicherweise suchte er für mich im Internet das Enrollment Office der Nördlichen Arapaho, und da die Öffnungszeiten nicht ersichtlich waren, rief er dort an und vereinbarte einen Termin. Es befand sich in Ethete, nur fünf oder sechs Meilen östlich von hier.

Ich fragte ihn, ob er sich in Riverton langweile.

Er lachte.

Oh, not always, Sir! Er erzählte mir, eine Ausbildung in den USA sei für Angestellte von Hilton Brazil Verpflichtung, und Hampton gehöre zu Hilton, aber in drei Monaten sei seine Zeit hier um, und dann kehre er nach São Paulo zurück – dabei leuchteten seine Augen, was ich ihm übel nahm. Ich sagte ihm, dieses Land hier sei die Heimat meines Urgroßvaters gewesen, dem es lieber gewesen wäre, wenn die Leute, die hierherkamen, sich vorher überlegt hätten, ob sie sich nicht lieber woanders langweilen wollten.

Sorry Sir, I didn't want to offend you! Not at all!

Ich sagte, nein, ich müsse mich entschuldigen.

Später lag ich auf dem Bett und betrachtete die Lamellen der Klimaanlage. Sie bewegten sich auf und ab, sehr langsam. Es war das sehr bedächtige Zwinkern eines merkwürdigen Auges.

Ich war unschlüssig –

Ich betrachtete im Liegen meine Zehen. Sie kamen mir jung vor. Sie waren nicht annähernd so stark gealtert wie mein Gesicht. Meine Zehen hätten als die eines Dreißigjährigen durchgehen können. Jetzt fiel mir auf: Meine Beine auch! Meine Beine waren die eines Mannes, der zwanzig Jahre jünger war als ich. Ich betrachtete verwundert meine Hände: Es galt auch für sie. Hände, Füße und Beine waren altersloser als mein Gesicht, an ihm nagte die Zeit offenbar lieber, das Gesicht schmeckte ihr offenbar am besten und war für sie ein Leckerbissen, bald würde sie es weggenascht haben. Und man wird mich mit jungen Fingern und Zehen begraben.

In der Nacht wachte ich mit heftigen Kopfschmerzen auf. Ich fühlte meinen Puls. Er war exakt. Es war zwei Uhr morgens. Ich hatte keine Ahnung, was mit mir los war. Ich schüttete ein Pulver aus Kalium und Magnesium in ein Glas Wasser, rührte mit dem Finger um, trank. Danach wieder Pulsfühlen. Er war regelmäßig, es gab keinen Grund, meinem Herz zu misstrauen,

und trotzdem machte ich mich auf eine Episode gefasst, denn ich fühlte die gleiche innere Unruhe, die
jeweils einer Episode voranging, bevor das Herz anar-
chistisch wurde.

Ich streckte die Hand aus und sah: Diese noch junge
Hand zitterte. Sie zitterte, weil keine andere da war,
die sie hielt. Das kam mir in den Sinn, als ich sie zit-
tern sah. Es war eine Hand, die in der Luft hing. Ihr
fehlte etwas, worauf sie sich niederlassen konnte,
oder etwas, das ihr ihr eigenes Gewicht abnahm und
sie trug. Ich legte sie auf die Bettdecke. Aber dadurch
änderte sich nichts. Nun war sie oben unbedeckt. Ich
nahm sie in meine andere Hand und drückte sie.

Ich saß im Bett und hielt meine eigene Hand. So wartete ich auf das Tageslicht.

Mein Termin im Enrollment Office war um zehn Uhr.
Um halb zehn stand ich schon an der Plunkett Road
in Ethete. Es befand sich dort das *Tribal Office* der
Northern Arapaho, aber, wie mir ein freundlicher
Arapaho mit dickrandiger Brille mitteilte, nicht das
Enrollment Office. Dieses sei in Fort Washakie.

Der Brasilianer und seine Zuverlässigkeit!

Also nach Fort Washakie. Berauschende Fahrt. Ein
singender Himmel. Alles leuchtete aus sich selbst heraus im Auftrag der Sonne. Eine von Tizian gemalte

173

Prärie, vom alten Tizian, der die Farbe mit den Fingern verstrichen hatte, und darüber dieser lebendige blaue Mantel, bestickt mit Wildenten und einem Habicht oder Bussard, der ihnen nachstellte. Ich hatte die halbe Nacht lang meine eigene Hand gehalten und war euphorisch vor Müdigkeit und entschlossen, diesen so herrlichen Tag für immer in Erinnerung zu behalten als den Tag, an dem ich offiziell in den Stamm der Hinono'ei aufgenommen wurde.

Im Enrollment Office war außer mir niemand, trotzdem bat mich die Beamtin, eine kleine, schmale Frau mit schönen schwarzen Haaren, in der Warteecke Platz zu nehmen. Die Beamtin hieß Anita Returnstowar, das Namensschild stand auf dem Schaltertresen, daneben eine Plastikblume in einem Töpfchen.

Ich blätterte in einer Zeitschrift für Angelzubehör und hörte Anita Returnstowar mit schöner, melodiöser Stimme telefonieren, sie sprach Hinono'eitiit. Vor Jahren hatte ich den Versuch unternommen, die Sprache zu lernen, deren Struktur aber schwer zu begreifen ist. So heißt beispielsweise *Ich verstehe* Hee'ínowoo und *Ich verstehe nicht* Neihoowóé'in – welches ist der Wortstamm und weshalb ist die Ich-Endung hier nicht wie sonst noo? Viele der Wörter klingen für europäische Ohren ähnlich, da sie sich aus vielen ähnlichen Silben wie etwa hoo, woo, hii zusammensetzen. Es ist eine opulente, wortmalerische Sprache für Menschen, die sich beim Sprechen viel Zeit lassen, und für die Sprache auch eine ästhetische Funktion hat, und da das Hinono'eitiit erst vor Kurzem verschriftlicht wurde, hat es noch nicht den Prozess der Straffung, Vereinfachung und Versachlichung durchlaufen, den eine Verschriftlichung mit sich bringt. Diese Sprache ist noch ganz Gesang und Verschwendung, und vielleicht wird sich das nicht mehr ändern, bevor sie ausstirbt, vielleicht verschwindet sie in Schönheit von dieser Erde.

Ich hörte Anita Returnstowar aufmerksam zu und freute mich, das Wort Hiiko zu verstehen, ich sah vom Büffel wenigstens ein Haar seines Fells.

Danach bat sie mich an den Schalter. Es wäre jetzt von Vorteil gewesen, wenn ich damals doch eifriger Hinono'eitiit gelernt hätte, ein paar Sätze hätten meiner Bitte um Aufnahme in den Stamm mehr Gewicht verliehen.

Ich war nervös.

»Ich möchte mich einschreiben«, sagte ich.

»Einschreiben?«

»Ja. In die Stammesliste der Northern Arapaho. Das ist doch das Enrollment Office? Ich bin doch hier richtig?«

»Ja«, sagte sie. »Aber es können sich nur Personen mit Arapaho-Abstammung bewerben.«

»Das ist bei mir der Fall. Mein Großvater war Arapaho.«

Sie blickte mich an. Ich konnte später immer noch behaupten, ich hätte mich versprochen und Urgroßvater gemeint.

»Haben Sie das Formular schon ausgefüllt?«, fragte sie.

»Nein. Nein, ich wusste nicht, dass es ein Formular gibt. Aber ich würde es gern ausfüllen.«

»Und welchem Stamm gehörte Ihr Großvater an?«

»Er war Hinono'ei.« Die Antwort Arapaho wäre falsch gewesen.

Sie nickte. »Und wissen Sie, von welchem Clan?«

»Er gehörte dem Antilopen-Clan an«, log ich. Ich kannte nur diesen einen Clan, hatte einmal darüber gelesen; es war zumindest nicht unmöglich, dass mein Urgroßvater ihm angehört hatte.

»Das ist der Clan von Black Coal«, sagte sie. Jetzt wusste ich auch wieder, woher ich den Antilopen-Clan kannte, nämlich aus dem Wikipedia-Eintrag über Black Coal, einen berühmten und umstrittenen Anführer der Nördlichen Arapaho.

»Ja genau«, sagte ich, »Black Coal.«

Seufzte sie? Für sie klang es ja so, als würde ein Ägypter, der Deutscher werden will, behaupten, sein Großvater sei Deutscher gewesen und im selben Dorf geboren worden wie Konrad Adenauer.

Aber um herauszufinden, ob das Unwahrscheinliche zutraf oder nicht, gab es Formulare. Anita Returnstowar druckte sie aus und legte sie mir hin, fünf

Blätter. Das erste trug den Titel *Tribal Enrollment Procedures.*

»Am besten lesen Sie alles erst mal in Ruhe durch«, sagte sie. »Und dann kommen Sie wieder.«

»Ich lese es gleich hier durch, wenn ich darf? Ich bin nämlich auf der Durchreise und würde den Eintrag gern gleich jetzt einreichen.«

»Lesen Sie es einfach durch. Wo immer Sie wollen. Sie dürfen sich gern ins Wartezimmer setzen.« Damit meinte Sie die Ecke, die ich ja schon kannte.

Ich las dort die sechs ersten Punkte der *Procedures.*
Complete the TRIBAL ENROLLMENT APPLICATION
Submit a long form, state certified BIRTH
   CERTIFICATE
Submit a SOCIAL SECURITY CARD
Complete the MEMBERSHIP RECORD form
Complete the FAMILY TREE form
DOCUMENTATION FROM OTHER INDIAN TRIBE or
   agency

Dann der Hinweis, dass *a blood quantum equal to or greater than ¼ Arapaho* erforderlich war.

Dann folgten die Fragen:
Applicant's name?
Degree of A Blood?
Soc. Sec#?

Applicant's Mother?
Applicant's Mother Degree of A?
Applicant's Father?
Applicant's Father Degree of A?

Mit *A Blood* war der Grad der Arapaho-Abstammung gemeint. Bei meiner Mutter war es ein Viertel. Aber es hätte bei mir ein Viertel sein müssen. Also trug ich unter *Applicants Degree of A Blood* die Zahl ¼ ein, und unter *Applicant's Mother Degree of A* ½, wie es bei meiner Großmutter der Fall gewesen war.

Doch dann wurde ein lückenloser Stammbaum bis zu den Urgroßeltern väterlicher- und mütterlicherseits verlangt. Ich kannte die Namen meiner Großeltern mütterlicherseits, und den Namen meines Großvaters väterlicherseits, aber schon nicht mehr den Namen meiner Großmutter väterlicherseits. Ich hatte als Kind zu den Großeltern väterlicherseits ein vages Verhältnis gehabt, das mir von meinem Vater vererbt worden war, der zu seinen Eltern Distanz gehalten und sie nur besucht hatte, wenn es unumgänglich gewesen war. Ich weiß nicht, wie sehr es daran lag, dass meine Mutter ihre Schwiegereltern für stur und spießig hielt. Jedenfalls herrschte bei den wenigen Begegnungen, an die ich mich erinnere, eine kühle Stimmung; ich reichte meinen Großeltern jeweils förmlich die Hand zur Begrüßung. Mein Großvater väterlicherseits hieß Anton, aber die Großmutter? Sie war Bernerin. Sollte ich das ins Formular schreiben: *I don't know her name, but she was from Bern?*

Die Namen meiner Großeltern mütterlicherseits hätte ich ins Formular eintragen können, und noch mehr als ihre Namen, ich hätte eine Beschreibung ihrer Persönlichkeit liefern und einige Anekdoten erzählen können. Aber dies war der äußerste Punkt meiner Familienkenntnis, danach begann das Vergessen. Ich kannte natürlich den Namen meiner Urgroßmutter und meines Urgroßvaters mütterlicherseits. Aber ohne das Tagebuch meiner Urgroßmutter wäre mir ihr Leben genauso verborgen geblieben wie das meiner anderen Urgroßeltern. Leben ist schon ein großes Wort: Nicht einmal ihre Namen kannte ich! Und nicht, wo sie gelebt, welchen Beruf sie ausgeübt und wann und woran sie gestorben waren. Hatte mein Urgroßvater väterlicherseits Geschwister gehabt? Ich wusste es nicht. Wie viele Kinder hatte meine Urgroßmutter väterlicherseits geboren? Ich wusste es nicht. Erinnerte sich noch irgendjemand aus meiner Familie an sie, hätte mir jemand sagen können, wie sie hießen, ob sie Bäcker oder Ärzte gewesen waren und wie viele Kinder sie gehabt hatten? Nein. Der Einzige, der bis vor wenigen Jahren vielleicht noch eine Erinnerung an die beiden besaß, mein Onkel Joseph, erkannte inzwischen seine eigenen Kinder nicht mehr. Die Leben meiner Urgroßeltern väterlicherseits wurden nur noch durch die Existenz von Nachfahren bezeugt, die sich nicht mehr an sie erinnerten. Sie waren von Menschen mit einer eigenen Lebensgeschichte zu *irgendwelchen* Urgroßeltern geworden, weil niemand mehr ihre Geschichte erzählte. Niemand in unserer Familie hatte sich die Mühe gemacht, die Ahnen im Gedächtnis zu behalten, und nun musste ich die beiden Felder im Formular *Tribal Enrollment Procedures* weiß lassen, und diese Farbe war eine sprechende Farbe, sie sagte: *Du bist ein Wasichu!* Denn natürlich: Ein Arapaho kannte die Namen seiner Urgroßeltern. Ja, aber ich musste den Wasichu eben abstreifen. Ich beschloss, nach meiner Rückkehr meine Urgroßeltern väterlicherseits kennenzulernen, ihre Leben zu recherchieren in den Archiven der Bürgerämter und ihre Namen auch an Jonas weiterzugeben, damit er sie wenigstens einmal gehört hatte.

Fromme Vorsätze –

»Ich kann dieses Formular im Augenblick nicht vollständig ausfüllen«, sagte ich zu Anita Returnstowar. »Aber vielleicht kann ich es später, wenn ich wieder zu Hause bin, nachträglich noch einreichen? Ich erfülle ja die Kriterien für die Aufnahme in den Stamm. Wie schon gesagt, mein Urgroßvater war Hinono'ei, und mehr wird ja nicht verlangt.«

Urgroßvater! Es war mir über die Zunge gesprungen, und nun war das Wort draußen, ein entlaufenes

Wort, das ich aber nicht wieder zurückholen wollte. Die Großvater-Lüge hatte mir ohnehin nicht behagt. Ich wollte mich nicht auf unredliche Weise in den Stamm einschleichen. Cloud hatte mir geraten, es wenigstens zu versuchen, nun gut, das hatte ich hiermit getan.

»Hier im Formular haben Sie Ihren Großvater als Arapaho eingetragen«, sagte Anita Returnstowar und zeigte mir das betreffende Formularfeld. »Eben sprachen Sie aber von Ihrem Urgroßvater?«

»Ja. Verzeihen Sie, ich habe da etwas durcheinandergebracht. Nein, mein Urgroßvater war Arapaho, nicht mein Großvater. Aber für mich macht das keinen Unterschied. Bin ich weniger Arapaho, wenn nur mein Urgroßvater einer war? Manche haben einen Vater, der Arapaho oder Ute ist, aber sie selbst wollen keine mehr sein. Ich kenne einen Ute, der behauptet, ein Hawaiianer zu sein, er verleugnet seine Herkunft. Das ist sein gutes Recht, aber es zeigt auch, dass diese ganze *Blood Degree*-Sache sehr mathematisch ist. Bei der Frage, was man ist oder sein will, geht es aber nicht um Bruchrechnen, nicht um ein Viertel oder um ein Achtel, sondern es geht doch um ein Gefühl der Zugehörigkeit.«

Was hielt ich denn hier für steife Reden!

»Das mag sein«, sagte Anita Returnstowar, »aber ich muss mich an die Bestimmungen halten. Das heißt nicht, dass es mir nicht leidtut. Es ist immer sehr enttäuschend für die Menschen, die aufgenommen werden möchten, wenn sie erfahren, dass die Abstammung von einem Urgroßelternteil nicht genügt. Vielleicht hilft es Ihnen, wenn Sie sich genau fragen, warum Sie eigentlich in den Stamm aufgenommen werden möchten? Wenn alle Ihre Vorfahren Schweizer sind, warum ist Ihnen dieser eine indianische Urgroßvater so wichtig?«

»Das ist nicht leicht zu beantworten.«

»Nein. Aber vielleicht würde es Ihnen helfen, wenn Sie darüber nachdenken.«

»Das habe ich getan«, sagte ich, aber Returnstowar überhörte es.

»Sie haben vielleicht das Gefühl, dass wir Sie ablehnen«, sagte sie. »Oder dass wir Ihren Urgroßvater nicht respektieren. Glauben Sie mir, beides ist nicht der Fall. Wir nehmen das Bedürfnis der Leute, ihre Herkunft zu kennen, sehr ernst. Aber wir möchten jemanden, den wir nicht aufnehmen können, auch dazu ermutigen, sich nach den Gründen für dieses Bedürfnis zu fragen. In schwierigen Lebenssituationen suchen viele Halt in ihrer indianischen Abstammung. Diese Leute neigen dann dazu, ihre Abstammung zu romantisch zu sehen. Für sie bedeutet Arapaho zu sein etwas anderes als für uns. Wir raten solchen Menschen dazu, sich zunächst einmal mit der Geschichte ihrer Ahnen zu beschäftigen. Sie wissen nämlich oft nur sehr wenig über ihre indianischen Vorfahren. In vielen Familien wird darüber nicht gesprochen, weil man sich für die Vorfahren schämt. Da hat sich leider nicht viel geändert. Ich nehme an, Sie wissen nicht viel über Ihren Urgroßvater?«

»Doch, ich weiß sogar recht viel über ihn.«

»Aber Sie nennen ihn ...« Sie schaute im Formular nach. »... Nisono'oho.«

»Ja, warum? So hieß er. Das war sein Name.«

»Aber das ist kein Name.«

Das sagte sie mir!

»Wieso nicht?«, sagte ich. »Wieso soll das kein Name sein?«

»Wissen Sie, wie seine Mutter hieß? Ihre Ururgroßmutter?«

»Nein. Und wieso ist das Ihrer Meinung nach kein Name?«

»Wissen Sie, wer sein Vater war? Seine Brüder? Seine Schwestern? Das sind alles auch Ihre Verwandten.«

»Ich weiß nichts über sie.«

»Dann möchte ich Ihnen einen Vorschlag machen. Gehen Sie zu dieser Frau. Sie heißt Hebesisei Willow.«

Sie schrieb mir den Namen auf einen Zettel, die Adresse und Telefonnummer.

»Frau Willow weiß alles über die Northern Arapaho. Sie ist zwar nicht unsere offizielle Stammeshistorikerin. Aber glauben Sie mir, alles, was der Offizielle weiß, weiß er von ihr. Fragen Sie sie nach Ihrem Urgroßvater. Sie kann Ihnen sicher weiterhelfen. Und nun wünsche ich Ihnen viel Glück! *Take care.*«

Ich nahm es nicht ernst. Bestimmt irrte sie sich. Wie hätte er denn sonst heißen sollen? Oder ich hatte den Namen undeutlich ausgesprochen. Außerdem: Sie war Beamtin, es zog sie wahrscheinlich in die Mittagspause, sie wollte den Applikanten freundlich loswerden.

Auf der Fahrt zurück nach Riverton dachte ich, dass sich in hundert Jahren keiner in meiner Familie mehr an meinen Namen erinnern würde. Keiner würde dieses Formular vollständig ausfüllen können, mein Feld würde leer bleiben. Falls Jonas keine Kinder hatte, war dies gewiss. Selbst wenn er aber Kinder haben sollte, würden sie mich vergessen, das geschah heutzutage noch schneller und gründlicher als früher. Ich war schon jetzt ein Geist. Meine Existenz glich der jener Fledermaus, die über Cloud und mir herumgeflattert war auf dem Parkplatz des Casinos. Und bald würde ich nur noch der Wind sein unter den Fledermausflügeln. Das war der Weg, der mir bevorstand: vom Geist zum Wind zu werden.

Im Hotel las ich den Zettel, den Namen: Hebesisei Willow. Ich sah eine ältere Frau in einem weißen, altmodischen Leinenkleid über eine Weide gehen, im

Wind, der ihre sorgfältig hochgesteckten Haare nicht berührte, und im Hintergrund ritt mein Urgroßvater heran, und als er Hebesisei Willow erreichte, die stehen geblieben war und ihn erwartete, sprang er vom Pferd und fragte: »Was ist falsch an meinem Namen?« Sein Pferd schüttelte die Mähne und schnaubte, der Wind trieb den Staub, den es aufgewirbelt hatte, in einer Wolke über das Präriegras.

Ich lag auf dem Bett und fühlte meinen Puls. Er zuckte unter den Fingerkuppen regelmäßig, aber schneller als üblich. Wenn sie sich mit der Stammesgeschichte der Arapaho so gut auskannte, diese Hebesisei Willow, konnte sie mir vielleicht etwas über die Verwandten meines Urgroßvaters erzählen, von denen in den Tagebüchern meiner Urgroßmutter nie die Rede war. Ich beschloss, sie anzurufen. Aber später. Ja, so war es: Ich zögerte den Anruf hinaus. Erst etwas essen!

Gegenüber vom Motel befand sich ein *Burger King*. Ein weicher, warmer Regen begleitete mich über die Straße. Ich setzte mich ans Fenster und genoss es, bei Regen weiche Dinge mit den Händen zu essen. Ich tunkte Pommes frites in die Mayonnaise, die auf beschichtetem Papier vor mir lag, als habe ein Huhn zuerst ein Ei gelegt, welches dann von einem Schmiedegesellen auf der Stör mit seinem Hammer zertrümmert worden war, worauf eine gleichfalls von

Stadt zu Stadt ziehende Ölhändlerin einen Liter Sonnenblumenöl über das zertrümmerte Ei geschüttet hatte. Einer der kräftigen Männer, die am Nebentisch einen *Double Texas Whooper* aßen, hatte dann durch einen gewaltigen Schlag mit der Faust auf den Tisch (Ärger über seine Frau) einen kleinen Tornado erzeugt, in dem Ei und Öl trefflich durcheinandergewirbelt worden waren. Schließlich war die fertige Mayonnaise, als der Tornado verebbte, von der Decke herab auf dieses beschichtete Papier getropft. Wie konnte etwas so Liederliches so gut schmecken?

Der Regen machte am Fenster kleine Geräusche, die Gemütlichkeit verbreiteten. Mir gefiel auch das künstliche Licht an der Decke des *Kings* im Kontrast zum Regentaglicht draußen. Die Geräusche und das Licht wiesen über sich selbst hinaus. Sind die Dinge, wenn sie über sich selbst hinausweisen, nicht vollkommen? Es wird dann selbst ein Augenblick zauberhaft, in dem man in einem *Burger King* beobachtet, wie sich ein frittiertes Kartoffelstäbchen unter der Last der Mayonnaise, die an der Spitze klebt, langsam beugt.

Was du dir so alles ausdenkst, sagte Hanna einmal. Diese Bemerkung bewirkte, dass ich mich neben ihr allein fühlte, ich erinnere mich an ein Gefühl des Auskühlens.

Und als hätte sie über den Atlantik hinweg das Signal meines Gedankens an sie empfangen, rief sie mich an.

Ein *H* erschien auf dem Display meines Handys. Nach der Trennung war ihr Name für mich eine Zeit lang nur abgekürzt erträglich gewesen, und später, als sich das änderte, war mir die Abkürzung vertraut geworden, und ich beließ es dabei. Es war allerdings ihr erster Anruf seit Langem. Der Trennung war eine Versöhnung gefolgt, eine Weile versuchten wir, Freunde zu sein, aber wenn man sich geliebt hat, gibt es keine Freundschaft, bevor nicht jeder jemand anderen liebt, und so weit waren wir beide noch nicht. Ich hatte das H also seit einem Jahr nicht mehr gesehen, ich war nicht darauf vorbereitet, nicht in der Lage, den Anruf entgegenzunehmen; ich ließ die Klingeltöne verhallen und wartete, bis das H wieder verschwand.

Ich ging hinüber zum Hotel, setzte mich in der Lobby in einen weichen Stoffsessel, erwiderte das Lächeln des Brasilianers, beobachtete ein Paar in Jogginganzügen. Beide dehnten draußen vor der Hoteltür ihre Beinmuskeln, zwischendurch küsste sie ihn, was ihm nicht passte, er war auf Sport eingestellt und rannte schon mal los, aber sie war noch nicht so weit, sie stoppte ihn durch einen Ruf und band sich in aller Ruhe die Schnürsenkel ihrer Laufschuhe, während er auf der Stelle trippelte, manchmal sprang er auf und ab, und als er sah, dass ich ihn beobachtete, rannte er eifrig los, obwohl sie immer noch mit ihren Schuhen beschäftigt war.

Da es nicht mehr regnete, spazierte ich auf der Straße vor dem Hotel, aber hier war es wegen des Verkehrs für ein Telefongespräch zu laut, und so kehrte ich wieder in die Lobby zurück, vielleicht war es klüger, das Gespräch hier zu führen, unter den Augen des Brasilianers, so war ich mit Hanna gewissermaßen nicht allein.

Ich rief Hanna an und atmete im Rhythmus des Ruftons. Beim dritten Rufton hielt ich es im Sessel nicht mehr aus und ging in der Lobby auf und ab. Ich musste dieses Telefonat in Bewegung führen.

Dann ihre Stimme auf der Mailbox. Ich hinterließ keine Nachricht, denn ich war sicher, dass sie mich zurückrufen würde. Ich setzte mich wieder in den Stoffsessel, der meine Körperwärme für mich aufbewahrt hatte. Blätterte in einer Zeitschrift und sah darin Gesichter, Überschriften, plötzlich einen Delfin, der aus dem Wasser grinste. Das Handy lag auf dem Glastisch.

Eine Zeitschrift später leuchtete das H wieder auf.

Jetzt drückte ich die Taste und sprach.

Sie sprach.

Ihre Stimme war ein fester Punkt in meinem Ohr. Ein Punkt, der sie enthielt, aber auch mich, und alle

Erinnerungen und gemeinsamen Erlebnisse und das Ende.

Sie sprach laut, was typisch war für ihr Verhältnis zur Technik: Sie glaubte, die Distanz zwischen Berlin und Wyoming durch Lautstärke überwinden zu müssen.

Ich sagte: »Ich höre dich gut.« *Hanna!,* dachte ich. Ich fragte sie, wie es ihr gehe. Sie antwortete förmlich, stellte keine Gegenfrage, sondern kam ohne Umschweife auf Jonas. Natürlich. Es ging um Jonas, der uns noch miteinander verband, ob wir es wollten oder nicht. Jonas war Ursache und Zweck ihres Anrufs, und obwohl dies in der Natur der Sache lag, bedauerte ich es und wünschte mir, Hanna hätte mich meinetwegen angerufen oder ich sie ihretwegen zurückgerufen. Es war nutzlos und falsch, das Fehlen eines gegenseitigen Interesses am anderen zu bedauern, aber ich tat es trotzdem. Ich bedauerte den Verlust der Jahre, die wir miteinander verbracht hatten, das Ende der Überlieferung: Wir erzählten uns unsere eigene Geschichte nicht mehr, die die Geschichte einer Jahre währenden Liebe war, und wir erzählten diese Geschichte auch niemand anderem mehr. Ich sprach mit Freunden kaum noch über Hanna, und wenn, dann in tadelndem Ton, nur das Schlechte wurde noch tradiert.

Während Hanna mich bat, für einmal nicht an mich zu denken, sondern an Jonas, und rechtzeitig aus Amerika zurückzukehren zur Preisverleihung, die für Jonas überhaupt nur durch meine Anwesenheit eine Bedeutung bekomme, der Preis selbst sei für ihn nebensächlich. Aber dass *wir alle, als Familie, und vor allem du, als sein Vater* an der Feier teilnähmen, das sei ihm wichtig, *wichtiger, als du dir vielleicht vorstellen kannst* – während sie so sprach, trauerte ich darüber, dass die Geschichte unserer Liebe wie jene Fledermaus vor dem Casino der Ute ein Dasein im Nichts führte. Eines Tages, wenn niemand sich mehr daran erinnerte, würde unsere Liebe nie existiert haben, und dieser Tag war nicht fern, schon jetzt begann der Prozess des Übergangs von etwas Geschehenem ins nie Geschehene.

Ich hörte Hanna sagen, ich hätte Jonas' literarisches Talent schon *ganz früh, schon als er fünfzehn war und dir seine ersten Gedichte zeigte,* durch meine hohen Ansprüche *immer relativiert. Er schrieb schöne, überschwängliche Gedichte, die natürlich nicht perfekt waren, aber anstatt ihn für das zu loben, was ihm gelungen war, hast du ihn für das kritisiert, das er noch nicht konnte.* Ich hörte sie sagen, sie bitte mich, über meinen eigenen Schatten zu springen, ja, sie wisse, es sei ein enormer Schatten, aber ich solle es bitte versuchen, Jonas zuliebe, sie sei bereit, die Hälfte aller Kosten zu übernehmen, die mir durch meine vorzeitige Heimreise entstünden.

Ich sagte, meiner Meinung nach überschätze sie die Bedeutung meiner Anwesenheit und gleichzeitig unterschätze sie Jonas: Er werde noch sehr viele Preise gewinnen, als Nächstes wohl den Deutschen Buchpreis, und es sei ihm bestimmt wichtiger, wenn ich dann zu jener Preisverleihung komme, was ich selbstverständlich tun werde, während er aber meine Abwesenheit bei der jetzigen Feier verschmerzen werde, da es sich um einen eigentlich zweitrangigen Preis handle. Hanna warf mir vor, nur von mir zu sprechen, ob mir das bewusst sei? Ich schwieg dazu. Was hätte ich sagen können, ohne in ihren Augen wieder nur von mir zu sprechen? Ich hatte plötzlich keine Lust mehr, diese kleinkrämerischen Gefechte zu führen, ich wollte meine Ruhe, und dass es allen gut ging, alle sollten glücklich sein, aber nicht auf meine Kosten. Ich sagte Hanna abschließend, diese Reise sei für meine Arbeit entscheidend, ich könne mein nächstes Buch nicht schreiben ohne diese Recherche, und wer würde das besser verstehen als Jonas?

»Da irrst du dich!«, sagte sie. Jonas halte mein Indianer-Buchprojekt für eine Schnapsidee. Er sei überzeugt, dass ich das Thema in einigen Monaten aufgeben werde, denn es tauge nicht für einen Roman.

Ich spürte einen Stich in der Brust.

»So hat er das bestimmt nicht formuliert«, sagte ich.

»Doch. Das sind seine Worte.«

»Er hat es bestimmt nicht Schnapsidee genannt. Dieser Ausdruck kommt in seinem Vokabular nicht vor. Das passt nicht zu ihm.«

»Dann kennst du ihn vielleicht nicht gut genug. Außerdem ist er nicht der Einzige. Alle denken, dass du dich in etwas verrannt hast.«

Immer, wenn Hanna keine überzeugenden Argumente mehr fand, bot sie *alle* auf. Sie berief *alle* in den Zeugenstand, und *alle* sagten zugunsten ihrer Meinung aus. Ich sagte, ich sei froh, es nicht mehr in jeder Diskussion mit *allen* aufnehmen zu müssen. Im Übrigen könne ich mir nicht vorstellen, dass *alle* es für abwegig hielten, wenn jemand sich für seine Familiengeschichte interessiere. Darum gehe es in meinem Buch, um meine Wurzeln und letztlich auch die von Jonas, durchaus um unsere indianischen Ahnen.

»Du und deine Indianer!«, sagte Hanna. Ein mir wohlbekannter Satz. Sie benutzte ihn, wenn sie nicht über meine Abstammung sprechen wollte, und sie wollte nie. Schon in den Anfängen unserer Liebe hörte sie es nicht gern, und es vergingen Jahre, in denen ich nie darüber sprach. Als Jonas dann alt genug war, erzählte ich ihm von seinem Ururgroßvater, aber wenn ich erwartet hatte, dass ein siebenjähriger Junge stolz ist, von einem Indianer abzustammen oder er es zumindest abenteuerlich findet, so hatte ich mich getäuscht. Er fand Indianer komisch. Dieses Wort benutzte er: *komisch.* Ich erzählte ihm vom Leben der Arapaho, es interessierte ihn nicht, er sagte, er würde nie in einem Zelt leben wollen, da kröchen Schlangen hinein, und das Bisonfell, das *dieser Mann* getragen habe, sei bestimmt mit Läusen gespickt gewesen. Ich sagte, *Das macht doch einem richtigen Buben wie dir nichts aus!*, und er antwortete, *Wieso muss man denn Läuse haben, um ein richtiger Junge zu sein?*

Ich nahm ihn mit in den Wald, wir zündeten ein Feuer an, und ich zeigte ihm, wie man mit dem Bogen schießt. Ich hatte eigens zwei Bögen gekauft, einen Fünfunddreißigpfünder für mich und einen Kinderbogen für ihn, dazu zehn Pfeile mit eiserner Jagdspitze, damit er lernte, dass ein Bogen kein Spielzeug war. Er schoss ein paarmal ohne Begeisterung auf die Bastscheibe und war froh, als ich ihm erlaubte, weiterzulesen. Er hatte einen Kinderroman mitgenommen, und während ich die Jagdpfeile ins Zentrum der Bastscheibe schoss, saß er am Feuer und blätterte die Seiten von *Momo* um, und als ihm der Rauch in die Augen stieg, bat er mich, im Auto weiterlesen zu dürfen. Nur er war so. Als wir einige Zeit später wieder in den Wald gingen, begleitete uns auf Jonas' Wunsch sein bester Freund Edi, und Edi, obwohl auch klug, obwohl sogar Klassenbester, lernte begierig das Bogenschießen, und sein Eifer wurde auch nicht durch die Bogensehne gebremst, die ihm nach dem Abschuss schmerzhaft gegen die Innenseite seines Unterarms knallte. Edi sammelte mit gerötetem Unterarm im Dornengestrüpp Feuerholz, Edi holte sich beim Holzbrechen eine Splisse, die ich ihm herauszog, Edi war glücklich, mein Jagdmesser auf Bäume werfen zu dürfen, und Jonas wedelte mit seinem aufgeklappten Buch den Rauch weg, stand auf, setzte sich an der windabgewandten Seite wieder ans Feuer, las, wischte sich mit hektischen Bewegungen ein Käferchen vom Ärmel und las weiter. Edi wurde später Schüler von Pepe Romero und reist heute durch Welt als junger, vielgelobter Flamenco-Gitarrist. Es geht also beides, will ich damit sagen.

Du und deine Indianer! Hanna fand natürlich die Art der Vertreibung der nordamerikanischen Indianer schrecklich, sie verurteilte selbstverständlich die Massaker, die Enteignungen, die Zerstörung von Kultur und Seele dieses Volkes. Aber gleichzeitig glaubte sie unerschütterlich an eine *Einwanderung von oben.* Sie glaubte, es sei damals die zivilisatorisch auf einer höheren Stufe stehende europäische Gesellschaft auf eine wilde steinzeitliche gestoßen, deren raue Lebensweise unweigerlich dem Fortschritt habe weichen müssen, auch im Interesse der Indianer selbst. Sie sah hier ein evolutionäres Gesetz walten und eine historische Zwangsläufigkeit am Werk, durch die eine Vorstufe menschlichen Zusammenlebens durch eine komplexere Gemeinschaft ersetzt wurde, und sie glaubte, dass diese Zwangsläufigkeit im messbaren Fortschritt von Technik, Medizin und Rechtsprechung zu erkennen war. Sie sah überall auf der Welt dieses zivilisatorische Modell über die anderen Modelle siegen, und vor allem hätte sie selbst nicht gern einen Schneesturm in einem Tipi ausgesessen und nicht gern auf einem Bisonfell geschlafen und dergleichen. Sie fand es folglich immer auch ein wenig unverständlich, wenn Indianer sich über ihre Unterjochung beklagten. Sie hielt die Klagen selbstverständlich für gerechtfertigt – aber war denn nicht eine ungerechte Behandlung immer noch besser, als an einer kleinen Schnittwunde zu sterben oder wochenlang Zahnschmerzen aushalten zu müssen oder wegen jeder Kleinigkeit einander in einer Blutrachefehde totzuschlagen? Konnte sich ein Indianer denn im Ernst wünschen, wieder so zu leben wie früher? Hatte denn die Einwanderung der Briten, Iren und Deutschen, mochte sie für die Indianer auch verheerend gewesen sein, nicht doch am Ende, wie jede Einwanderung, mehr Vorteile gehabt als Nachteile? Diese Sichtweise Hannas verletzte mich, da sie meinen Urgroßvater zu einem Steinzeitmenschen herabwürdigte, der der Fortentwicklung der Menschheit im Weg gestanden hatte. Das war die Mentalität des *Manifest Destiny*, der Lehre von der gottgegebenen Bestimmung der Einwanderer, Amerika zu zivilisieren, die in John Gasts Gemälde *Fortschritt Amerikas* einen Ausdruck fand: Die weißen Siedler bringen die Telegrafie, die Bibel, die Eisenbahn und förmlich das Licht der Erkenntnis in die von Tieren und

Indianern bevölkerten dunklen Weiten des Kontinents.

Alle meine Versuche, Hanna davon zu überzeugen, dass der Untergang der Indianer nicht durch eine technologische oder logistische Überlegenheit der Europäer bewirkt worden war, sondern durch eine Zahl, waren gescheitert. Wenn ich ihr darlegte, dass die indianischen Gesellschaften, auf die die ersten britischen Auswanderer stießen, sozial und ökonomisch unseren modernen demokratischen Gesellschaften wesentlich näher gekommen seien als die damals autoritären, religiös fundamentalistischen und ökonomisch auf Ausbeutung basierenden Gesellschaften Europas, und wenn ich hinzufügte, dass ja die Briten und später die Iren und die Deutschen gerade wegen der Ineffizienz ihrer Wirtschaft, der religiösen und politischen Unterdrückung, den Hungersnöten und Kriegen, also der strukturellen Rückständigkeit ihrer Gesellschaften nach Amerika ausgewandert seien, erwiderte Hanna, das könne ja sein, aber die Europäer hätten Gewehre und Kanonen gehabt und die Indianer nicht. Wenn ich sie daraufhin auf die geringe Feuerrate damaliger Musketen hinwies, die militärische Überlegenheit eines Bogenschützen über einen Musketenschützen, die Nutzlosigkeit von Kanonen gegen einen Gegner, der ganz anders kämpfte, als die Europäer es gewohnt waren, und wenn ich ihr historische

Dokumente vorlegte, aus denen hervorging, dass die damaligen weißen Siedler keineswegs den Eindruck hatten, dass die Indianer ihnen militärisch unterlegen waren, ganz im Gegenteil, wenn ich also all das ins Feld führte, wich Hanna auf die Logistik aus. Die Europäer hätten die bessere Logistik gehabt und mehr Nachschub, und wenn ich dem entgegnete, dass die Europäer in den ersten Wintern verhungert wären, wenn die Indianer sie nicht durchgefüttert hätten, so weit her könne es also mit der Logistik nicht gewesen sein, entgegnete wiederum Hanna, aber später sei eben die Logistik entscheidend gewesen und dass die Europäer überhaupt Schiffe gehabt hätten und die Indianer nicht.

Es dauerte Jahre, bis ich begriff, was genau sie befürchtete und durch Sturheit abzuwehren versuchte: Hanna ging es um die Rettung der Einwanderung an sich als eine im Kern positive Entwicklung, und es ging ihr um die Verhinderung von Analogien zur Jetztzeit. Dazu passten keine Indianer, die in politisch fortschrittlicheren, religiös toleranteren und ökonomisch gerechteren Gesellschaften lebten als die Einwanderer. Also musste mein Urgroßvater ein Steinzeitmensch sein, dessen Lebensweise bedauerlicherweise nicht mehr in die neue Zeit passte, die die puritanischen Einwanderer nach Amerika brachten. Hanna argwöhnte, dass ich die Geschichte meines

Urgroßvaters dazu benutzte, um Einwanderung zu kritisieren, deshalb wollte sie am liebsten nichts von den Indianern hören. Mir aber waren Parallelen zur Gegenwart, selbst die offensichtlichen, völlig egal, mir ging es um die Ehre meines Urgroßvaters und seines Volkes, das nicht deswegen ins Elend geraten war, weil es keine hochseetauglichen Schiffe baute und die Differentialrechnung nicht kannte. Die Kultur der Indianer Nordamerikas war auch nicht wegen der Einwanderer untergegangen, sondern wegen deren Zahl. 1640 lebten in Nordamerika fünfzigtausend Einwanderer und vier Millionen Indianer. 1860 waren es fünfzig Millionen Einwanderer und eine halbe Million Indianer. Die Verdrängung und Unterjochung der Indianer begann aber nicht erst, als die numerische Überlegenheit der Einwanderer erdrückend war. Sie begann, sobald auf einem Territorium gleich viele oder etwas mehr Einwanderer als Indianer lebten. Das ist alles, was ich Hanna vergeblich zu vermitteln versuchte: Es ging um eine Zahl. Nichts als die Zahl war die Ursache, um Moral ging es nur punktuell. Die meisten Einwanderer waren anständige, nette Menschen, die nie einem Indianer ein Haar krümmten. Auch die meisten Indianer waren nett. Aber am Schluss gab es eben mehr nette Einwanderer als nette Indianer.

»Du und deine Indianer!«, sagte Hanna, und ich legte auf. Sofort war mir wohler, verbunden mit Gewissensbissen: Mir war wohler, wenn ich nicht mehr mit der Frau sprach, die ich einst geliebt hatte. Insgesamt war mir in meinem Leben ein wenig wohler ohne sie als in den letzten zwei Jahren mit ihr, aber weniger wohl als in den ersten zehn Jahren mit ihr. Unter dem Strich fühlte ich mich um genau jenes Maß wohler, das ich mich zum Ende unserer Ehe unwohler gefühlt hatte, es war ausgeglichen, es ergab eine Null. Unter dem Strich blieb also Leere zurück, und wenn mir das, wie gerade jetzt, bewusst wurde, nahm das Maß an Unwohlsein wieder zu, und das Gefühl der Leere schwand ein wenig.

Ich zog mich in meinem Zimmer zum Schwimmen um. Im Pool schwamm ich drei Längen, unter grauen Regenwolken. Es tröpfelte. Die Berührung des Wassers beruhigte mich.

Schnapsidee. Du und deine Indianer!

Schnapsidee hatte Jonas bestimmt nicht gesagt, er war ein Sprachsnobist. Er hätte mein Romanthema *Zeitverschwendung* genannt. Möglicherweise auch deshalb, weil es ihn daran erinnerte, dass er damals durchaus eifersüchtig auf Edi gewesen war. Ihm war natürlich nicht entgangen, dass mir Edis Art gefiel. Mir andererseits war vielleicht entgangen, dass Jonas bei jeder Gelegenheit, also auch im Wald, nicht nur aus eigenem Interesse las, sondern aus demselben Grund, aus dem der Sohn eines Schmieds, sobald er

einen Hammer halten kann, auf alten Nägeln herum-
hämmert.

Nach dem Schwimmen schrieb ich Hanna eine SMS.

*Ich hätte nicht auflegen sollen, ich entschuldige
mich.* Ich löschte *ich entschuldige mich*, denn zwei mit
ich begonnene Sätze hintereinander hätten Hanna
in ihrer Überzeugung bestärkt, dass ich nur an mich
dachte. *Ich hätte nicht auflegen sollen, es tut mir leid.*
Das war besser. *Wir sehen uns bei Jonas' nächster Preisverleihung, das wird früher sein, als du denkst.* Ich
strich *das wird früher sein als du denkst* und schickte
die Nachricht ab.

Danach rief ich die Frau an, die alles über die Arapaho wusste. Es meldete sich eine Männerstimme. Ich
fragte nach Frau Hebesisei Willow.

»Ist grad unterwegs«, sagte der Mann.

Ich schilderte ihm mein Anliegen.

»Ja, sie weiß alles über unsere Ahnen«, sagte er.
»Kommen Sie morgen um zehn. Und bringen Sie was
mit.«

»Ja gern. Und was?«

»Apfelkuchen. Oder Brownies. Ist egal. Aber keine
Donuts! Und nichts Salziges.«

In der Nacht wurde ich wieder einmal von einem der
Fremdträume verschluckt, die mir meine Betablocker

als Nebenwirkung bescherten. In dem Traum stand der Horizont in Flammen, ein gewaltiger Brand verzehrte sogar das Licht, und in einem unnatürlichen Halbdunkel sah ich die Überlebenden einer weltumspannenden Katastrophe: Chinesen, die zu Tausenden auf einer felsigen Ebene in vollkommer Ruhe und in synchronen Bewegungen schattenboxten. Mir war nicht klar, ob ich auch zu den Überlebenden gehörte. Ich lebte zwar, aber ich war kein Chinese, ich beherrschte die Bewegungen nicht, die sie inmitten der in Flammen stehenden Welt mit größter Konzentration ausführten, in schönem Ernst, ja, in einem ästhetischen Ernst. Ich schaute ihnen lange zu, voller Ehrfurcht, der Himmel loderte und Steine brannten, aber hier, wo die Chinesen schattenboxten, waren das Ende und der Anfang eins. Ich erwachte mit der Gewissheit, dass es so sein wird.

WYANDOT

In Fort Washakie war kein frischer Apfelkuchen auf-
zutreiben, und die Brownies in der Tankstelle wirkten
schäbig, die Donuts sahen schmackhafter aus, aber
sie wollte ja keine. Ich fuhr mit einer Schachtel Brownies und einer Tafel *Swiss Mountain Chocolate* zu der
Adresse am Ortsrand. Es war ein geducktes Haus mit
heruntergelassenen Jalousien, unter einem der Fenster rauschte der Ansaugapparat einer Klimaanlage.
Auf mein Klopfen öffnete eine junge Frau, die ich auf
Mitte dreißig schätzte und für die Tochter hielt. Sie
war barfuß. Schöne, kleine Füße.

»Ich möchte zu Frau Hebesisei Willow«, sagte ich.
Aus irgendeinem Grund stellte ich sie mir als alte
Dame vor.

»Sie sprechen meinen Vornamen richtig aus«, sagte
sie. »Das ist selten. Bei Amerikanern. Hinono'eitin?«

»Hiiko. Nur ein paar Wörter. Ich hab's versucht, aber die Sprache ist schwierig zu lernen, für einen Schweizer.«

Ich zeigte ihr die Schokolade, auf der das Matterhorn abgebildet war. »Am Fuße dieses Berges bin ich geboren worden«, sagte ich. Sie lachte.

Sie führte mich ins Wohnzimmer, in dem es nach Rasierwasser roch – wahrscheinlich der Mann, mit dem ich gestern telefoniert hatte. Das Sofa war mit Schaffellen bedeckt; als ich mich daraufsetzte, wurde mir augenblicklich der Hintern warm. Es war trotz der Klimaanlage drückend heiß.

Sie brachte die Brownies und die Schokolade in die Küche; auf dem Weg drehte sie sich kurz um und ertappte mich dabei, wie ich ihre Figur betrachtete. Der Mann auf dem Hochzeitsfoto, das auf dem Fernseher stand, war älter als sie, ein Arapaho mit kugelrundem Gesicht.

Sie brachte Gläser und Eistee und fragte mich, was sie für mich tun könne. Sie hatte einen schönen, klaren Blick.

Ich sagte, ich wolle so viel wie möglich über meinen Urgroßvater erfahren, vor allem über seine Familie, über die ich nichts wisse.

»Vielleicht können Sie mir weiterhelfen? Frau Returnstowar hat Sie sehr gelobt. Sie sagte, Sie wüssten alles über die Hinono'ei.«

»Na ja. Anita ist meine Cousine. Sie muss so was sagen. Aber wir wollen mal sehen.«

Sie holte ihr Notebook, und als sie es aufklappte, war mir, als müsse ich nun Rede und Antwort stehen.

Sie fragte mich nach den Umständen, unter denen meine Urgroßmutter und mein Urgroßvater sich kennengelernt hatten. Ich erzählte ihr, meine Urgroßmutter habe von 1888 bis 1890 als Lehrerin in der St. Stephen's Indian Mission gearbeitet, und sie unterbrach mich: »Dann war sie eine Nonne?«

»Nein! Nein, es ging alles mit rechten Dingen zu.«

»Aber Sie war Lehrerin an der Missionsschule?«

»Ja. Wie gesagt.«

»Sind Sie sicher?«

»Ja. Meine Urgroßmutter hat ihre Erlebnisse später aufgeschrieben. Daher weiß ich das. Warum fragen Sie?«

»Weil das merkwürdig klingt. Aber erst mal muss ich wissen, wie Ihre Urgroßmutter hieß.«

»Maria Reichmuth. Warum klingt es merkwürdig?«

»Gleich. Können Sie mir bitte den Namen aufschreiben? Ich kann ihn mir sonst nicht merken.« Sie schob mir einen Zettel hin, und ich schrieb den Namen darauf.

Hebesisei Willow zog einen Ordner aus dem Aktenregal, das die ganze Breite der Wand einnahm. Sie setzte eine Brille auf und begann in dem Ordner zu blättern.

»Die Missionsschule wurde von Jesuiten geführt. Wussten Sie das?«

»Ja. Der Schwager meiner Urgroßmutter war Jesuit. Er hat ihr die Stelle in der Missionsschule verschafft.«

»Das ist merkwürdig. Die Kinder wurden in jener Zeit von Ordensschwestern erzogen. Von den Sisters of Charity of Leavenworth.«

»Ja, ich weiß. Die Oberin war dagegen, dass meine Urgroßmutter die Stelle bekam. Aber ihr Schwager konnte sich durchsetzen, und die Oberin musste die bittere Pille schlucken. Sie versuchte allerdings alles, um meiner Urgroßmutter das Leben schwer zu machen.«

»Das mag schon sein. Aber sehen Sie: Ich finde diesen Namen, den Sie mir aufgeschrieben haben, nicht auf der Liste.«

Sie setzte sich neben mich auf das Schaffell.

»Das ist die Liste mit den Namen aller Ordensschwestern, die von 1888 bis 1890 als Erzieherinnen in der Missionsschule tätig waren.«

Sie zeigte mir in dem Ordner die Fotokopie eines alten Dokuments. Namen, Zahlen und Bemerkungen, je in mit dem Lineal gezogene Spalten eingetragen mit Feder und Tinte auf fleckigem Papier. Ich konnte die kalligrafische Schrift nicht entziffern, aber beim Gedanken, dass dieses Dokument mit meiner Urgroßmutter in direkter Verbindung stand, da es zu ihrer Zeit geschrieben worden war, lief mir ein Schauer über den Rücken. Sie hatte diese Liste vielleicht selbst in den Händen gehalten!

»Haben Sie das Original?«, fragte ich.

»Nein, das liegt im Archiv. Aber dies ist eine Kopie des Originals. Und wie Sie sehen, ist der Name Ihrer Urgroßmutter nicht aufgelistet.«

»Dann waren die vielleicht schlampig damals und haben es vergessen. Aber sagen Sie, wäre es vielleicht möglich, dass ich das Original sehen könnte? Ich muss daran denken, dass meine Urgroßmutter dieses Dokument vielleicht in den Händen gehalten hat. Das bedeutet mir viel, verstehen Sie?«

Hebesisei Willow sagte, sie verstehe das, ging aber auf meinen Wunsch nicht ein, sondern behauptete nun, in der Missionsschule sei pedantisch Buch geführt worden, von der Anzahl der Bleistifte für den Unterricht über die Kartoffelsäcke für die Verpflegung der Indianerkinder bis zu den Seifenrationen für die Erzieherinnen. Und selbstverständlich sei verzeichnet worden, welche Erzieherin welche Klasse unterrichtet habe und mit welchem Erfolg.

»Wenn Ihre Urgroßmutter zwei Jahre lang an der Missionsschule gearbeitet hat, dann *muss* ihr Name in einer der Listen auftauchen. Es gibt für jedes Semester eine Liste. Klar, es ist möglich, dass mal in einem Semester eine Erzieherin irrtümlich nicht eingetragen worden ist. Aber bestimmt nicht in vier Semestern hintereinander. Und ihr Name steht in allen vier Listen von 1888 bis 1890 nicht drin, wie Sie sehen.«

»Na gut, es ist ein Schweizer Name. Reichmuth. Das klingt für englische Ohren ziemlich fremd. Vielleicht haben sie ihn falsch geschrieben oder anglisiert. Man müsste sich jeden Namen hier einzeln ansehen. Aber es ist eine ziemlich verschnörkelte Schrift: Können Sie das denn wirklich lesen? Ich meine, ich kann es nicht.«

»Ich schon.«

Sie las mir die Namen einer Liste vor, und keiner klang auch nur annähernd wie Reichmuth. Keiner der Vornamen lautete Maria oder Mary.

»Es sind alles Ordensschwestern. Ohne Ausnahme«, sagte Hebesisei Willow. »Ich kann mir auch wirklich nicht vorstellen, dass an der St. Stephen's Indian Mission in jener Zeit eine Lehrerin akzeptiert worden wäre, die keine Nonne war.«

»Sie können es sich vielleicht nicht vorstellen. Aber ich weiß nun mal, dass sie in der Missionsschule gearbeitet hat. So steht es in ihrem Tagebuch. Ich weiß nicht, warum ihr Name nicht auf diesen Listen steht. Aber die spielen für mich auch keine Rolle. Ich brauche keine Bestätigung, dass meine Urgroßmutter dort war.«

»Na gut. Dann schauen wir mal hier.« Sie fuhr mit dem Finger über die Zeilen eines anderen Dokuments.

»Was ist das?«

»Der Jahresbericht, den der Schulleiter im Januar 1889 an den Chef der Jesuiten in St. Louis schickte. Lassen Sie mir bitte einen Moment Zeit ...«

Sie las mit gerunzelter Stirn, und ich trank Eistee und dachte *Ich habe nichts zu befürchten.*

Schließlich sagte sie: »In dem Jahresbericht steht nichts von einer Lehrerin aus der Schweiz. Im Jahr 1888 wurden neunzig Schüler unterrichtet, von acht Ordensschwestern. So steht es hier. In der entsprechenden Liste der Erzieherinnen sind ebenfalls acht Schwestern aufgelistet, genau dieselben wie im Jahresbericht. Aber am besten lesen Sie den Bericht selbst. Ich glaube, das ist wichtig.«

»Von wem wurde der Jahresbericht verfasst?«

»Vom Leiter der Missionsschule, Father Jutz.«

Der Name sagte mir nichts. Vielleicht hatte meine Urgroßmutter den Namen in ihrem Tagebuch erwähnt. Vielleicht auch nicht, ich konnte mich nicht mehr erinnern. Spielte es eine Rolle? Was war hier eigentlich los? Warum glaubte sie mir nicht einfach? Warum wühlte sie in alten Listen, die von weiß Gott wem geführt worden waren, von irgendeinem betrunkenen Verwalter oder der Oberin, die meine Urgroßmutter nicht hatte riechen können. Wer konnte denn hier in die Tiefe blicken? Es musste doch alles Mutmaßung bleiben. Vielleicht hatte die Oberin den Namen meiner Urgroßmutter nachträglich von der Liste und aus dem Jahresbericht getilgt, weil sie sich nicht sittsam verhalten hatte. Es sollte in den Büchern nichts daran erinnern, dass eine, die sich mit einem Indianer herumtrieb, die Kinder der Missionsschule unterrichtet hatte. Ich machte Hebesisei Willow auf diese doch einleuchtende Erklärung aufmerksam, aber sie ging darauf nicht ein, fragte mich stattdessen, wann meine Urgroßmutter ihre Erlebnisse aufgeschrieben habe.

»1948.«

»Das war ja dann eine Weile her. Vielleicht hat sie sich in der Jahreszahl geirrt? Sie war ja eine alte Frau, als sie ihre Erinnerungen aufschrieb. Vielleicht war sie erst nach 1913 in Fort Washakie. Damals eröffneten die Presbyterianer eine neue Indianerschule, vielleicht meinte sie diese Schule? Die Presbyterianer ...«

Aber meine Großmutter, das Kind aus jener Verbindung, war 1891 geboren worden –

»Nein«, sagte ich. »Sie meinte nicht die Presbyterianer. Sie war von 1888 bis 1890 an der Schule, als sie von den Jesuiten geführt wurde. Auch nicht früher, denn wie Sie ja wahrscheinlich wissen, wurde die Schule 1888 gegründet.« Das *wahrscheinlich* bereute ich.

»Machen wir eine Pause«, sagte sie. »Rauchen Sie?«

»Ja. Aber ich darf nicht.«

Wir rauchten draußen vor dem Haus eine Zigarette und sprachen nicht viel, bliesen den Rauch in die warme Luft, sahen den Autos zu, die auf der ungepflasterten Straße vor einer Staubfahne herfuhren. Ich fragte sie nach ihrem Mann, sie sagte, er heiße Norman und gehöre dem Stammesrat der Nördlichen Arapaho an, ihm gehöre der *Wind River Native Gift Shop* im Casino, er unterstütze die lokalen indianischen Kunsthandwerker. Mir war unwohl, ich fühlte etwas kommen, die Zigarette war nur ein Aufschub.

»Gehen wir wieder rein«, sagte sie.

Wir setzten uns zurück auf die Schaffelle, und sie sagte: »Wir haben noch gar nicht über Ihren Urgroßvater gesprochen. Sie sind ja eigentlich seinetwegen hier. Ich schlage vor, wir lassen Ihre Urgroßmutter erst mal in Ruhe und sprechen über ihn. Wie war sein Name?«

Ich zögerte, ihn auszusprechen, ich sah Anita Returnstowars zweifelnden Blick vor mir, als sie mich den Namen sagen hörte.

»Er hieß Nisono'oho. Meine Urgroßmutter nannte ihn John. John Roman Nose.«

»Ja, das war ein gebräuchlicher Name.«

Wie es mich erleichterte! Es war ein gebräuchlicher Name! Nicht *kein Name*, wie Anita Returnstowar behauptet hatte.

»Aber seinen Arapaho-Namen habe ich nicht verstanden«, sagte Hebesisei Willow. »Wie hieß er?«

»Nisono'oho.«

»Können Sie das bitte aufschreiben?«

»Ja, das kann ich. Aber Sie sagten doch gerade, es sei ein gebräuchlicher Name?«

»Ich meinte Roman Nose. Diesen Namen gibt es oft. Er geht auf Woquini zurück. Das war ein berühmter Cheyenne-Krieger. Sein Name bedeutet eigentlich Adlernase. Aber den Amerikanern gefiel Roman Nose besser.«

»Und was ist falsch mit dem Namen Nisono'oho?«, fragte ich, während ich ihn in der Orthographie meiner Urgroßmutter auf einen Zettel schrieb. Ich musste dabei meine zitternde Hand bändigen.

Hebesisei Willow beschaute den Zettel.

»Hat Ihre Urgroßmutter den Namen so geschrieben?«

»Ja. Genau so. Warum?«

»Das ist kein Name.«

Ich lachte.

»Das wird ja immer besser! Zuerst ist meine Urgroßmutter nie hier Lehrerin gewesen, und jetzt ist das kein Name!« Mir fehlte der Atem, um weiterzusprechen. Ich stand auf, ich brauchte Bewegung, ich hielt es im Sitzen nicht mehr aus, ich ging im Zimmer auf und ab.

Hebesisei Willow sagte: »Machen Sie sich keine

Sorgen.« Sie überlege sich gerade, welches Arapahowort meine Urgroßmutter gehört und dann lautmalerisch wiedergegeben haben könnte. Indianische Namen seien damals von den Amerikanern oft falsch transkribiert worden. Ich sagte, ich mache mir keine Sorgen, es sei nur gerade etwas viel auf einmal, und sie solle sich Zeit lassen, ich müsse mich nur ein bisschen bewegen. Ich spürte einen kalten Druck in der Magengegend; dies war oft das Vorzeichen einer Episode. Ich drehte mich dem Fernseher mit dem Hochzeitsfoto zu, damit Hebesisei Willow nicht sah, wie ich eine Metoprolol-Tablette aus dem Blister drückte.

Sie fragte mich, ob ich einen heißen Tee möchte, und tatsächlich hatte ich, obwohl sich im Wohnzimmer die Sommerwärme staute, Lust auf ein heißes Getränk.

Nach einer Weile kehrte sie aus der Küche zurück mit der Bemerkung, *nihono* heiße gelb.

»Ihr Urgroßmutter hörte vielleicht nihono, und verstand es als nisono. *Gelb* ist aber kein Name. Und Nihono'oho würde so was wie *Gelboho* heißen. Das ist erst recht kein Name. Ich komme nicht dahinter, wie sie auf diesen Namen kommt. Nisono'oho ist zwar schon ein Wort aus unserer Sprache, es heißt geschwollen oder aufgeblasen. Aber es wäre auch nicht in Kombination mit einem anderen Wort ein Name ...«

»Aber dann heißt das Wort ja etwas! Es heißt geschwollen, sagen Sie? Das könnte es sein! Mein Urgroßvater ist verwundet worden. Er trug im Kopfschmuck eine eingekerbte Feder. Das dokumentiert doch eine Verwundung im Kampf. Vielleicht war sein Bein geschwollen wegen der Wunde, oder sein Arm, und deswegen gaben sie ihm diesen Namen.«

Hebesisei Willow schüttelte den Kopf.

»Nein. Ganz bestimmt nicht. Ein Name war nicht dazu da, jemanden zu demütigen. Niemand möchte *Geschwollenes Bein* heißen. Außerdem klingt das Adjektiv nisono'oho bezogen auf ein Substantiv wie Bein ganz anders. Die Schwierigkeit ist, dass wir es mit vielen Lautähnlichkeiten zu tun haben. Lassen Sie es mich Ihnen an einem Beispiel erklären. *Heenisononnoo* klingt ganz ähnlich wie Nisono'oho. Aber Heenisononnoo heißt *Ich habe einen langen Hals*. Nisono'xoee heißt Hefe. Das sind beides keine Namen. Ich will damit sagen, dass Ihre Urgroßmutter alles Mögliche gehört haben kann, und sie hielt es für den Namen Ihres Urgroßvaters. Aber Nisono'oho kann nicht sein Name gewesen sein. Aber wir finden es schon noch raus! Vielleicht kommen wir weiter, wenn Sie mir mehr über ihn erzählen. Was wissen Sie sonst noch über Ihren Urgroßvater?«

Sie meinte es gut. Aber ich war widerwillig. Ich brauchte keinen Beweis dafür, dass er gelebt und sich alles so zugetragen hatte, wie meine Urgroßmutter es in ihren Tagebüchern beschrieb. Dann hatte sie seinen Namen eben falsch verstanden – meinetwegen!

»Ich weiß nicht, was ich Ihnen über ihn erzählen soll. Sie hat sehr viel über ihn geschrieben.«

»Dann frage ich einfach, wenn Sie nichts dagegen haben.«

»Nein. Fragen Sie.«

»Aber vielleicht möchten Sie gerade nicht mehr darüber sprechen? Möchten Sie vielleicht, dass wir das Gespräch für heute beenden? Sie können gern morgen noch einmal kommen.«

Ich sagte ihr, es sei alles in Ordnung, obwohl es das durchaus nicht war, und sie solle mir ruhig Fragen stellen.

»Wie alt war Ihr Urgroßvater, als er Ihre Urgroßmutter kennenlernte?«

»Sechsundzwanzig.«

»War seine Frau gestorben? Wissen Sie darüber etwas?«

»Seine Frau?«

»Na ja – mit sechsundzwanzig hatte ein Arapaho-Mann damals üblicherweise eine Frau und Kinder. Sie heirateten oft schon mit siebzehn. Es würde mich wundern, wenn das bei Ihrem Urgroßvater anders gewesen wäre.«

Daran hatte ich noch nie gedacht. All die Jahre war ich davon ausgegangen, dass er selbstverständlich unverheiratet gewesen war. Aber sie hatte recht: Es war unwahrscheinlich. Er hatte es meiner Urgroßmutter also verschwiegen oder aber sie uns.

»Darüber weiß ich nichts«, sagte ich.

Der Teekessel pfiff.

Hebesisei Willow ging in die Küche und blieb lange dort, das war anständig von ihr; ich brauchte ein wenig Zeit, um mich an diese überraschende Wendung zu gewöhnen. Jetzt gab es also noch eine weitere Erklärung für die langen Abwesenheiten meines Urgroßvaters: Nicht die Jagd hielt ihn von meiner Urgroßmutter fern, sondern seine Familie, die Frau, die Kinder, mit denen ich verwandt war. Für ihn war es eine Affäre gewesen, und Hebesisei Willow hatte es mit einer einzigen Frage aufgedeckt.

Sie kehrte mit zwei Teetassen zurück und sagte, warmer Tee sei das Beste bei der Hitze. Ich sagte, das stimme nicht, auch nicht in Arabien, dort trinke man nur deshalb heißen Tee, weil das Wasser abgekocht werden müsse und sowieso tagsüber nie kühl werde, auch wenn man es nach dem Abkochen lange stehen lasse.

Sie schwieg.

Wir tranken.

Nach einer Weile sagte sie: »Ich benötige wenigstens einen Namen aus der Familie Ihres Urgroßvaters. Den seines Vaters, oder seiner Mutter. Dann könnte ich Ihnen vielleicht sagen, aus welcher Familie er stammte und ob im Reservat noch andere Angehörige leben. Verwandte von Ihnen.«

»Nisono'oho. Und John Roman Nose. Das sind alle Namen, die ich kenne.«

Jetzt fiel mir ein: »Er hat sich übrigens taufen lassen. Das muss 1889 gewesen sein. Es gibt doch bestimmt ein Taufregister? Oder ein Pfarrbuch oder etwas Ähnliches? Die Taufe ist doch bestimmt eingetragen worden! Gibt es ein Taufregister der Missionskirche?«

»Das gibt es. Und ich habe es. Warten Sie einen Moment. Gut, dass Ihnen das eingefallen ist!«

Sie drückte kurz meine Hand.

Während sie im Regal den Ordner suchte, trank ich aufgeregt meine Tasse Tee leer und goss mir neuen nach, süßte ihn mit viel Zucker, verspritzte beim Umrühren Tee auf den Tisch. Ich legte zwei Finger auf meine Pulsader am Handgelenk und fühlte das Zucken, ein zu schnelles, aber kein Stolpern, noch nicht.

Hebesisei Willow suchte lange nach dem Ordner. Ich fragte sie, ob sie das Taufregister doch nicht habe? Sie versicherte mir, sie besitze eine Kopie davon, und ich beruhigte mich, denn gleich würde der Beweis auf dem Tisch liegen, und es war nun eben doch ein Beweis erforderlich, ich wollte den Namen meines Urgroßvaters mit eigenen Augen auf dem Dokument sehen.

Endlich war es gefunden, und nun suchten wir gemeinsam in dem Register meinen Urgroßvater. Es waren für das Jahr 1889 Dutzende von Täuflingen eingetragen, jeweils mit ihrem christlichen Namen und ihrem Alter: Mit wenigen Ausnahmen waren es Kinder. Die anderen Getauften waren alle älter als mein Urgroßvater, und keiner hieß John Roman Nose. Wir studierten auch die Taufregister der Jahre 1888 und 1890: Auch hier hauptsächlich Kinder und einige wenige Erwachsene, die entweder jünger waren – ein Achtzehnjähriger war darunter – oder älter als mein Urgroßvater. Kein John Roman Nose in allen drei Jahren.

Ich verstand es nicht. Es machte mir Angst, und es machte mich wütend. Ich nannte das Taufregister eine *Scheißliste* und wollte rauchen, also gingen wir nach draußen, und ich rauchte und lief im Garten hin und her, setzte mich auf die selbst gezimmerte Gartenbank, stand gleich wieder auf, warf die Zigarette weg, weil das Nikotin mir ins Herz fuhr, es überschlug sich mehrmals. Ich sah eine Klapperschlange über die Straße kriechen und schaute ungläubig zu, wie der Nachbar, auf dessen Grundstück sie kroch, sie mit bloßen Händen aufhob und ihr mit einem Messer, während sie heftig ausschlagend an seiner Faust hing, den Kopf abschnitt. Ich sagte zu Hebesisei Willow, mein Urgroßvater habe bei der Reparatur des Dachgebälks der Missionskirche mitgearbeitet, vielleicht gebe es Gehaltslisten? Der Tischler, der mit dem Bau beauftragt worden sei, habe O'Flanagan geheißen. Hebesisei Willow schaute wieder in einem ihrer Ordner nach und sagte, es tue ihr leid, aber im Kirchenbuch, in dem Ausgaben und Einnahmen der Kirche aufgelistet seien, stehe nichts von einer Reparatur des Dachs, und eine so aufwendige und kostspielige Reparatur wäre dem Buchhalter bestimmt nicht entgangen.

»Woher wollen Sie das eigentlich alles wissen!?«, sagte ich. »Sie sind die nicht offizielle Stammeshistorikerin der Arapaho, zufällig weiß ich das von Frau Returnstowar! Also bitte, ich möchte jetzt mit dem offiziellen Stammeshistoriker sprechen!«

Ich entschuldigte mich, sie sagte *Never mind.* Aber es sei besser, die *Sitzung* jetzt zu beenden, ich dürfe jederzeit wieder vorbeikommen, *if you need any further assistance.*

Auf dem Weg zu meinem Wagen rutschte ich aus, stürzte, schlug mir das Kinn auf, es war, als müsse mein Körper im Dreck liegen.

Ich fuhr ins Hotel zurück, legte mich aufs Bett und schon bald kreisten meine Gedanken im Hamsterrad, denn über eine solche Angelegenheit konnte man schwerlich allein nachdenken, und wenn man dazu gezwungen war, es trotzdem zu tun, konnte man diesem Kreisen nicht entgehen. Nicht, dass bei der Lage der Dinge mit einem Mitdenker eine Erkenntnis zustande hätte kommen können, nein. Aber das gemeinsame Im-Kreis-Denken hätte uns zur Überzeugung geführt, dass wir nie herausfinden werden, inwieweit das Tagebuch meiner Urgroßmutter die Wahrheit enthielt, da sie nämlich die einzige Zeugin ihres Lebens war und es außer ihr niemanden gab, der ihren Bericht bestätigen oder zweifelsfrei widerlegen konnte.

Die Fragen, die ich mir jetzt stellte, waren unbeantwortbar, Erklärungsversuche blieben hypothetisch und steigerten nur meine Verunsicherung. Die Wahrheit war nicht verborgen, sie war verschwunden. Es gab sie nicht mehr und jede Suche nach ihr war verschwendete Zeit.

Dennoch wollte ich es natürlich wissen und dachte, wie gesagt, kreisförmig den ganzen Nachmittag lang, dann den Abend lang nach, und in der Nacht wälzte ich dieselben Gedanken und kam kein Stück weiter, sondern fiel immer weiter zurück, so als würde ich erschöpft mir selber folgen, in größer werdendem Abstand. Ja, ich hatte das starke Gefühl, langsamer zu werden und weniger. Es wäre mir erspart geblieben, wenn es jemanden gegeben hätte, für den das, was mich niederwarf, dieselbe Bedeutung gehabt hätte wie für mich. Aber ich konnte es mit niemandem teilen, ich musste es notgedrungen allein tragen. Meine Mutter war tot, ihre beiden Brüder gleichfalls, alle waren tot, in deren Leben der indianische Urgroßvater wichtig gewesen war. Für meine Cousins und Cousinen mochte er noch eine gewisse Rolle spielen, aber mit manchen von ihnen hatte ich keinen, mit anderen nur spärlichen Kontakt. Der eine, so wusste ich, lebte in Indien als Ingenieur, der andere war Alkoholiker und zog von Klinik zu Klinik, mit einer wechselte ich alle Jahre ein paar freundliche Worte per E-Mail, eine andere hatte nach London geheiratet. Mein Vater, obwohl nicht mit meinem Urgroßvater verbunden, hätte mich verstanden, war aber vor meiner Mutter gestorben. Die entfernteren Verwandten wussten von der Sache, die sie aber nichts anging oder ihnen peinlich war.

Jonas war sein Ururgroßvater gleichgültig, wie gesagt, er fand ihn *komisch*; wenigstens entband mich das von der Verpflichtung, ihn über die Ungereimtheiten in der Familiengeschichte zu informieren, es hätte ihn nicht interessiert. An seinem dreizehnten oder vierzehnten Geburtstag, als wir vor dem Kuchen saßen, sagte er, *Ich kann unmöglich aus einem Samenfaden und einer Eizelle entstanden sein.* Hanna fand die Bemerkung köstlich, ich nicht, denn er meinte es ernst; mir machte seine Überheblichkeit Sorgen, aber als ich Hanna später darauf hinwies, sprach sie von *gesundem Selbstvertrauen.* Jetzt, da ich im Hampton Inn die Nacht im Hamsterrad verbrachte, nahm ich es Jonas übel, dass ich ihn in dieser Stunde nicht anrufen und es mit ihm teilen konnte, es war doch auch seine Familiengeschichte! Aber er bekannte sich nicht zu ihr, für ihn war es die Geschichte von Dummköpfen, die aus den Samenfäden und Eizellen ihrer Ahnen entstanden waren. Ich dachte an Edi, wie er wohl reagiert hätte, wenn er von Zweifeln an der Lebenserzählung seiner Ururgroßmutter erfahren hätte, einer Erzählung, die ja für seine Großmutter und noch für seine Mutter eine unmittelbare Bedeutung besessen hätte. Sein Ururgroßvater wäre sicherlich auch für ihn eine Nebelfigur gewesen, aber über die Verbindung zu seiner Mutter und Großmutter wäre für ihn, wenn er einen Funken Familiengefühl besaß, auch dieser ferne Verwandte konkreter geworden, und er hätte verstanden, aus welchen Gefühlen heraus sein Vater ihn anruft, wenn plötzlich Zweifel an der Glaubwürdigkeit der Erzählungen seiner Urgroßmutter auftauchen.

In dieser Nacht haderte ich mit Jonas, und ich trauerte um meine Mutter, die ich sagen hörte, *Was lässt du dir denn da wieder alles einreden, Maxspatz! Die Omama war doch eine so redliche Frau! Die erzählt uns doch keine falschen Geschichten! Sie hat den Opapa sehr lieb gehabt, davon hat sie immer an seinem Todestag gesprochen. Da hat sie immer eine Kerze für ihn angezündet. Und sie hat ja später nie mehr einen anderen Mann auch nur angeschaut.*

Ja, Mama, ich weiß. Aber in der Missionsschule

wurde damals Buch geführt über die Lehrerinnen, die an der Schule arbeiteten, über die Gehälter, die ausbezahlt wurden. Und ihr Name taucht in den Dokumenten nicht auf.

Maxspatz, das ist wieder typisch für dich! Jetzt geht wieder die Fantasie mit dir durch! Das muss ja auch so sein, du bist ja Schriftsteller. Onkel Joseph hat übrigens dein neues Buch gelesen. Und weißt du, was er gesagt hat? Er hat gesagt, dein erstes war besser, aber das hier ist philosophischer.

Es brauchte immer eine gewisse Zeit, um meine Mutter dazu zu bringen, etwas Unangenehmes zu akzeptieren, denn sie liebte die Harmonie und die stille Kontinuität des Alltags. Aber nach einiger Anstrengung meinerseits wäre sie dann doch auch stutzig geworden und hätte gesagt, *Also, dass der Opapa nicht im Taufregister steht, das kann ich mir jetzt auch nicht erklären. Er hat sich aber ganz sicher taufen lassen. Die Omama hat doch immer erzählt, dass er sich wegen ihr hat taufen lassen. Und du sagst, es durften an der Missionschule nur Nonnen Lehrer sein? Aber das kann doch nicht stimmen?*

Im weiteren Verlauf des Gesprächs hätte meine Mutter dann ihre Zweifel überwunden. *Jetzt mach dir doch darüber keine Sorgen, Maxspatz. Das ist schon alles richtig so, wie es war. Vielleicht hat die Omama das eine oder andere verwechselt, ja mein Gott, sie*

war eine alte Frau! Du, aber deine Hanna, meine liebe
Schwiegertochter, sag mal, sie hat mir erzählt, dass sie
sich die Haare nicht färbt? Ich meine, sie ist doch jetzt
auch schon vierzig, und ich kenne jetzt wirklich keinen
Mann, der eine grauhaarige Frau schön findet.

Ich schlief im Morgengrauen ein.

Am nächsten Nachmittag fuhr ich zum offiziellen
Stammeshistoriker der Nördlichen Arapaho, er hieß
Sean Wilson. Ein Weißer, ein hoch aufgeschossener,
hagerer Mann mit langen Wimpern, langen Fingern,
langen Armen, die er schlenkernd bewegte. In seinem dunklen Büro – er hatte, um es vor der Sonne ab-
zuschirmen, die Jalousien heruntergelassen – setzte
ich mich auf einen harten Holzstuhl, der knarrte. Ich
sagte, es gehe um eine Angelegenheit, die mir sehr
wichtig sei, da sie meine Familie betreffe. Ich sei gestern bei Hebesisei Willow gewesen, und ich wolle in
keiner Weise deren Kompetenz infrage stellen. Mir
sei es, eben weil die Angelegenheit mir so viel be-
deute, nur wichtig, eine zweite Meinung einzuholen.
Ich fragte ihn, ob er es für möglich halte, dass im Jahr
1888 eine nicht dem Orden der Sisters of Charity of
Leavenworth angehörende Frau, also eine Laiin, als
Lehrerin an der St. Stephen's Missionsschule gearbeitet habe.

Wilson blickte kurz ins Leere.

»Das wäre mir neu«, sagte er. »Nein, davon habe ich nie gehört. Es war eine Ordensschule. Da unterrichteten nur Nonnen.«

Ich fragte ihn, ob aber eine Laiin, wenn sich ein Jesuit für sie einsetzte oder sogar auf ihre Anstellung drängte, nicht vielleicht doch Lehrerin werden konnte?

»Das glaube ich nicht«, sagte er. »Aber es lässt sich leicht nachprüfen, ob damals eine Ausnahme gemacht wurde. Die Schule war gut organisiert, jesuitisch halt. Die meisten der alten Jahrbücher sind erhalten, und darin sind die Namen aller Lehrerinnen und der ...«

»Ja, ich weiß«, sagte ich. Ich sah im Sonnenstrahl, der durch eine Jalousieritze fiel, einen Staubfaden um sich selbst kreisen. Er war größer als die anderen Staubkörner, und er sank, während er sich um sich selbst drehte, schneller als sie.

»Na ja, also wenn Hebby, Frau Willow meine ich, Ihnen nicht weiterhelfen konnte«, sagte Wilson und zog die Achseln hoch, »dann kann ich es auch nicht, befürchte ich.«

Abends trank ich Bier in *Bomber's Sports Bar*, als Einziger saß ich allein an einem Tisch, an dem drei leere Stühle standen, bis eine neue Gruppe Männer hereinkam; sie fragten mich, ob sie die Stühle haben dürften und rückten sie an einen Tisch, an dem schon sechs oder acht andere Männer saßen, während ich nun an einem stuhllosen Tisch saß, sodass ich mir vom Barkeeper einige Bierdosen zum Mitnehmen einpacken ließ, die ich im Auto trank, dort war mir wohler. Und wieder, obwohl es sinnlos war, dachte ich über meine Urgroßmutter nach und suchte nach Antworten, die aber, wie gesagt, mit dem Tod meiner Urgroßmutter und aller Zeugen ihres Lebens verschwunden waren.

Mein Grübeln brachte nur Zweifel hervor, und diese Zweifel betrafen zuvor Selbstverständliches, etwa die fast rein europäischen Gesichtszüge meiner Großmutter und meiner Mutter. Das heißt, *jetzt* empfand ich ihre Gesichtszüge als fast rein europäisch, früher hatte ich in ihnen die indianische Seite gesucht und gefunden, in der Augenpartie vor allem meiner Großmutter und im leicht bronzenen Teint meiner Mutter. Die ein wenig asiatisch anmutende Augenpartie meiner Großmutter hatte ich damals auf den indianischen Vater zurückgeführt. Jedoch war meine Urgroßmutter in ihrer Jugend von Verwandten die *Japanesin* genannt worden, weil nämlich auch sie dieses runde Gesicht mit den leicht schräg stehenden Augen besessen hatte. Es hätte also keinen indianischen Vater gebraucht, um meine Großmutter ein wenig exotisch aussehen zu lassen, so wenig exotisch übrigens, dass man es, wenn man nicht danach suchte, kaum bemerkt hätte. In der Familie, auch bei ihren Brüdern, galt meine Mutter wiederum als das *Indianerli*, weil sie im Sommer sehr schnell sehr braun wurde und von Außenstehenden noch im November gefragt wurde, woher sie denn so braun sei. Der indianische Großvater ließ uns übersehen, dass der Vater meiner Mutter, der wie alle seine Vorfahren Urner war, ebenfalls zur Braunhäutigkeit neigte.

Nach meinem Besuch bei Hebesisei Willow sah ich dies alles in einem anderen Licht, argwöhnisch streifte ich durch meine Erinnerungen und betrachtete meine Mutter und meine Großmutter nachträglich mit zusammengekniffenen Augen und sah sie immer kaukasischer werden. Um diese Zweifel niederzukämpfen, sagte ich mir, dass ich mir doch wohl genügend historische Fotos angeschaut hatte, um zu wissen, dass es gerade unter den Arapaho viele gab, die durchaus türkisch oder griechisch aussahen, aber nicht asiatisch. Vermutlich aus diesem Grund sprachen damals viele Weiße, die mit ihnen in Kontakt kamen, von einem *schönen Volk*. Meine Urgroßmutter fand meinen Urgroßvater vielleicht auch seines nicht allzu fremdartigen Aussehens wegen anziehend; das hätte dann das Fehlen des Fremdartigen in den Gesichtszügen meiner Großmutter und meiner Mutter erklärt.

Für jeden meiner Zweifel gab es eine Entwarnung, nicht aber einen Beweis dafür oder dagegen, und so entstanden mit jeder Entwarnung neue Zweifel, neue Fragen, für deren Beantwortung die Voraussetzungen fehlten. Das Leben meiner Urgroßmutter war unüberprüfbar, es fehlte letztlich sogar der Beweis für ihre Reise nach Amerika, und hätte ich ihn erbringen wollen, hätte ich es mir zur Lebensaufgabe machen müssen, sämtliche Passagierlisten aller Schiffe, die im Jahre 1888 nach Amerika gefahren waren, zu finden und sie nach ihrem Namen zu durchforsten. Ich wusste aber noch nicht einmal, von welchem Hafen sie abgereist war; in der Familiengeschichte war dieser Hafen unbekannt, sie hatte es entweder nie erwähnt oder vielleicht doch, aber die, die es gewusst hatten, waren tot und hatten es nicht weitererzählt, warum auch?

Die Unüberprüfbarkeit des Lebens meiner Urgroßmutter ließ mich, als ich im Auto auf dem Parkplatz vor *Bomber's Sports Bar* Bier trank, an jene Fledermaus denken, die über Cloud und mir herumgeflattert war. Meine Urgroßmutter hatte in ihrem Tagebuch ihr Leben dokumentiert und es durch den Akt der Niederschrift in die Zukunft gerettet – aber nur vermeintlich. Erst die Überprüfbarkeit ihrer Erzählung hätte ihr Leben für mich als ihren Nachkommen als etwas Wirkliches erhalten, etwas, das tatsächlich geschehen war, und das ich, wenn ich ihr Tagebuch las, wiederaufleben lassen konnte. Jetzt aber, da Zweifel an der Wahrhaftigkeit ihres Berichts entstanden waren, verschluckte das Tagebuch meine Urgroßmutter, und wenn ich es zu Hause wieder hervorholte, waren es nur noch mit Tinte beschriebene, linierte Seiten eines Wachsheftes. Was davon war ihr Leben gewesen, und was nicht? Was davon konnte ich guten Gewissens in Erinnerung behalten, was war unwahr und verdiente es, vergessen zu werden?

Ich hatte keine Ahnung mehr, wer meine Urgroßmutter gewesen war. Umso stärker wurde mein Wunsch, meinem Urgroßvater die Treue zu halten und ihn vom Tagebuch meiner Urgroßmutter zu trennen, ihn in mir zu bewahren, unverändert, trotz der Zweifel: Sie sollten ihn gar nicht erreichen. Ich verbot mir, über das Tagebuch weiter nachzudenken, ich schloss es im Geist und legte es fort und wollte ohne es, aber mit meinem Urgroßvater weiterleben.

Er war Arapaho. Ich sagte es im Auto leise vor mich hin: »Mein Urgroßvater war Arapaho.«

MAHICAN

Vor fünfunddreißig Jahren war ich schon einmal in Winnipeg gewesen, mit meiner damaligen Freundin Sonja. Ich erinnere mich an ein winziges Hotelzimmer mit zerschlissener Tapete und an einen Spiegel, in dem ich ihren nackten, samtenen Rücken sah, als sie auf mir saß, aber es war der Rücken einer Fremden, und obwohl sie die Haarspange mit der Schildpatteinlage trug, die ich wiedererkannte, erkannte ich doch Sonja in diesem Moment nicht mehr, und ihre Bewegungen im Spiegel waren andere als die, die ich spürte, es ging ein Riss durch die Welt, und Sonja verschwand darin.

Diesmal leistete ich mir ein teures Hotel, um noch einmal komfortabel zu leben, bevor es dann in die Hütte ging. Ich las Kafka und mich selbst, ein altes Buch von mir, das ich mitgenommen hatte, um herauszufinden, ob es inzwischen besser geworden war, was nicht der Fall war. Mir schien, meine alten Bücher wurden immer schlechter, und die neuen konnten es mit den alten nicht aufnehmen. Mir schien, dass das, was mir einst als Aufstieg erschien, in Wahrheit die Anstrengung gewesen war, nicht abzustürzen, und nun fehlte mir zunehmend die Kraft, diese Anstrengung zu vollbringen.

Und ich las Turgenjew, *Väter und Söhne*. In einer Lesepause tippte ich *Jonas Beer Kranichsteiner Literaturpreis* in die Suchmaske von Google und stieß auf einen Bericht in der FAZ. Die Autorin war mir unbekannt. Irgendeine junge Literaturjournalistin, deren Begeisterung für Jonas rührend war. Sie lobte die Entscheidung der Kranichsteiner Jury überschwänglich. In dem Artikel erfuhr ich, dass sein Roman nun auch für den Deutschen Buchpreis nominiert worden war. Mir zog sich der Mund zusammen, als hätte ich eine saure Pflaume gegessen.

Ich schrieb ihm eine SMS. *Herzlichen Glückwunsch zur Nominierung zum Buchpreis! Und zu dem schönen Bericht in der FAZ.*

Eine Weile war ich, auf dem Bett liegend, unruhig, da ich auf eine Antwort von ihm wartete. Aber dann schlief ich ein. Ich träumte, dass mein Urgroßvater mir auf einem Geburtstagsfest, an dem Walzer getanzt wurde, etwas um den Hals hängte. Der Schrecken jagte mich aus dem Traum, ich erwachte mit einer körperlichen Abscheu. Ich wusste nicht, was er mir um den Hals gehängt hatte, nur dass es etwas Widerwärtiges gewesen war.

In einer vierpropellerigen Maschine flog ich von Winnipeg nach Lac Brochet. Gleich nach dem Start sah ich unter mir nur noch Wald, Flüsse, Seen in einem ruhigen Muster. Natur ohne Spuren von Menschenwerk, gleichförmig, endlos, das Nichts in all seiner Pracht.

In der Maschine eine muntere Gruppe von Dene. Schöne Menschen übrigens, auch die dicken. Alle trugen neue Jeans, neue Lumberjack-Jacken, neue Schuhe. Ich war der einzige Weiße. Die Dene tranken Bier und erzählten einander, was sie in Winnipeg erlebt hatten. Die meisten sprachen Englisch, einige die Heimatsprache. Nach einer Weile wurden sie neugierig auf mich. Fragten mich, wohin des Wegs. Nun, nach Lac Brochet. Jaja, aber was ich dort vorhabe. In der Wildnis leben, sagte ich. Ruhe, Einsamkeit. Von meinem Urgroßvater schwieg ich. Die Dene kannten die Firma, bei der ich die Hütte gemietet hatte, *Adventure Travels Manitoba*. Einer meinte, Touristen seien gut für Lac Brochet. Die anderen beschränkten sich darauf, die Firma zu kennen. Der Preis für die Hütte interessierte sie. Achthundert kanadische Dollar pro Monat: Sie lachten. Hoppla, eine Stange Geld! Einer sagte, er biete mir sein Haus für die Hälfte an. Aber ohne Frau. Wieder lachten sie.

Anflug auf Lac Brochet: Die geometrische Strenge der Landebahn wirkte in der Wildnis prahlerisch.

Wir landeten am späten Nachmittag. Unmöglich, jetzt noch loszuziehen in meine Hütte. Ich war noch nicht ausgerüstet, und die Hütte lag sieben Fußstunden von Lac Brochet entfernt. So sollte es ja auch sein. Aber gab es hier eine Pension? Daran hatte ich nicht gedacht. Nichts reserviert. Meine Dene-Freunde lachten. *Stay cool.*

Es gab eine Pension. An der Wand neben dem Bett hing ein Rentierfell. In der Nacht stürzte es herunter und bedeckte mich. Noch halb im Schlaf schrie ich und wehrte mich, bis ich merkte, dass es nur das Fell war. Es war über mich hergefallen.

Am nächsten Tag kaufte ich im Dorfladen von Lac Brochet Proviant. Trockenfleisch vor allem. Viel davon wog wenig, das war entscheidend, ich musste es ja dann sieben Stunden durch den Wald schleppen. Auf Corned Beef verzichtete ich des Gewichts wegen. Nein, ich wollte Corned Beef. Zwei Dosen packte ich am Schluss doch in den Rucksack.

Der Rest war Bestandteil des Vertrags. *Adventure Travels Manitoba* garantierte, dass in der Hütte Reis, Mehl, Teigwaren für vier Wochen vorhanden waren.

Außerdem Feuerholz für mindestens zwei Wochen. Außerdem Wasser für eine Woche, bis man aufhörte, dem Wasser des nahen Sees zu misstrauen. Gegen Aufpreis hatte ich mir vierundzwanzig Halbliterdosen Bier und drei Flaschen Whiskey liefern lassen. Der Stoff wartete jetzt in der Hütte auf mich.

Jetzt noch ein Gewehr. Die Munition wurde im Dorfladen angeboten, nicht aber Gewehre. Ich fragte den Ladenbesitzer, wo ich eins kriegen könne. Er sagte, bei seinem Großvater. Der habe den Grauen Star und könne nicht mehr jagen. Der Ladenbesitzer drückte mir die Hand: Joe Sha'Oulle. Ihm fehlte ein Eckzahn, und möglicherweise hatte er ein Glasauge, sein eines Auge wirkte starr und blicklos. Er verriegelte die Tür mit drei Sicherheitsschlössern und zwei dicken Eisenketten und führte mich persönlich zu seinem Großvater, der in der Nähe der Landebahn wohnte. Sein Großvater spreche kein Englisch. Der alte Mann saß im Schaukelstuhl vor einem dröhnenden Fernseher. Joe Sha'Oulle drehte die Lautstärke runter und schrie seinem Großvater auf Dene etwas ins Ohr. Der Alte machte eine wegwerfende Handbewegung.

»Er will wissen, wozu Sie das Gewehr brauchen«, sagte Joe Sha'Oulle. Ich hatte den Alten nichts sagen hören. Aber gut.

»Wegen der Bären«, sagte ich.

Joe Sha'Oulle übersetzte es.

Nun sagte der Alte etwas, womit Joe Sha'Oulle offenbar nicht einverstanden war. Während sie diskutierten, drehte der Alte sich einmal nach mir um, und nun konnte ich den Grauen Star gut sehen. Die tatsächlich grauen Pupillen.

»Guten Tag«, sagte ich, da Joe Sha'Oulle uns einander nicht vorgestellt hatte.

Der Alte deutete mit dem Finger auf mich und sagte etwas. Joe Sha'Oulle übersetzte es nicht.

»Was sagt Ihr Großvater denn?«

»Nichts! Er ist sehr alt, schon fünfundneunzig. Man sollte nicht alles ernst nehmen, was er sagt.«

Der Alte klatschte in die Hände.

»Ich hole jetzt das Gewehr«, sagte Joe Sha'Oulle. »Ich muss ja wieder in den Laden. Wenn jemand etwas kaufen will, und ich bin nicht da, das ist nicht gut. Ich hole das Gewehr. Sie können es sich anschauen. Wenn Sie's nehmen, mache ich Ihnen einen fairen Preis.«

Er ging ins Nebenzimmer und rumpelte dort herum. Der Großvater spuckte in ein Taschentuch und putzte damit den Bildschirm.

»Ich weiß nicht, was für ein Fabrikat es ist«, sagte Sha'Oulle. »Aber es ist ein zuverlässiges Gewehr. Mein Großvater hat es benutzt, seit ich denken kann. Und er hat immer was heimgebracht von der Jagd.«

Er drückte mir das Gewehr in die Hand. Es war schwer.

»Ja, es ist sicher ein gutes Gewehr«, sagte ich. Es war ein Karabiner, mit einem fünfschüssigen Magazin.

»Mehr braucht man nicht«, sagte Joe. »Na ja, wenn der Bär dann noch lebt, haben Sie ein Problem.«

»Ich nehme es.«

»Er möchte hundertzwanzig dafür.«

»Hat er das gesagt?«

»Das hat er gesagt. Hundertzwanzig. Es ist eine sehr gute Waffe. Besser als vieles, das heute produziert wird. Sie müssen es nur gut einschießen.«

»Einschießen? Ein so altes Gewehr?«

»Nein, ich meine, Sie sollten sich mit dem Gewehr vertraut machen. Jedes Gewehr ist anders. Und alte Gewehre sind sehr anders. Sie sind sehr gut. Aber man muss ein Gefühl für sie kriegen.«

Ich verstand nichts von Waffenpreisen. Aber das Gewehr sah einfach nicht aus, als sei es hundertzwanzig Dollar wert.

»Na gut, einverstanden«, sagte ich. »Ich bezahle bar, okay?«

»Klar. Geht auch nicht anders.«

Ich hatte keine Lust zu feilschen. Es war zu teuer, aber es war ein Gewehr. Ich wollte nicht ohne Gewehr in die Wälder gehen. Und es war das Gewehr eines alten Dene-Jägers. Eine erprobte Waffe, die er sicherlich sorgfältig gepflegt hatte. Was wollte ich mehr?

Ich blätterte Joe die Scheine in die Hand.

Sein Großvater saß dicht vor dem Fernseher. Er schien eine übernatürliche Passage zu suchen, durch die er in den Film hineingelangen konnte, um auch diesen mit dem Taschentuch zu putzen.

Joe legte ihm die Hand auf die Schulter und rief etwas. Auch ich verabschiedete mich vom Großvater. Ich streckte ihm die Hand hin, und er drückte sie. Ich spürte sein feuchtes Taschentuch in meiner Handfläche und hätte mich gern wieder losgemacht. Aber er hielt meine Hand fest und redete lange.

»Was sagt er?«

»Immer dasselbe. Aber wir sollten ihn jetzt in Ruhe lassen. Er ist müde.«

Auf dem Weg zurück zum Laden fragte ich Joe, was er mit *immer dasselbe* gemeint habe.

»Na ja, wegen der neuen Hütte«, sagte Joe. »Die Sie gemietet haben. Er findet, es ist der falsche Platz.«

»Der falsche Platz wofür?«

»Um da eine Hütte zu bauen. Aber die Leute von der Firma wollten die Hütte nun mal genau dort bauen. Die haben bestimmt ihre Gründe. Ich weiß gar nicht, wo genau die steht. Das geht mich auch nichts an. Über solche Dinge entscheidet der Stammesrat. Und ich finde, die machen ihre Arbeit gut.«

»Was könnte denn an der Hütte falsch sein?«

»Na ja, vielleicht steht sie auf einem Bärenpfad. Und das stört ein paar Leute hier. Die haben sowieso was gegen Fremde. Gegen die Trekker. Das ist eine neue Mode.«

»Das Trekking?«

»Nein, diese jungen Kerle bei uns! Die was gegen Fremde haben. Gegen Weiße, meine ich.« Er sprach von einer Gruppe hier im Reservat namens *Sheth Chok Movement*, junge Burschen mit Flausen im Kopf von einer unabhängigen *Dene Nation*. »Vor einem Jahr waren das noch ganz normale Jungs, aber jetzt machen sie Politik. Sie wollen, dass wir wieder leben wie unsere Ahnen. Vor allem sollen wir keinen Whiskey mehr trinken. Sie sagen, das sei ein unindianisches Getränk. Nur Bier ist indianisch, weil unsere Ahnen Bier hergestellt haben. Als ob die Ahnen keinen Whiskey getrunken hätten! Vor einem Monat standen ein paar von den Jungs in meinem Laden und verlangten, dass ich keinen Whiskey mehr verkaufe. Und Trekkern soll ich überhaupt nichts mehr verkaufen, sie wollen keine Weißen im Reservat. Ich sagte zu ihnen: Verdient ihr erst mal euer eigenes Geld, und dann macht mir Vorschriften!« Joe Sha'Oulle machte mit dem Finger eine kreisende Bewegung. »Man darf sie nicht ernst nehmen«, sagte er, »das legt sich alles wieder, wenn sie geheiratet haben und eine Familie ernähren müssen.«

»Und die Hütte steht auf einem Bärenpfad?«, fragte ich.

»Sie behaupten es. Und einige der Ältesten auch.

Und das wäre dann ein heiliger Pfad. Aber ich kenne die Ältesten. Sie sind nur beleidigt, weil die Leute von der Firma sie nicht vorher um Rat gefragt haben, wo sie die Hütten bauen sollen. Das verstehe ich ja auch. Die Ältesten kennen unser Land besser als jeder andere. Aber andererseits, wenn ein Sturm ein paar Fichten umwirft, und wenn die dann zufällig auf einen Bärenpfad fallen: Das kommt dann doch aufs Selbe raus. Dann suchen sich die Bären eben einen anderen Pfad, und dann ist eben der heilig. Wir haben doch hier genügend Land. Da gibt's genügend Platz für heilige Pfade. Das ist jedenfalls meine Meinung. Und ich lasse mir von niemandem vorschreiben, was ich in meinem Laden verkaufe und was nicht und wem ich es verkaufe und wem nicht.«

Es war mir unangenehm zu wissen, dass es in der kleinen Ortschaft Augen gab, die mich ungern sahen. Wäre ich den jungen Männern vom Sheth Chok Movement begegnet, so wäre ich auf sie zugegangen, das ganz gewiss. Nur, was hätte ich zu ihnen gesagt? Wäre es redlich gewesen, zu behaupten, mein Urgroßvater sei ein Hinono'ei gewesen? Ich konnte mir dessen ja nicht mehr sicher sein, es wäre also eine Behauptung gewesen. Ich hätte aber am liebsten das zu den Burschen gesagt, lieber als alles andere, und als ich darüber nachdachte, begriff ich, dass ich es in der Hand hatte: Ich konnte mich entscheiden. Es war, nach Lage der Dinge, legitim, mich zu meiner Arapaho-Abstammung zu bekennen, die zwar nicht mehr zweifelsfrei feststand, aber es fehlte auch der Beweis, dass es nicht so war. Es lag in der Schwebe. Ich konnte mich, da der Wahrheitsgehalt der Tagebücher meiner Urgroßmutter auf immer unüberprüfbar bleiben würde, so oder so entscheiden. Und da es mein Wunsch war, von einem Arapaho abzustammen, fiel mir die Entscheidung leicht. Wieder entschied ich mich dafür, wenn auch diesmal aus anderen Gründen als nach meinem Besuch bei Hebesisei Willow, dass mein Urgroßvater Arapaho gewesen war, und ich hätte das den Movement-Leuten gerne mitgeteilt.

Aber ich bekam im Dorf an diesem Tag keinen einzigen jungen Mann zu Gesicht, nur Frauen, Kinder und ältere Männer. Und als ich gegen Abend dann doch jungen Männern begegnete, waren die in guter Laune und tranken, auf einer aus halbrunden Baumstämmen gezimmerten Bank vor der Dorfkneipe sitzend, fröhlich und laut aus Pappbechern Cola mit Whiskey.

Am nächsten Morgen regnete es. Ich atmete auf. Ich verbrachte den geschenkten Tag in meinem Rentierzimmer in der Pension. Ich las und erkundigte mich zwischendurch nach der Wetterprognose. Sie war ungünstig für mich, am Tag darauf blickte ich in einen makellosen Himmel, wie vorhergesagt. Um neun Uhr morgens wärmte die Sonne schon. Der Boden war zwar noch feucht. Aber niemand hätte das als Grund gelten lassen, nicht aufzubrechen. So schulterte ich also den Rucksack und schaltete das GPS ein.

Kinder spielten mit Hunden, als ich Lac Brochet verließ. Sie verharrten kurz im Spiel, um mich zu betrachten. Doch dann spielten sie weiter.

Als ich in den Wald trat, war ich schon vergessen.

Die Wildnis, die ich gesucht hatte, fand mich sofort. Niedrige, knorpelige Fichten umstellten mich. Der Wind blies mich an. Ich hörte Geräusche, war aber nicht sicher, wer sie verursachte. Das Knacken der Zweige. Darauf achtete ich gleich von Anfang an sehr aufmerksam: Ob es mein Knacken war, oder ob es da eventuell noch ein fremdes Knacken gab. Ich wanderte nun gewissermaßen lebendig durch die Reiseführer, die ich vorab gelesen hatte. Das zu Hause, in meiner gemütlichen Wohnung in Berlin Gelesene lauerte nun hinter den Fichten und im krautigen Gestrüpp und auf den moosigen Lichtungen vielleicht in Erdlöchern. Man konnte jetzt nichts mehr zuklappen. Die Elchbullen, von denen ich gelesen hatte, dass sie gefährlicher als die Bären sind, existierten hier wirklich irgendwo. Das Gelesene blies Atemhauch aus den Nüstern. Es spreizte die Krallen. Ich marschierte mit geladenem Gewehr. Der kühle, dunkle Wind. Ich begriff mich als Fleisch. Siebzig

Kilo Fleisch. Und sechs Liter Blut: Reichlich Nahrung.

Ich habe die Mücken noch nicht erwähnt.

Dieser Wald war von anderer Art. Bisher hatte ich nur Wälder betreten, die Inseln gewesen waren in besiedeltem Land. Hier aber war das besiedelte Land eine Insel – und soeben hatte ich sie verlassen. Der Kompass und das GPS-Gerät wuchsen mir ans Herz, nachdem mir klar geworden war, dass von diesen Gerätschaften mein Leben abhing. Ich begriff erst jetzt, was ich da tat. Die Hütte befand sich zwar nur fünfunddreißig Kilometer von Lac Brochet entfernt. Aber fünfunddreißig Kilometer in welche Richtung? Falls ich den Kompass verlor und das GPS ausfiel, war Lac Brochet in alle Richtungen außer in die eine tausend Kilometer entfernt.

Ich begann, die Fichten zu markieren, indem ich mit dem Messer ein Stück Rinde herauskerbte. So kam ich aber nicht voran. Die Markierung machte ja nur Sinn, wenn man von ihr aus die nächste erkennen konnte. Ich hätte jede zehnte Fichte markieren müssen.

Der Rucksack wurde mir schwer. Die Bücher zurücklassen?

Laut Wegberechnung war ich nach zwei Stunden erst sechs Kilometer weit gekommen. Auch das hatte ich unterschätzt. Die Nacht brauchte ich allerdings nicht zu fürchten, denn die Sonne ging jetzt im Sommer spät unter. Selbst bei diesem Tempo würde ich vor Einbruch der Dunkelheit die Hütte erreichen. Trotzdem: Ich schritt schneller aus. Hörte auf, die Bäume zu kerben. Ich sehnte mich nach dem Schutz dicker Holzwände.

Am Nachmittag bemerkte ich im Unterholz eine Bewegung. Ich blieb stehen. Leise betätigte ich den Ladehebel des Gewehrs, nur zur Sicherheit. Er klemmte. Sofort brach mir der Schweiß aus. Mit nassen Händen fummelte ich am Gewehr herum, bis mir einfiel, dass ich es schon vor Stunden geladen hatte. Das zeigte mir, dass ich die Dinge nicht im Griff hatte. Ich war mit geladenem Gewehr herumgelaufen! Wer so etwas vergisst, schießt sich früher oder später in den Fuß! Ich war hier draußen ein absoluter Anfänger und hatte von nichts, das hier wichtig war, eine Ahnung.

Was ich zwischen den Stämmen gesehen hatte, war längst weg.

Sieben Stunden war ich gelaufen. Laut GPS lagen noch neun Kilometer vor mir. Waldfetzen, Lichtungen, Waldfetzen, kleine Seen, größere, Wald. Dann wieder ein See und eine Portage zum nächsten See. Die Landschaft war nicht eintönig und dennoch symmetrisch, wie der Kosmos. Wie dieser sah sie von jedem beliebigen Punkt aus betrachtet gleich aus. Mein GPS-Gerät gab eine Richtung vor, die in Wirklichkeit nicht existierte. Die Richtung war Menschenwerk. In Wahrheit war ich bereits unauffindbar geworden. Hätte ich hier draußen einen Infarkt erlitten, wäre ich gestorben. Ich wäre gestorben wegen eines Beinbruchs. Gestorben wegen einer Blinddarmentzündung. Ich war nur vierundzwanzig Kilometer von Joe Sha'Oullas Laden entfernt und doch verschwunden.

Nach einer Weile wich meine Angst einer sonderbaren Erregung. Ich war jetzt wie gespitzt. Jetzt gefiel es mir, verschluckt worden zu sein. Und ganz so wehrlos war ich ja nicht. Selbst wenn ich mich verirrte blieben mir doch die fünfzig Schuss Munition. Ich besorgte mir im Notfall die Nahrung selbst! Ich brauchte keine Hütte mit Reis und Pasta. Notfalls konnte ich zwischen den Bäumen leben. Baute mir einen Unterstand aus Fichtenzweigen, das würde ich lernen. Jagte, auch das konnte man lernen. Drei Feuerzeuge steckten im Rucksack. Für ein Feuer, das nie erlosch, brauchte ich nur Holz nachzulegen, es gab weiß Gott genug davon.

Als ich mir zutraute, in diesen Wäldern und an diesen Seen auf mich selbst gestellt zu überleben, fühlte ich mich heimischer.

Erschöpft von zehn Stunden Marsch und euphorisiert von einer romantischen Freiheitsahnung erreichte ich die Hütte.

Es war eine Blockhütte, erbaut auf einer Lichtung. Dazu ein Schuppen von annähernd derselben Größe, aber nachlässiger gebaut, dünnere Bretter und überhaupt Bretter, während die Blockhütte aus massiven Baumstämmen gefertigt war.

Die Tür der Blockhütte war mit zwei Brettern vernagelt. Ebenso die Fenster. Dazu hatte ich jetzt überhaupt keine Lust. Ich war müde, ich wollte einfach nur rein. Von den Brettern war im Vertrag keine Rede gewesen. Wie sollte ich denn jetzt diese Nägel rauskriegen? Ich versuchte es mit meinem Messer. Aber es war nichts zu machen. Wie kamen die auf eine so bescheuerte Idee? Die Blockhütte war verbarrikadiert, als stehe der Ansturm einer Horde bevor.

CAYUGA

Ein Werkzeug. Einen Hammer mit Nagelziehspalte. Nein, besser eine Axt. Dazu war doch bestimmt der Schuppen da. Die Tür war mit einem schweren Vorhängeschloss gesichert. Der Schlüssel hing oben an einem Haken. Ich verstand nicht, worin der Sinn einer solchen Verriegelung bestand. Jedenfalls fand ich im Schuppen zwei Äxte. Die kleinere nahm ich mit. Beim Verlassen des Schuppens entdeckte ich ein gelbes Plakat, das an der Rückseite der Schuppentür befestigt war. Mit schwarzem Filzstift hatte jemand darauf geschrieben, man solle alle Nahrungsmittel, auch Konservendosen und Vakuumiertes, ausschließlich hier im Schuppen aufbewahren. *FOR YOUR SAFETY.* In einer anderen Handschrift und in blauer Farbe stand darunter: *Throw all organic waste into the lake! We didn't – and had bears here.* Dem Englisch nach hatte dies ein Ausländer geschrieben.

Mir gefiel der Ausdruck *Bären hier haben.*

Ich verstaute mein Trockenfleisch und die zwei Dosen Corned Beef im Schuppen und sicherheitshalber auch die Bücher. Denn sie hatten im Rucksack den Geruch des Fleisches angenommen.

Mit der Axt stemmte ich die Bretter aus der Vernagelung. Ich befreite auch gleich die zwei kleinen Fenster. Eine der Glasscheiben hatte einen Sprung in der Form eines Spinnennetzes. Sah aus, als habe jemand einen Stein geworfen. Es störte mich nicht, Hauptsache, die Fenster waren klein. Es sollte hier nichts reinklettern.

Das Hütte war komfortabel. In der Ecke ein Bett mit richtiger Matratze. Wie im Vertrag angekündigt, lag ein Schlafsack darauf. Es gab eine Kochnische, Gas, zwei Platten. Auf einem Regal Teller und Gläser. Tisch, zwei Stühle, einen für das *we* oder, falls man allein war, für den Bären, den man hier hatte, ein Kamin. War es nicht ein wenig zu häuslich? Gefiel mir das? Und wo waren der Reis und die Teigwaren? Vor allem das Bier und der Whiskey? Als ich den Alkohol in der Hütte nicht fand, durchsuchte ich mit einem Eifer, der mich erschreckte, den Schuppen und war nicht glücklich, bis ich die drei Whiskeyflaschen in den Händen hielt. Das Bier, den Reis und die Teigwaren hatten die Leute von *Adventure Travels* vergessen, aber das kümmerte mich weniger. Auch das Trinkwasser war nicht da.

Ich nahm im Schuppen den Eimer vom Haken. Da ich nicht wusste, wie weit der See entfernt war, holte ich in der Hütte das Gewehr. Es sollte mich begleiten. Schon ließen die Vögel ihre Abendstimmen hören. Der Himmel verblasste, und es wurde kühl. Ich machte mich auf den Weg zum See, auf klumpigen Füßen. Eine halbe Stunde Weg! Warum sie die Blockhütte nicht näher am See gebaut hatten, war mir unverständlich. Für seine Schönheit hatte ich keinen Blick, denn mich bekümmerte die Vorstellung, jeden Tag zwanzig Liter Wasser hin- und zurücktragen zu müssen. Ich füllte den Eimer nur halb, um mir heute zehn Kilo zu ersparen.

Auf dem Rückweg Extrasystolen wegen der Überanstrengung. Ich war seit zwölf Stunden unterwegs, mein Herz taumelte. In der Hütte angekomme,n reichte meine Kraft gerade noch, um im Kamin ein Feuer zu machen. Mit geschlossenen Augen aß ich das zähe Trockenfleisch. Das Wasser war voller Mückenlarven, das bemerkte ich erst jetzt. Ich stellte den Topf zum Abkochen aufs Feuer und schlief beim Warten ein. Als ich erwachte, glühte der Topf, das Wasser war verdampft und in den Topfboden hatten sich die verkohlten Mückenlarven eingebrannt.

Am nächsten Morgen ging ich als Erstes zum See, holte Wasser, kochte es ab und trank es warm. Aß Trockenfleisch. Fühlte meinen Puls und zählte drei Extrasystolen pro Minute.

Am Mittag gönnte ich mir eine Dose Corned Beef. Danach legte ich mich aufs Bett, und im Halbschlaf dachte ich über meine Nahrung nach. Das Trockenfleisch und die noch vorrätige Dose Corned Beef reichten, so schätzte ich, höchstens für drei Tage, bei strenger Ration. Ich musste also tatsächlich jagen und besser gleich damit beginnen. Mit diesem Gedanken schlief ich ein.

Wieder der Traum: Das Geburtstagsfest. Die Paare tanzen Walzer. Mein Urgroßvater hängt mir etwas um den Hals. Und diesmal weiß ich, was es ist. Als ich zu weinen beginne, lacht er. Und dann singt er mit einer wunderschönen, ergreifenden Stimme.

Erst um acht Uhr abends erwachte ich. Ich ging draußen ein bisschen herum, besichtigte meine Hütte von hinten, hackte Holz.

Darüber wurde es neun. Erst neun. Wie jetzt die restliche Zeit bis zum Wieder-müde-Werden herumbringen? Ich holte mir aus dem Schuppen Turgenjew. Er roch immer noch nach Trockenfleisch. Ich vergaß zu erwähnen: Es gab eine Gasfunzel, die helles Licht spendete unter Abgabe von viel Ruß. Sie und das Feuer im Kamin beleuchteten die Buchseiten vortrefflich. Bis um elf Uhr las ich, trank mit Wasser verdünnten Whiskey.

Ich dachte an den Walzer-Traum. Mein Urgroßvater hatte mir eine blutige Brosche um den Hals gehängt, die aus dem Tagebuch meiner Urgroßmutter. Das war deutlich genug, es hieß *Du machst dir etwas vor*. Ich konnte meinen Urgroßvater nicht von dem Tagebuch trennen, er führte keine unabhängige Existenz außerhalb dieses Berichts. Ein unglaubwürdiger Bericht bedeutete: ein unglaubwürdiger Urgroßvater. An ihm dennoch festzuhalten, so als sei jedes Wort in dem Tagebuch wahr, würde mir nicht gelingen, wie denn? Und ein Urgroßvater, dessen Identität nicht zweifelsfrei feststand, konnte mir keine Heimat sein; wenn es um Herkunft ging, konnte man nicht sagen *ich glaube*, Herkunft musste eindeutig sein. Und diese Eindeutigkeit, mit der ich so viele Jahre gelebt hatte als Urenkel eines Arapaho vom Mutterstamm der Hinono'ei, war mir genommen worden, sie war von unbeantwortbaren Fragen befallen worden, die sie zersetzt hatten, und nun waren von ihr nur noch einzelne Fetzen vorhanden, so wie dereinst von Clouds Fähenpelz nur noch Fetzen übrig bleiben würden, die der Präriewind in alle Richtungen zerstreute. Ich dachte an jene

Nacht, als Cloud mir das Fuchsfell gezeigt und von seinem Sohn erzählt hatte, und am nächsten Tag hatte er mir geraten, mich ins Stammesregister der Northern Arapaho einschreiben zu lassen, und nun schloss sich der Kreis, so kam es mir vor. Er hatte seinen Sohn verloren und ich meinen Urgroßvater, und beide hatten wir, je auf eigene Weise, ein Stück der Arapaho-Heimat verloren.

Aber bevor ich meinen Urgroßvater freigab und ziehen ließ, da er möglicherweise nicht dorthin gehörte, wo er in meiner Vorstellung all die Jahre gelebt hatte, seit ich zum ersten Mal von ihm erfahren hatte durch meine Mutter, bevor ich ihn losließ, wollte ich ihn ehren, ihn und sein Volk, auf die Weise, auf die ich es tun konnte: indem ich aufschrieb, wie es war.

Um Mitternacht öffnete ich mein Notizheft. Ich drückte es glatt und strich mit der Hand über die erste leere Seite. Das Feuer knackte, und ich glaubte einen Hund bellen zu hören, stand auf und trat ans Fenster, blickte hinaus in die Dunkelheit, sah in der Scheibe die Spiegelung meines Gesichts und dahinter eine hauchdünne Mondsichel. Es war still, nur das Feuer war zu hören, ich hatte mich getäuscht.

Zurück am Tisch, schrieb ich mit Bleistift:
Arapaho – Notizen

Das Wort *Arapaho* bereitete mir Unbehagen, und ich strich es. Nun stand da nur noch *Notizen*. Aber Notizen über was? Darüber, dass mir das Wort *Arapaho* mit einem Mal vermessen vorkam? Darüber, dass die Zweifel an meiner Abstammung von den Arapaho wie Ratten waren, die man zu vertreiben beschlossen hat, ohne aber zu wissen wie? Sodass die Entscheidung, die man getroffen hat, sich auf die Ratten in keiner Weise auswirkt?

Ich legte den Bleistift weg und schnitzte mit dem Messer ein Gesicht in ein Holzscheit. Ich tat dies sehr geduldig. Das Geräusch der auf die leeren Seiten des Notizheftes rieselnden Späne machte mich ruhig und schläfrig.

Als das Gesicht fertig war, kümmerte ich mich um das Kaminfeuer, das erkaltet war; auf die glimmende Glut legte ich einige Scheite, das Wiederaufflackern des Feuers hatte etwas Befriedigendes. Ich klappte das Notizheft zu, trank den Becher mit dem verdünnten Whiskey leer und beschloss, darüber zu schlafen und mir danach einige Tage Zeit zu lassen, um darüber nachzudenken, ob es nicht vielleicht grundsätzlich und nach dem Besuch bei Hebesisei Willow erst recht eine *Schnapsidee* war, einen Roman über die Arapaho zu schreiben.

Schnapsidee hatte Jonas es aber bestimmt nicht genannt –

Als ich im Bett lag und dem Knistern des Feuers zuhörte, bedauerte ich, keinen Hund dabeizuhaben, der mit mir das Alleinsein teilte ohne es zu stören, und der Wache hielt. Ich stand noch einmal auf, um den Sitz des Querbalkens zu prüfen, der die Hüttentür von innen verriegelte.

Mir fiel ein, dass ich meinen Betablocker noch nicht geschluckt hatte. Da mir das abgekochte Wasser ausgegangen war, schluckte ich die Metoprolol-Tablette mit Whiskey, und auch das Kalium/Magnesium-Gemisch löste ich notgedrungen in ein wenig Whiskey auf.

Ich versuchte nun, einzuschlafen, aber die Geräusche wurden lauter. Es war hier draußen weniger still als erwartet. Ich hörte Vogelrufe, die nächtlich klangen, eine Eule war es aber nicht. Manchmal bewegte sich die Tür in den Scharnieren, wenn der Wind dagegenblies, dann knackten auch die Fensterscheiben. Die Mücken, die trotz meiner Sorgfalt in die Hütte geraten waren, will ich gar nicht erwähnen. Später hörte ich ein Rascheln, das vom Dach zu kommen schien. Im Halbschlaf glaubte ich ein fernes, hohes Motorgeräusch zu hören, wie von einem Enduro-Motorrad.

Ich schlief unruhig. Und ich schwöre, ich träumte von einem Feuer.

WENROHRONON

Am nächsten Morgen gab ich die Idee, zu jagen, auf.
Zum einen verstand ich nichts davon, wusste weder,
wie man ein Tier häutete noch wie man es ausweidete,
und zum anderen widerstrebte es mir, ohne wirkliche
Not auf Tiere zu schießen an einem so herrlichen Tag.
Die Sonne schien, es war warm genug für ein T-Shirt,
die Fichtenwipfel steckten in einem klaren blauen Himmel, und die Luft roch nach Harz und Erde.

Außerdem dachte ich an die Bären, die, falls ich ein
Tier geschossen hätte, dem Geruch der Eingeweide
gefolgt wären und möglicherweise in Versuchung gekommen wären, mir die Beute abspenstig zu machen,
was ihnen zweifellos gelungen wäre.

Fischen hingegen konnte ich, und es schien mir in jeder Hinsicht die bessere Lösung zu sein. Gestern hatte

ich im See dicht unter der Wasseroberfläche dicke Brocken bemerkt, meiner Meinung nach Barsche. Und im Schuppen gab es Angelzeug, eine Rute, eine Blechdose mit verschiedenen Ködern, das genügte schon.

Mit dem Angelzeug machte ich mich auf den Weg zum See. Auf einer Lichtung reizte es mich, das Gewehr, das ich zum Schutz vor den Bären bei mir trug, auszuprobieren, da ein dünner Baumstumpf aus der bemoosten Erde ragte, der ein gutes Ziel abgab. Ich hatte das Schießen beim Militär gelernt und auch später hin und wieder geschossen, es gefiel mir, und ich war ziemlich treffsicher. Aber als ich nun, das alte Dene-Gewehr im Anschlag, auf den Baumstumpf zielte, brachte ich es nicht über mich, diesen friedlichen Morgen durch einen Knall zu stören. Es flogen kleine gefleckte Vögel zwischen den Fichten herum, ein milder Wind strich mir ums Gesicht, trotz der Mücken herrschte ein gewisser Einklang, und durch einen Schuss hätte ich dieses feine, unsichtbare Gewebe zwischen den Dingen zerrissen. Ich beschloss, das Gewehr auszuprobieren, wenn es einmal regnete.

Den See bewegte kein Lüftchen, die sich spiegelnden Fichten rahmten ihn ein. Ich hängte den mir richtig scheinenden Köder an den Haken und warf die Schnur aus.

Eine Weile hing der See gewichtslos an meiner Angelschnur. Doch plötzlich wurde er schwerer. Er zerrte mit Kraft an der Schnur, die Kurbel drehte sich von allein. Ich stoppte sie und kurbelte in die entgegengesetzte Richtung. Während ich dies tat, spürte ich in meinen Fingern das Gewicht des Sees. Es war zu bewältigen. Ich war wesentlich kräftiger, und deshalb opferte der See mir einen Fisch, damit ich ihn in Ruhe ließ.

Der Fisch kämpfte an der Angel mit Luft und Himmel, es war ein überwältigender Anblick. Ich spürte die Stöße in meiner Hand, wenn er mit der Schwanzflosse ausschlug.

Ich tötete ihn mit der stumpfen Messerseite, durch zwei Schläge auf den Kopf. Danach putzte ich ihn aus, wusch das Innere und legte ihn in den Eimer, den ich mit Wasser gefüllt hatte, damit die Bären vom Geruch nicht Wind kriegten. Vor meiner Abreise hatte ich gelesen, dass seit einigen Jahren Grizzlybären wieder nach Manitoba einwanderten, nachdem sie in den letzten hundert Jahren von hier vertrieben worden waren. Einem Grizzly wollte ich unter keinen Umständen begegnen, schon gar nicht jetzt am Sommerende, wo sie des Winterspecks wegen alles fraßen, was sich nicht aus dem Staub machte.

Beim Fischen empfand ich eine tiefe Ruhe, und schon bald fischte ich nur noch dieser Ruhe wegen – ich hatte schon fünf Fische, und zwei hätten für heute gereicht. Aber ich fischte weiter, und manchmal schloss ich dabei die Augen und dachte an nichts. Schließlich ließ ich die Fische, die ich nicht brauchte, wieder schwimmen, hängte die Angel in den See, schloss wieder die Augen und dachte wieder an nichts.

Am Mittag briet ich einen Fisch über einem kleinen Feuer, und da ich kein Salz dabeihatte, streute ich ein wenig Asche auf das weiße Fleisch, denn ich hatte einmal gehört, Asche sei ein Salzersatz. Ich kann das allerdings nicht bestätigen.

Danach machte ich mich auf den Rückweg zur Hütte. Ein kleines Caribou stand zwischen zwei Birken, und ich glaubte einen Adler kreisen zu sehen. Ich kam vom Weg ab und entdeckte einen Bach, der viel näher bei der Hütte lag als der See, und der klares Wasser ohne Mückenlarven führte. Ich freute mich, denn das würde mir fortan das Wasserholen erleichtern. Ich wusch die Fische noch einmal gründlich sauber, füllte den Eimer mit frischem Wasser und roch Rauch. Es war Wind aufgekommen, und er wehte mir den Geruch zu, den ich zuerst für den eines Lagerfeuers hielt. *Sieh an*, dachte ich, *ich bekomme Gesellschaft.* Ich wusste nicht recht, was ich davon halten sollte. Als ich mich dann aber der Hütte näherte, die sich hinter einem bewaldeten Hügel befand, kroch der Rauch zwischen den Baumstämmen durch; es war ein fetter, dunkler Rauch, den ich mit einem einfachen Lagerfeuer nicht in Verbindung bringen konnte: Das musste ein großes Feuer sein, und wer würde ganz in der Nähe meiner Hütte so viel Holz verbrennen? Ich stieg den Hügel hoch, schon ganz von Rauch umgeben, und hörte, bevor ich es sah, das Tosen des Feuers, ja, es war ein Lärm, der nichts mehr mit dem gemütlichen Geräusch eines normalen Feuers zu tun hatte, und ich roch jetzt auch das Benzin, und als ich den Hügelkamm erreichte, brannte vor meinen Augen die Hütte in einem hohen Feuerkranz, die Flammenspitzen ragten weit über das Dach hinaus, es war ein fast perfekt runder Kranz in der Mitte die Hütte. Ich hätte die Schrift an der Schuppenwand nicht gebraucht, um zu merken, dass dies kein zufälliges Feuer war und es nicht ausgebrochen war, weil in meiner Abwesenheit vielleicht ein Funken aus dem noch nicht ganz erkalteten Kamin die Bettdecke in Brand gesetzt hatte, nein, das war ein organisiertes Feuer, und sie hatten nur die Hütte in Brand gesetzt, vermutlich zuerst einen Benzinkreis um sie gezogen, danach die Wände rundum mit Benzin bespritzt und ein Streichholz geworfen – den Schuppen hatten sie verschont, damit ich sah, was sie mit gelber Farbe an dessen eine Wand gesprayt hatten.

Wasichus get off!

Ich lag auf der Hügelkuppe, damit sie mich, falls sie noch hier waren, nicht entdeckten, und starrte in das Feuer, das das größte war, das ich in meinem Leben je gesehen hatte. Plötzlich kam mir das GPS-Gerät in den Sinn. Der Kompass. Und meine Karten! Das war alles in der Hütte und verbrannte mit ihr. Wie sollte ich jetzt nach Lac Brochet zurückfinden? Mir brach der Schweiß aus, von einem Moment zum anderen war ich durchnässt, denn ich begriff, dass diese Situation für mich tödlich enden konnte. Wenn wenigstens die Brandstifter sich noch hier herumgetrieben hätten! Aber sie waren weg, daran gab es keinen Zweifel. Sie hatten mich hier alleingelassen ohne GPS und Kompass, diese verfluchten Dreckskerle! Das GPS schmolz gerade in der Hitze, der Kompass verbog sich, und ich wusste noch nicht einmal, ob Lac Brochet im Westen oder Nordwesten oder Südwesten lag, irgendwo im Westen lag es, aber ich hatte keine Ahnung, wie man sich hier draußen ohne Kompass orientierte. Und rings um Lac Brochet war nichts außer menschenleere Tundra, die sich über Hunderte Kilometer erstreckte. Wenn ich die Ortschaft auch nur um einen Kilometer verfehlte, war ich verloren.

Und das war den Brandstiftern klar gewesen. Aber gottlob im guten Sinn. Sie hatten den Hackklotz an die Schuppenwand gerollt, direkt unter die Sprühschrift, damit ich ihn entdeckte. Und auf dem Klotz lagen mein GPS-Gerät und der Kompass. Ich konnte es aus der Entfernung vom Hügel aus jetzt deutlich sehen. Mir hatte vorhin die Angst den Blick getrübt. Aber jetzt sah ich es. Sie hatten das GPS und den Kompass aus der Hütte geholt, bevor sie das Benzin verspritzten.

Ich war unglaublich dankbar.

Ich ging hinunter zum Schuppen und brachte die Geräte in Sicherheit. Es war beim Schuppen sehr heiß, ich legte die Geräte hundert Meter weiter weg auf einen Stein. Dann kehrte ich zum Schuppen zurück und versuchte, die Hitze auszuhalten. Die brennende Hütte war vielleicht dreißig Meter entfernt, und dennoch musste ich mich ab und zu wegbegeben, um auszukühlen. Die gelbe Sprühschrift zog mich immer wieder zum Schuppen hin.

Wasichus get off!

Die Brandaktion der jungen Männer – zweifellos waren es die, von denen Joe Sha'Oulle gesprochen hatte – richtete sich gegen jemanden, der wusste, dass der korrekte Plural *Wasichu* lautete, ohne *s* –

Plötzlich fand ich das köstlich. Ich sah die Hütte, meine Ersatzkleider, meine Bücher, mein Notizheft,

meinen Whiskey und einiges andere in Flammen auf-
gehen, aber das Einzige, das mich in diesem Moment
interessierte, war, mit einem scharfkantigen Stein das
überflüssige *s* wegzukratzen. Das ließ ich mir nicht
nehmen, das musste getan werden, trotz der Hitze
und der Funken, die der Wind manchmal herüber-
wehte. Ich kratzte an dem *s*, bis die Inschrift richtig
war.

Wasichu get off!

Abgesehen davon: Was hätte ich dagegen einwen-
den sollen, dass sie mich von hier vertreiben wollten?
Diese Leute, deren Reifenspuren ich zwischen Hütte
und Schuppen übrigens deutlich erkennen konnte,
schmale, tief gekerbte Reifen von leichten Motorrä-
dern, hatten dem Falschen das Dach angezündet.

Ich richtete mich für die Nacht im Schuppen ein, briet
zum Abendessen zwei meiner Fische, Glut dafür war
genügend da von der Hütte, richtig schöne, große,
glühende Holzstücke, die ich mit einem langen, dicken Ast hinter den Schuppen zog. Nach Einbruch
der Dunkelheit saß ich in der Hitze der Brandglut und
betrachtete stundenlang das nun gemächlich gewor-
dene Niederbrennen der Hüttenreste, in der Dunkelheit leuchteten die Feuerfarben unwiderstehlich, die
Glut war voller Leben, und die Flammen tanzten über

die dicken Baumstämme des Dachgebälks. Darüber die Sterne, beräuchert von den Wolken, die aus der Ruine aufstiegen, der Halbmond mit seinem stillen, besänftigenden Licht.

Ich schlief auf einer Isoliermatte, die ich im Schuppen gefunden hatte, das geladene Gewehr neben mir, wegen der Bären.

Am nächsten Morgen regnete es, und war recht kühl, also blieb ich noch einen Tag an der Brandstätte, ich hatte im Schuppen einige Dosen Bohnen entdeckt, ich konnte es mir leisten, besseres Wetter abzuwarten. Das Problem waren meine Medikamente, die verbrannt waren. In der zweiten Nacht schien es, als bemerke mein Herz die Schwäche in meiner Verteidigung: Es setzte häufig einen Schlag aus und holte ihn durch Extraschläge nach, aber unter dem Strich blieb es im Takt. Am darauffolgenden Tag brach ich früh auf, obwohl es immer noch regnete. Ich folgte der Richtungsanweisung meines GPS-Gerätes in Demut.

Nach zehn Stunden erreichte ich Lac Brochet, durchnässt und ausgekühlt bis auf die Knochen. Zwei Kinder, die draußen mit Holzstücken ein Wurfspiel spielten, starrten mich mit offenen Mündern an. Ich konnte nicht sprechen, weil meine Zähne klapperten. Sie riefen ihre Eltern herbei, die brachten mich in ihr Haus, fütterten mich mit gebratenem Speck, und unter den

Augen der ganzen Familie musste ich ein heißes, dick-
flüssiges Getränk trinken, das nach Fisch und Baum-
rinde schmeckte, und ungefähr das war, wie man mir
später erklärte, auch drin, aber es wärmte und nährte
mich vorzüglich.

Die Frau, deren Bein ein zweijähriges, lustiges Kind
umarmte, das mich fortwährend anlächelte, fragte
mich, ob ich mit meiner Familie telefonieren wolle,
sie hätten auch Internet, falls ich skypen wolle. Als ich
nicht gleich antwortete, fragte sie, *Do you have a family?*

Ich wollte nichts Falsches sagen. Diese Leute hatten
mich so freundlich aufgenommen, ich saß warm und
satt in ihrer Stube, und sie hatten mir angeboten, die
Nacht hier zu verbringen. An der Wand hinter dem
Herd hing ein Kalender. Das heutige Datum war mit einem roten Viereck eingerahmt. Mir blieben noch zehn
Tage bis zur Preisverleihung. Das konnte ich schaffen:
Ein, zwei Tage warten auf den nächsten Flug von Lac
Brochet nach Winnipeg. Von dort würde es schnell gehen: Winnipeg – Quebec oder Toronto, Toronto – Pa-
ris oder London, London – Berlin. Schlimmstenfalls,
wenn die nächsten Flüge ausgebucht waren, kam ich
erst einen oder zwei Tage vor der Preisverliehung an.
Aber das genügte ja.

Yes, sagte ich. *Yes, I have a family.*

SENECA

Auf der Preisverleihung sah ich Jonas zwei Mal. Einmal vor der Veranstaltung im Foyer des Literaturhauses und danach auf der Bühne, als er eine schöne, aber merkwürdige Rede hielt. Er sprach ausschließlich von einem Experiment mit Elefanten, bei dem man habe herausfinden wollen, ob sie sich im Spiegel selbst erkennen, was nicht der Fall gewesen sei, obwohl Elefanten nachgewiesenermaßen sehr intelligent seien. Er stellte die Frage, ob Ich-Erkenntnis bei Elefanten, die einen schwach entwickelten Sehsinn hätten, sich nicht möglicherweise ganz anders abspiele. Wäre es möglich, dass ein Elefant nicht denkt, *Das bin ich,* wenn er sich in einem Spiegel sieht, sondern wenn er seinen eigenen Geruch riecht? Jonas konzipierte nun ein Experiment analog zu dem mit dem Spiegel, aber basierend auf dem Eigengeruch eines Elefanten, um auf diese Weise herauszufinden, ob er ein Ich-Empfinden besaß. Die Rede war kurz, meiner Meinung nach, weil das Thema interessant war, aber nirgends hinführte. Der begeisterte Applaus, den Jonas erhielt, war mir nicht ganz erklärlich, ebenso wenig hinterher beim Stehanlass mit Brötchen und Sekt die vielen Komplimente über seine Rede, über *die originellen Denkansätze,* über *das kluge Spiel mit Erwartungshaltungen* und dergleichen.

Bei der Begegnung im Foyer war Jonas, kaum sah er mich, aus einer Gruppe von ihn Umringenden hervorgetreten und auf mich zugekommen. Ich breitete die Arme aus, und er machte sich darin schmal. Er bedankte sich für mein Kommen, *Schön, dass es dir doch noch möglich war,* und dann standen wir einander gegenüber und schauten uns an. Ein nicht enden wollender Moment brach an, und noch nicht einmal sein Blick sprach zu mir; aber auch mir fiel nichts ein, um diesen toten, wortlosen Moment zu überwinden, und so sagte er, *Schön. Wirklich schön. Ich freue mich.* Mir blieben die Worte stecken, ich brachte nichts heraus, ich sah die Eskimos – ich dachte tatsächlich *Eskimos* –, die Dene, die mich nach dem Brand und meinem Rückmarsch nach Lac Brochet aufgenommen hatten, vor mir, diese kleine, gemütliche Stube, überladen mit billigem Kram, die Frau in Pantoffeln aus Rentierfell, und ich sah das Feuer, dessen Hitze

sich mir ins Gesicht gebissen hatte, die Flammen torkelten vor Jonas' Gesicht herum, und als ich endlich
Worte fand und ihm sagen wollte, dass es mich freuen
würde, wenn er morgen mit mir Mittagessen gehen
würde, sah ich Hanna in einem roten Taftkleid, das
ich nicht kannte, auf uns zukommen, und bevor sie
ein Wort sagte, legte sie ihre Hand auf Jonas' Schulter,
so, dass ihre Fingerspitzen seinen Hals berührten. Jonas nutzte die Situation sofort, er sagte, *Mama, darf
ich dir vorstellen? Das ist Papa.* Während wir darüber
noch lächelten, entschuldigte er sich, er müsse seinen
Verleger begrüßen, er sei aber gleich zurück. Er blieb
aber weg.

Nach der Veranstaltung wartete ich im Foyer darauf,
dass jemand mir mitteilte, wo sich, wie bei solchen
Anlässen üblich, das intime Grüppchen der dem Autor nahestehenden Personen versammelte, um in
kleinem Kreis zu feiern. Ich war sicher, dass ein solches Treffen stattfand, aber das Foyer leerte sich, die
Leute begaben sich hinaus in die regnerische Nacht,
und schließlich waren nur noch die zwei Buchhändlerinnen da, die den Büchertisch geführt hatten, und
die nun die nicht verkauften Bücher wieder in die Kartons packten. Sie erkannten mich nicht. Ich warf einen Blick in den nun leeren Saal, denn mir war unverständlich, warum ich auch Hanna nicht mehr zu
Gesicht bekommen hatte. Gab es einen zweiten Saal-

ausgang? Nein. Sie war also offenbar nach Ende der Veranstaltung durch den Bühneneingang zu Jonas in die Garderobe gegangen. Waren sie noch dort? Das hielt ich für unwahrscheinlich, die Veranstaltung hatte vor nun schon einer halben Stunde geendet.

Hanna hatte bei der Begrüßung ihr Gesicht so gedreht, dass mein Wangenkuss fast ins Leere lief. Sie trug neue Ohrringe, hatte sich die Haare schwarz gefärbt, was ihr nicht stand, ihr Gesicht wirkte unnötig bleich dadurch, aber sie war offenbar sehr an Veränderung interessiert. Nachdem Jonas davongeeilt war, bedankte sie sich, dass ich gekommen war, *du hättest Jonas keine größere Freude machen können.* Ich schwieg dazu, und erst später, als ich vor dem Literaturhaus im strömenden Regen stand und immer noch darauf wartete, dass Jonas oder Hanna oder sonst irgendjemand auftauchte, um mich abzuholen zur Feier im kleinen Kreis, erst da, als niemand kam, sagte ich, *Was bist du nur für ein naiver Trottel!* Es war das erste Selbstgespräch in meinem Leben, und es blieb bei diesem einen in die Nacht hineingesprochenen Satz, den Rest dachte ich. Ich dachte, dass Jonas für Hanna ein Gefäß war, in das sie ihre Sehnsüchte und Vorstellungen hineingoss, und zwar mit dem ganz großen Blecheimer, und das das schon immer so gewesen war, und dass ich froh war, sehr froh, nicht nur seinetwegen vorzeitig aus Amerika zurückgekehrt zu sein, denn falls ich einzig seinetwegen zurückgekehrt wäre, hätte ich das jetzt bereut, und so blieb es mir erspart, es bereuen zu müssen. Ich war lieber wütend, als etwas bereuen zu müssen. Die beiden Buchhändlerinnen trugen die Kisten mit den Büchern durch den Regen zu einem Lieferwagen, und ich bestellte ein Taxi und fuhr nach Hause in meine Wohnung, in der ich eine Kerze anzündete, ein Bier öffnete, Max Richters Interpretation von Vivaldis *Vier Jahreszeiten* auf Zimmerlautstärke drehte und trank und in die Flamme starrte, voller Sehnsucht nach Kanada.

In den folgenden Wochen untersuchte ich das Tagebuch meiner Urgroßmutter, ich las es nicht, ich inspizierte es, machte mir Notizen zu Stellen, die mir verdächtig schienen, fasste die Ereignisse der einzelnen Kapitel stichwortartig zusammen, fertigte eine Zeittafel der Geschehnisse an, ich durchforstete manche Stellen wieder und wieder, um Widersprüche aufzuspüren, mögliche Indizien für Erfindung, um nicht zu sagen Lüge, und ich korrespondierte mit einem emeritierten Historiker der Harvard University, auf den ich im Internet gestoßen war und der über die amerikanischen Missionsschulen des 19. Jahrhunderts promoviert hatte. Ich übersetzte entscheidene Passagen des Tagebuchs ins Englische und schickte sie ihm, es war nicht vergebens. Er nahm sich viel Zeit dafür, schickte mir lange, zuweilen etwas ausufernde Antworten, in denen er, zusammengefasst, Zweifel daran äußerte, dass meine Urgroßmutter je an der St. Stephen's Indian Mission tätig gewesen war. Er begründete die Zweifel zum Teil mit denselben Dokumenten, Gehaltslisten, Jahrbüchern, die mir Hebesisei Willow gezeigt hatte, zum andern wies er mich aber auch auf Ungereimtheiten im Text meiner Urgroßmutter hin, die mir bisher mangels Kenntnissen des Alltags an einer damaligen Missionsschule nicht aufgefallen waren. Er stieß, und das war für mich von großer Bedeutung, in seinem Archiv auf einen im Jahr 1894 erschienenen Erfahrungsbericht einer Sister Catherine Lavallée, die dem Orden der Sisters of Charity of Leavenworth angehört hatte und in dem Büchlein ihre Jahre als Lehrerin an der Indianerschule von Fort Washakie beschrieb: Es betraf die Zeit von 1887 bis 1890. Es konnte sich unmöglich um jene Sister Catherine handeln, die meiner Urgroßmutter angeblich die beste Freundin gewesen war, denn die starb ja, laut meiner Urgroßmutter, fünf Jahre vor Erscheinen des Büchleins, dessen Vorwort mit Datum vom November 1893 von Sister Catherine selbst geschrieben worden war.

Der Bericht der Sister Catherine Lavallée las sich zäh, denn sie schrieb sehr umständlich, einmal blumig, dann wieder pedantisch, und immer oberflächlich. Dennoch las ich ihn mit angehaltenem Atem, denn ich erkannte zwar nicht einzelne Ereignisse wieder, die meine Urgroßmutter geschildert hatte, nein, nichts dergleichen, die Ereignisse im Tagebuch meiner Urgroßmutter und die von Sister Catherine beschriebenen glichen sich in keiner Weise. Aber sozusagen die Kulisse, vor der die Ereignisse stattfanden, war dieselbe. Ich will es hier nicht im Einzelnen aufführen. Aber falls meine Urgroßmutter nie in Fort Washakie war, uns aber aus irgendeinem Grund Glauben machen wollte, dass sie dort gewesen war, so hätte ihr der Bericht der Sister Catherine ein nützliches Gerüst geliefert, auf dem sie ihre eigenen Geschichten hätte aufbauen können. Wer diesen Bericht las, wusste, wie es auf der St. Stephen's Indian Mission zu- und hergegangen war und konnte den Bericht nach Belieben mit eigenen Geschichten ergänzen.

Ja.

Aber Klarheit brachte mir auch das Büchlein der Sister Catherine nicht. Es war nur in geringer Auflage gedruckt worden und nur in Amerika im Umlauf gewesen. Meine Urgroßmutter hätte durch ihren Schwager, den Jesuiten, an ein Exemplar gelangen können, das war nicht ausgeschlossen, aber auch nicht sehr wahrscheinlich, denn bei Erscheinen des Büchleins im Jahr 1894 war sie nachweislich wieder in der Schweiz gewesen, sie hatte in Steinen 1891 meine Großmutter zur Welt gebracht. Die Tochter eines Arapaho? So erzählte es meine Urgroßmutter, und Jahrzehnte später schrieb sie die Geschichte auf, die mir keine Ruhe ließ, die sich mir aber letztlich entzog, sie besaß den Charakter eines Regenbogens: Er existiert, aber es ist unmöglich, ihn von Nahem zu betrachten. Ebenso wenig sah ich eine Möglichkeit, jemals die Wahrheit über das Tagebuch meiner Urgroßmutter herauszufinden.

Einen letzten Versuch wollte ich aber noch unternehmen. Im Winter besuchte ich Onkel Joseph, den Bruder meiner Mutter. Nach dem Unfalltod meiner Tante Silvia vor zwei Jahren war er der Einzige aus der Familie mütterlicherseits, der meine Urgroßmutter noch persönlich gekannt hatte. Es lebten zwar auch noch zwei Tanten und ein Onkel väterlicherseits, von denen ich wusste, dass sie meiner Urgroßmutter einmal auf einer Hochzeitsfeier begegnet waren. Aber es war nicht anzunehmen, dass sie bei dieser einen Gelegenheit viel über meine Urgroßmutter erfahren hatten. Das Verhältnis zwischen meinen beiden Familienstämmen war seit jeher ein distanziertes gewesen: Man hatte sich gegenseitig nicht besonders gemocht. Zur Beerdigung meiner Mutter waren die Verwandten väterlicherseits nicht erschienen, zu der meines Vaters die anderen nicht. An beiden Gräbern standen keine fünfzehn Menschen.

Onkel Joseph saß mit offenem Mund in einem Rollstuhl am Fenster seines Zimmers in der Klinik, draußen flogen Raben von den verschneiten Ästen auf. Eine halbe Stunde lang saß ich neben ihm und hielt seine Hand, in der ich jeden Knochen spürte. Ich sprach mit ihm über seine Schwester, meine Mutter, und über seine Mutter, meine Großmutter, und ich nannte den Namen meiner Urgroßmutter. Ich sprach von der St. Stephen's Indian Mission, von Wyoming, von den Indianern, von seinem Großvater, der ein Indianer gewesen sei, von den Arapaho, von den Tagebüchern, die seine Großmutter geschrieben hatte, von seiner Mutter, deren Vater ein Indianer gewesen war, *ein Arapaho, erinnerst du dich?*

Dann besuchte ich Onkel Georg, den Mann meiner Tante Silvia. Er lebte am Stadtrand von Bern in einer trostlosen Neubausiedlung, er sagte, *Jetzt ist mir einfach nur noch wichtig, dass das Haus einen Lift hat.* Er rauchte während unseres Gesprächs eine Zigarette nach der anderen. *In meinem Alter bekommt man keinen Lungenkrebs mehr.* Er war siebenundachtzig, er trug keine Socken und keine Schuhe, ich sah die roten Adern, die sich um seine Unterschenkel rankten, und die gelben Zehen. Er fragte mich, warum ich ihn besuche, *Willst du mich noch einmal sehen, bevor ich sterbe? Aber auf der Beerdigung vom Silveli warst du nicht, da hattest du keine Zeit dafür.*

Das stimmte nicht. Ich hatte auf der Beerdigung von Tante Silvia sogar eine kleine Rede gehalten, *erinnerst du dich nicht mehr?* Er behauptete, ganz bestimmt sei ich nicht da gewesen! *So vertrottelt bin ich noch nicht, dass ich das nicht mehr weiß!* Die Annemarie sei auf der Beerdigung gewesen, *deine Frau. Die ist gekommen. Aber du hattest keine Zeit. Bist ja ein berühmter Schriftsteller.* Hanna und ich hatten gemeinsam das Restaurant für das Leichenmahl ausgesucht und den Tisch reserviert. Ich wechselte das Thema, fragte ihn, ob Tante Silvia manchmal über ihre Großmutter gesprochen habe? Über deren Zeit in Amerika als Lehrerin an der Missionsschule? Über ihren Großvater? Den Arapaho? *Ja ja,* sagte Onkel Georg, *ja ja! Das würde dich wieder wundernehmen, nicht wahr? Aber weißt du, mein Silveli ... das kann ich nicht verwinden, dass sie gegangen ist.* Er begann zu weinen, mit der Zigarette im Mund, und ich hielt seine Hand, und er erzählte mir von ihrem ersten gemeinsamen Urlaub, sie waren mit dem Moped über den Gotthard nach Italien gefahren, aber noch nicht verheiratet gewesen, und am Gardasee habe er ihr zum ersten Mal einen Kuss gegeben.

Ich recherchierte die Aufenthaltsorte meiner beiden Cousinen Beatrice und Katharina, der Kinder von Onkel Joseph, und meiner beiden Cousins Roland und Max, der Kinder von Onkel Pius, des zweiten Bruders meiner Mutter, der früh gestorben war. Vielleicht hatten ihre Eltern ihnen Geschichten über meine Urgroßmutter erzählt, die ich noch nicht kannte. Vielleicht besaßen sie irgendein Wissen, das mir weiterhalf. Ich hatte gehört, Roland lebe in Indien, aber es stellte sich heraus, es war Indonesien; ich fand ihn über Facebook. Ich schrieb ihm eine Nachricht, und er freute sich, lud mich nach Makassar auf der Insel Sulawesi ein, wo er ein Guest House betrieb. Er schickte mir Fotos des Guest House, vor dessen Eingang eine Schweizerfahne hing. Auf einem der Fotos prosteten er und eine hübsche indonesische Frau dem Betrachter mit Longdrinks zu, sie waren beide barfuß und von Hunden umringt. Ich schrieb, ich würde bestimmt einmal kommen. Ich hätte übrigens gerade wieder einmal die Tagebücher unserer Urgroßmutter gelesen. Ob er sie auch gelesen habe? Er schrieb zurück, er wisse nichts von Tagebüchern, würde sie aber gern lesen. Ich fragte ihn, ob sein Vater manchmal über die Urgroßmutter gesprochen habe? Vor allem über ihre Zeit in Amerika vielleicht? Roland schrieb, er wisse nur, dass sie Lehrerin gewesen sei und in Amerika einen Indianer kennengelernt habe. *Ich bin ja auch ein bisschen ein Nomade und ziehe in der Welt herum,* schrieb er, *vielleicht ist das mein Indianerblut.* Mehr wusste er nicht. Mit seinem Bruder Max hatte er keinen Kontakt, *du weißt ja vielleicht, dass er seine Probleme hat.* Roland wusste nur, dass Max auch auf Facebook war.

Ich schrieb ihm, und erfuhr, dass er auf einem Maiensäss lebte, in einer Hirtenhütte in Graubünden. Auf meine Frage, ob ich ihn besuchen dürfe, antwortete er, er könne sich nicht um Gäste kümmern, müsse das Vieh versorgen, in der Hütte sei nur für eine Person Platz zum Schlafen, er melde sich wieder, wenn er mehr Zeit habe, jetzt müsse er einen Zaun reparieren. Das war Ende Februar. Dass Max mir von einer abgelegenen Alphütte aus über Facebook antwortete, fand ich verwunderlich, erklärte es mir aber damit, dass es in der Schweiz vermutlich keine Gegend ohne Internetempfang mehr gab, auch nicht in den Alpen. Aber lag da oben in dieser Jahreszeit nicht noch Schnee? Und er war schon mit den Kühen hinaufgezogen? Bei Wikipedia las ich, dass man erst im Frühjahr nach der Schneeschmelze auf die Maiensässe zog. In einer Sennerei in Arosa, die ich anrief, bestätigte man mir, dass die Maiensässe erst im Frühsommer mit Vieh *bestoßen* würden, jetzt sei ganz bestimmt noch niemand da oben, es habe ja erst letzte Woche noch einmal tüchtig geschneit. In meiner nächsten Nachricht, die ich Max schickte, schwieg ich darüber und fragte ihn nur, ob sein Vater mit ihm über unsere Urgroßmutter gesprochen und ihm vielleicht etwas über ihre Zeit in Amerika erzählt habe? Er schrieb: *Frag Roland. Mir hat mein Vater nichts erzählt.* Von nun an antwortete er auf meine Nachrichten nicht mehr, und er löschte mich aus seiner Facebook-Freundesliste.

Mit meiner Cousine Beatrice, Tochter von Onkel Joseph, hatte ich schon früher zwei-, dreimal pro Jahr E-Mails ausgetauscht. Sie war Journalistin, hatte meine Bücher gelesen, ich ihre Artikel und Essays, wir tauschten Komplimente aus, gratulierten einander zum Geburtstag, und alle halbe Jahre nahmen wir uns vor, uns jetzt endlich einmal zum Kaffee zu treffen. Sie wohnte in Schaffhausen, besuchte aber recht häufig eine Freundin in Berlin. Trotzdem gelang uns nie ein Treffen. Einmal erkrankte ich einen Tag vor der Verabredung, ein andermal musste sie ihre Berlinreise aus beruflichen Gründen verschieben. Einmal meldete sie sich zu kurzfristig, und ich war an dem Tag, an dem sie Zeit für ein Treffen gehabt hätte, schon verabredet. Ein andermal war es umgekehrt. Jetzt schrieb ich ihr, ich würde die Lebensgeschichte unserer Urgroßmutter recherchieren, ob sie etwas über deren Zeit in Amerika wisse, das nicht in den Tagebüchern stehe? Auch ihr erzählte ich nichts von meinem Besuch bei Hebesisei Willow, ich wollte sie nicht beunruhigen oder verunsichern, damit belasten, wie immer man es nennen will. Erstaunlicherweise kannte Beatrice aber die Tagebücher gar nicht. Sie sagte, sie habe davon gehört, sie aber nie gelesen. Ob ich ihr Kopien schicken könne? Es würde sie sehr interessieren. Einen Moment lang zögerte ich, aus plötzlichem Futterneid, weil mir einfiel, dass die Tagebücher ja eigentlich eine *gute Story* waren, guter *Stoff* für eine Reportage über die eigene Familiengeschichte. Ich hatte mein Vorhaben, einen Roman über die Arapaho zu schreiben, zwar aufgegeben – und meine Familiengeschichte wäre darin auch nur ein Katalysator, aber nicht das zentrale Motiv gewesen – aber ich befürchtete nun doch, etwas Wertvolles aus den Händen zu geben, indem ich Beatrice den Tagebuchtext schickte. Selbstverständlich kopierte ich die Seiten noch am selben Tag, aber eben nach wie vor zögernd. Ich schickte sie ihr mit dem Vermerk *Lass mich wissen, falls du vorhast, etwas darüber zu schreiben.*

Beatrice hatte zwei Töchter, Jana und Frida, denen ich noch nie begegnet war. Sie waren fünfzehn oder siebzehn Jahre alt, und ich kannte sie nur von einer Geburtsanzeige mit Foto – es waren Zwillinge –, die Beatrice mir damals geschickt hatte. Roland hatte einen Sohn, Clemens. Er war zwanzig, und ich hatte ihn ein einziges Mal gesehen, bei der Beerdigung meiner Mutter. Er hatte während der Abdankungsfeier in der Kapelle mit einem *Rubik Cube* gespielt, daran erinnere ich mich. Katharina, Beatrices Schwester, hatte gleichfalls einen Sohn, Sean, aber Katharina lebte seit Langem in London, und zur Beerdigung meiner Mutter war sie allein, ohne ihren Mann und Sean angereist, sodass ich auch Sean noch nie zu Gesicht bekommen hatte. Die Mails, die ich Katharina schickte, mit der Frage, ob sie etwas über die Zeit unserer Urgroßmutter in Amerika wisse, blieben unbeantwortet. Ich wusste von Beatrice, dass Katharinas Mann, ein Börsenmakler, während der Finanzkrise sein Vermögen verloren hatte, und dass Katharina darüber nie mit ihr sprach.

Jonas schickte mir eine Postkarte aus Tokio, auf der eine Katze mit roten herzförmigen Pupillen abgebildet war. Darunter war in blumigen Lettern das Wort *Love* aufgedruckt. Die Rückseite der Postkarte war leer, es stand nur meine Adresse dort, geschrieben in Jonas' Handschrift. Daran erkannte ich, dass er mir die Karte geschickt hatte, und Tokio ergab sich aus dem Poststempel. Ich klebte die Postkarte in meiner Küche an den Kühlschrank, und von nun an schauten mich jedes Mal, wenn ich den Kühlschrank öffnete, die herzförmigen Pupillen an.

Am Abend des Tages, an dem die Karte in meinem Briefkasten lag, bekam ich meine Herzrhythmusstörungen, aber es hing nicht mit der Karte zusammen. Es ist eine chronische Erkrankung, sie tritt in regelmäßigen Abständen auf, es war einfach wieder einmal so weit. Nur die Heftigkeit war unüblich, diesmal war es besonders unangenehm, und um das vollkommen regellos schlagende Herz zu bezähmen, schluckte ich die doppelte Dosis Amiodaron zusätzlich zur üblichen Ration Metoprolol. Lange konnte ich wegen der

Erschütterungen in meiner Brust nicht einschlafen. Als ich dann aber schlief, stand ich auf einer Felskante und blickte wieder hinunter auf eine vegetationslose, karge Ebene, auf der wieder Tausende von Chinesen in harmonischen und äußerst konzentrierten Bewegungen schattenboxten, während in der Ferne der Horizont in roten und gelben Farben brannte. Im Traum wusste ich, dass ich diesen Traum schon einmal geträumt hatte, und deshalb hielt ich Ausschau nach etwas Neuem, das mir die Bedeutung dessen erschloss, was ich sah. Ich wusste, es war die Welt, die brannte, und nur diese Chinesen würden die Katastrophe überleben. Aber warum stand ich dort? Was war meine Zukunft? Gehörte ich zu den Chinesen oder zu jenen, die ich nicht sah, von denen ich aber wusste, dass sie in der Ferne in dem Weltenbrand untergingen? Ich befand mich inmitten eines Ereignisses von epochalen Ausmaßen, und ich wusste nicht, wo mein Platz darin war.

Inhalt

Linus Reichlin. In einem anderen Leben. Roman.
Taschenbuch. Verfügbar auch als eBook

Mitreißend und berührend – Linus Reichlins großer Roman über Familienbande und die Fallstricke der Erinnerung.

»Ein großartiger Roman über die Gespenster der Vergangenheit.« *NZZ am Sonntag*

»Reichlins persönlichstes und bislang bestes Buch. Eine vielschichtige, sorgfältig komponierte Kreuzung aus Familiendrama und Kunstfälscherroman.« *SonntagsZeitung*

Linus Reichlin. Das Leuchten in der Ferne. Roman.
Taschenbuch. Verfügbar auch als ⏹Book

Ein abenteuerlicher Roman über einen Kriegsreporter, eine
Liebe unter extremen Bedingungen und die Sucht nach Gefahr.

»Das ist große Literatur und auch noch spannend erzählt.« *FAZ*

»Am Ende sehen wir unsere Welt – und das ferne Afghanistan –
mit anderen Augen. Und so etwas vermag nur ein großer Roman.« *Brigitte*